Katja Dörr

Das Musikhaus an der Alster – Melodie der Heimat

# Weitere Titel der Autorin

Das Musikhaus an der Alster – Lied der Sterne
Das Musikhaus an der Alster – Klang des Schicksals

Der Saar-Töchter – Zeiten der Sehnsucht
Der Saar-Töchter – Zeiten des Aufbruchs

# Über die Autorin

Katja Dörr kommt aus dem beschaulichen Saarland, von wo aus sie ihre Figuren gern quer durch Deutschland oder gleich um die halbe Welt streifen lässt. Sie studierte in Trier und Nottingham Jura und arbeitet als Syndikusrechtsanwältin für ein großes Handelsunternehmen. Katja lebt mit ihrer Familie in der Nähe von Saarbrücken. Neben ihrer Tätigkeit als Schriftstellerin spielt sie am liebsten Gitarre und Bass, besucht Konzerte oder macht lange Spaziergänge mit ihrem Hund Lenny.

Katja Dörr

# Das Musikhaus an der Alster – Melodie der Heimat

Roman

lübbe

Vollständige Taschenbuchausgabe
der bei beHEARTBEAT erschienenen E-Book-Ausgabe

Copyright © 2023 by Bastei Lübbe AG, Köln

Copyright © 2024 by
Bastei Lübbe AG, Schanzenstraße 6 – 20, 51063 Köln

Vervielfältigungen dieses Werkes für das Text- und Data-Mining bleiben vorbehalten.

Textredaktion: Dr. Ulrike Brandt-Schwarze
Lektorat/Projektmanagement: Laura von Altrock / Anne Pias
Umschlaggestaltung: Christin Wilhelm, www.grafic4u.de
Umschlagmotiv: © Richard Jenkins | © shutterstock: elxeneize | Lukasz
Szwaj | Vectorry
Satz: 3w+p GmbH, Rimpar
Gesetzt aus der Adobe Caslon Pro
Druck und Verarbeitung: GGP Media GmbH, Pößneck

Printed in Germany
ISBN 978-3-404-19418-6

1 3 5 4 2

Sie finden uns im Internet unter luebbe.de
Bitte beachten Sie auch: lesejury.de

Für meine Familie

# 1.

Vorsichtig zog Theresa die schwere Haustür hinter sich zu, schloss für einen Moment die Augen und atmete in tiefen Zügen die frische, kühle Luft ein, während die ersten Sonnenstrahlen sie leicht in der Nase kitzelten. Hätte sie eine Liste mit all den Dingen erstellen müssen, die sie an dieser alten Villa direkt am Fluss liebte, so wäre diese sicher tausend Seiten lang geworden, aber am allermeisten hatte es ihr die erste halbe Stunde nach Sonnenaufgang im Frühling angetan. Theresa war wie jeden Tag in aller Frühe aufgestanden, hatte sich mit kaltem Wasser gewaschen und ein leichtes Kleid angezogen.

Nun begab sie sich in den kleinen Garten auf der Südseite des Musikhauses und setzte sich auf den einzigen Stuhl, den es dort gab. Er war uralt, quietschte bei jeder Bewegung und bestand schon lange mehr aus braunem Rost als aus Metall, aber es war ihr Platz. Dieses bescheidene Fleckchen Erde und die Zeit, die sie dort verbrachte, gehörten nur ihr ganz allein. Gedankenversunken genoss Theresa den Anblick der weißen Maiglöckchenblüten und des Frühlingsgrün des Laubs, die sich mit dem satten Gelb der Butterblumen mischten. Beide wuchsen nahezu wild und ohne dass sie spezieller Pflege bedurften. Gerade diese ursprüngliche Seite des Gartens machte ihn für Theresa so wunderschön und überaus wertvoll. Ihr Blick fiel auf den halb verrotteten Holzstiel einer Hacke, die an der gegenüberliegenden Seite des Beets lehnte, der schon halb von zarten, hellgrünen Grashalmen überwuchert war. Von dem Metallblatt, das einmal am Kopfende befestigt gewesen sein musste, war nichts zu sehen. Theresa seufzte leise. Ja, es hatte Zeiten gegeben, in denen sie hier draußen jeden Tag die Hacke hatte schwingen müssen, bis ihr der Rücken schmerzte. Das konnte kaum mehr als fünfzehn Jahre her sein, aber dennoch kam es ihr vor, als wäre es in einem anderen Leben gewesen. Damals gab es hier draußen keine Spur von Blumen. Jeder kostbare Zentimeter der fruchtbaren Erde war für Gemüse reserviert, das Georg, Helena und sie selbst ernährte. Zwiebeln, Rüben, Kohl, alles, was wuchs, wurde sorgsam gehegt, gepflegt und schließlich geerntet, um es zu verarbeiten und für die harten Wintermonate zu konservieren.

Zunächst war der Krieg ausgebrochen. Der große Krieg, der so weit weg tobte und doch so verheerend für ihre geliebte Heimatstadt Hamburg war. Klaas Friedrichs, Theresas und Georgs erster Angestellter in ihrem Musikhaus, war schon im August des Jahres 1914 mit seinen Kameraden nach Flandern gezogen. Das Ehepaar hatte zusammen mit den Eltern des Rekruten der Verabschiedung am Bahnhof Sternschanze beigewohnt. In seiner etwas zu groß geratenen grauen Uniform hatte der vierundzwanzigjährige sommersprossige Klaas noch jünger ausgesehen als sonst. Es gäbe keinerlei Grund zur Sorge, hatte er seiner tränenüberströmten Mutter mit ernster Miene versichert, der Feind würde schnell besiegt sein, und zu Weihnachten wäre sicher alles wieder beim Alten. Er kehrte nie zurück.

Im Laufe des Krieges verlor Hamburg Zehntausende junger Männer. Doch auch danach sollte es zunächst nicht besser werden. Diejenigen, die zurückkamen, von Gram gebeugt und mit leeren Augen, die ständig in die Ferne zu starren schienen, schleppten neben ihrem Kummer auch noch die Spanische Grippe in ihren steifen, verwundeten Körpern heim. Tausende Bürger erkrankten. Und die Seuche traf keineswegs nur die Alten und die Schwachen, sondern ging durch die gesamte Bevölkerung. Einige kamen nach ein paar Tagen mit Husten und Fieber wieder auf die Beine, bei anderen verfärbte sich die Haut blau, Blut lief ihnen aus Mund, Ohren und Nase, und dann starben sie einen qualvollen Tod. Im Herbst des Jahres 1918 wurde es derart schlimm, dass die Krankenhäuser aus allen Nähten platzten und das öffentliche Leben fast stillstand, weil derart viele Menschen nicht mehr in der Lage waren, ihrer Arbeit nachzugehen.

In dieser Zeit, in der man noch die Toten des Krieges betrauerte, während schon die nächste Katastrophe in Form dieser elenden

Krankheit über Europa hinwegfegte, hatten die wenigstens Hamburger Zeit und Geld, um sich im Musikhaus ein neues Instrument zu kaufen. Und so kam es, dass Theresa und Georg hauptsächlich von ihren Ersparnissen lebten und, so gut es ging, damit haushalteten. Ihre einzige verbleibende Angestellte schickten sie kurzerhand nach Hause. Zwar hätte Theresa das Familienanwesen nahe der Innenstadt verkaufen können, das nun, da ihre Eltern und ihr Bruder Wilhelm tot waren und Georg, Helena und sie in der Wohnung über ihrem Musikhaus lebten, bereits seit Jahren leer stand, aber als Georg diese Idee ansprach, hatte ihm Theresa nur einen langen, zornigen Blick zugeworfen.

»Nur über meine Leiche«, hatte sie in einem ruhigen, jedoch gleichzeitig bedrohlichen Ton geflüstert. Und damit war das Thema ein für alle Mal beendet gewesen.

Die Not jedoch, welche die gesamte Stadt damals heimsuchte, war nicht nur eine Sache des Geldes. Viele Lebensmittel, insbesondere frisches Obst und Gemüse, waren derart knapp, dass sie Mangelware wurden. Wer wie Theresa und Georg nicht den verbrecherischen Handel auf dem Schwarzmarkt unterstützen wollte, musste wohl oder übel selbst zum Kleinbauern werden. Für Georg, der auf einem Bauernhof aufgewachsen war, stellte das Anlegen eines simplen Gemüsegartens kein Problem dar, und so konnten die beiden Musikhausbetreiber tatsächlich bald die erste Ernte einfahren. In den Folgejahren gedieh das Gemüse oft so gut, dass sie sogar einen Teil davon an ein paar besonders arme Familien abgeben konnten, die sich überschwänglich für die lebensrettende Spende bedankten. Und so hielt sich die Familie Albers irgendwie über Wasser. Erst in den Zwanzigerjahren war langsam wieder die Normalität eingekehrt.

Immer noch in Gedanken versunken, vernahm Theresa plötzlich Schritte auf den spröden, rissigen Steinplatten, die eine Art Weg um das Haus herum bis zum Garten bildeten. Verflixt noch eins, konnte sie denn nicht einmal mehr hier ein wenig ihre Ruhe haben? Georg war ja schon seit Wochen völlig aus dem Häuschen wegen der anstehenden Feier zum zwanzigsten Jubiläum des Musikhauses, aber dass er nun auch noch sonntags früh aufstand, sah im gar nicht ähnlich.

»Georg«, sagte Theresa, ohne aufzusehen, als sie ihn näher kommen hörte. »Bitte verschone mich heute mit dieser Feier. Es ist noch Zeit bis Mittwoch. Morgen in aller Frühe setzen wir uns wieder an die Planung, aber heute habe ich wirklich keine Lust dazu.«

Das Geräusch der Schritte auf den Steinplatten stoppte, aber Theresa erhielt keine Antwort.

»Jetzt komm«, forderte sie ihn auf. »Heute ist kein Tag zum Schmollen. Lass uns lieber …« Theresa wandte den Kopf. Ein fremder Mann stand vor ihr. Der Bursche, nach Theresas Schätzung kaum älter als achtzehn oder neunzehn Jahre, sah sie schüchtern an. Er war groß gewachsen, hatte kurz geschorenes braunes Haar und smaragdgrüne Augen. Offenbar war er von Theresas Anblick ebenso überrascht, wie sie von seinem. Einen Lidschlag lang musterten sich die beiden, dann fand Theresa ihre Sprache wieder.

»Was machen Sie in meinem Garten?«, stellte sie den Eindringling zur Rede. »Wollen Sie etwa meine Blumen stehlen?«

»Nein, nein«, stieß der junge Mann hastig hervor. »Ich … ich habe Sie gesucht.« Seine Stimme hatte einen leichten Akzent.

»Mich gesucht?«, echote Theresa. »Nun, ich haben Sie in meinem Leben noch nie gesehen, junger Mann, und ich habe keinen Schimmer, wer Sie sind und was Sie hier wollen.«

»Ich bin …«

»Das interessiert mich nicht«, unterbrach Theresa ihn schroff. »Es ist Sonntagmorgen, und ich will meine Ruhe haben. Also gehen Sie jetzt, aber ein bisschen plötzlich, wenn ich bitten darf!«

Mit weit aufgerissenen Augen und hochrotem Kopf drehte sich der ungebetene Gast um und wollte gerade den Rückzug antreten, als ihn eine attraktive, junge Frau aufhielt, die gerade in den Garten trat.

»Tut mir leid, Harry«, sagte sie, wobei ein kaum sichtbares Lächeln auf ihren Lippen lag. »Normalerweise ist meine Mutter etwas freundlicher, wenn man zu ihr zu Besuch kommt«.

Theresa sprang so schnell von ihrem Stuhl auf, dass sie fast vornüber in ihr Blumenbeet gestürzt wäre.

»Helena!«, rief sie und schloss ihre Tochter in die Arme, während sie ihre Augen mit Freudentränen füllten. »Mein Schatz, wie schön, dass du wieder da bist!«

Mit einem Mal war jeglicher Wunsch nach Einsamkeit und Ruhe in Theresas Innerem wie weggewischt. Die Gedanken an Not und Elend zogen sich in weite Ferne zurück und machten Platz für das pure Glück, das sie nun durchströmte. Ihre geliebte Tochter war endlich aus England zurückgekehrt.

# 2.

Amüsiert sah Lena sich in dem kleinen, vollgestellten Esszimmer ihrer Eltern um. Es hatte sich überhaupt nichts verändert, seit sie vor etwas über einem Jahr das letzte Mal hier gewesen war. Ihr Vater ließ offenbar immer noch überall seinen Krempel herumliegen. Auch dieses Zimmer blieb nicht von seinen Papierstapeln, Kistchen und diversen Ersatzteilen für Musikinstrumente verschont. Bevor Harry sich neben Lena setzen konnte, hatte der Hausherr erst einmal ein Haufen Metall von der schmalen Sitzbank räumen müssen, bei dem es sich scheinbar um alte, angelaufene Mundstücke für Trompeten handelte. Lenas Mutter ertrug das Chaos ihres Mannes wie immer gelassen. Vielleicht fiel es ihr nach über zwei Jahrzehnten auch schon gar nicht mehr auf. Im Moment schien sie ohnehin nichts mehr um sich herum wahrzunehmen als ihre Tochter, die sie pausenlos anlächelte, als sähe sie diese gerade zum ersten Mal in ihrem Leben. *Mein Gott, es hat sich wirklich überhaupt nichts verändert*, dachte Lena, als ihre Eltern in der Küche verschwanden, um eilig ein Frühstück mit Kaffee und Brötchen für den unerwarteten Besuch zu improvisieren.

Plötzlich kam es ihr vor, als wäre sie wieder acht Jahre alt und säße mit ihren Eltern beim Frühstück, bevor sie sich auf den Weg zur Schule machte. Ihre Mutter hatte sie sogar bei ihrem Geburtsnamen Helena genannt, obwohl das schon ewig niemand mehr sonst tat. Allgemein hieß sie Lena. Und ihre englischen Freunde, einschließlich Harry, kannten sie nur als Helen, da sie unter diesem Namen auch als Künstlerin auftrat. Es war wirklich bemerkenswert, wie sehr sich dieser bloße Ortswechsel wie eine Reise in die Vergangenheit anfühlte.

»So«, sagte ihr Vater, der mit einem großen Tablett den Raum betrat, auf dem ein Korb mit Brötchen, Butter, eine Platte mit Käse, vier Tassen und eine porzellanene Kaffeekanne standen. Vorsichtig setzte er das Tablett auf dem Esstisch ab. »Greift zu. Da, wo das herkommt, gibt's noch mehr.«

»Danke«, sagte Lena und bediente sich sofort. Sie hatte an diesem Tag noch nichts gegessen, und ihr knurrte bereits der Magen.

Ihre Mutter kam mit geröteten Wangen aus der Küche und setzte sich zu ihnen.

»Wie schön, dass ihr da seid«, flötete sie und begann, reihum Kaffee einzuschenken. »Damit habe ich heute noch gar nicht gerechnet. Ich dachte, dein Schiff sollte erst morgen Nachmittag einlaufen, Liebes?«

»Ja«, entgegnete Lena und biss genüsslich in ihr Käsebrötchen. »So war es eigentlich geplant. Aber wir konnten kurzfristig umbuchen und sind deshalb schon gestern Nachmittag angekommen. Harry wollte sich unbedingt den Hafen ansehen, und so haben wir erst mal das erledigt, und dann haben wir von gestern auf heute in einer Pension übernachtet«.

Sie bemerkte, dass Harry ihr einen nervösen Seitenblick zuwarf. Seine Wangen waren gerötet, und sein Blick wirkte alarmiert. Erst dann fiel ihr auf, dass sie ihren Eltern gegenüber gerade angedeutet hatte, dass sie mit diesem Mann, den sie ihnen nicht einmal richtig vorgestellt hatte, gemeinsame Nächte in irgendwelchen Pensionen verbrachte. »Wir konnten recht günstig zwei Zimmer bekommen«, fügte sie hastig hinzu, was ihr dennoch einen skeptischen Blick von ihrer Mutter einbrachte. »Übrigens, Harry ist einer meiner Musikerkollegen aus London. Ein wirklich überaus talentierter Schlagzeuger … und ein lieber Freund.«

Harry errötete noch mehr und senkte bescheiden den Blick. »Nun ja«, sagte er leise, »genau genommen begleite ich Helen eher. Sie ist als Sängerin natürlich der Mittelpunkt, und der Rest der Band tut, was er kann, um mit ihr mitzuhalten. Sie hat wirklich eine sehr schöne Stimme und eine ganz außergewöhnliche musikalische Begabung.«

Lena sah, wie Argwohn und Besorgnis aus dem Gesicht ihres Vaters wichen, während er erfreut die Augenbrauen hochzog und sich ein wenig aufrichtete. Dieser Anblick brachte sie unweigerlich ein wenig zum Schmunzeln, weil sie es so herzerwärmend fand, wie stolz er auf sie war. Ihre Mutter hatte das wohl ebenfalls bemerkt und zwinkerte Lena kaum merklich zu, während sie ihrem Mann ein weiteres Käsebrötchen zuschob. Wie immer langte Lenas Vater schon beim Frühstück zu, während seine Frau lediglich eine Tasse Kaffee trank und hier und da an einem Brötchen knabberte.

»Und Sie?« Lenas Mutter wandte sich zu Harry. »Wie hat Ihnen Hamburg bisher gefallen? Selbstverständlich ist unser Hafen etwas ganz Besonderes, aber es gibt auch noch viele andere bemerkenswerte Sehenswürdigkeiten. Den Hamburger Michel zum Beispiel oder das Rathaus. Ach Gott, und noch so vieles mehr. Wie lange bleiben Sie denn überhaupt? Und weshalb sprechen Sie so fabelhaft unsere Sprache, wo Sie doch Engländer sind?«

*Herrje, Mama,* dachte Lena und warf ihrer Mutter einen erstaunten Blick zu, *vielleicht lässt du ihn erst einmal auf eine deiner drei Fragen antworten, bevor das Verhör weitergeht.* Ihre Mutter war offensichtlich furchtbar nervös, sonst hätte sie auf keinen Fall derart losgeplappert. Die Grafentochter Theresa von Eiben mochte mittlerweile zwar seit zwei Jahrzehnten Albers heißen, aber die höflichen Manieren einer Adligen ließen sich bei ihr für gewöhnlich nicht so einfach abschütteln. Was brachte sie nur derart aus der Ruhe? Ahnte sie etwa bereits jetzt, mit welcher Nachricht Lena eigentlich zu ihren Eltern kam?

»Nun ja«, setzte Harry an und schenkte Lenas Mutter ein scheues Lächeln. »Bisher fand ich es wirklich sehr interessant. Der Hamburger Hafen mit seiner Speicherstadt ist schon etwas ganz anderes als die Docks in Southampton. Ich hatte geplant, eine Woche zu bleiben, daher hoffe ich, dass genug Zeit bleibt, um noch ein bisschen mehr von der Stadt zu sehen«. Er schien nun langsam aufzutauen und trank einen Schluck Kaffee. »Und was mein Deutsch angeht, das verdanke ich meinem Großvater mütterlicherseits. Er stammte aus Deutschland. Genauer gesagt wurde er in der Nähe von Hannover geboren und lebte bis zu seinem zwanzigsten Geburtstag in dieser Gegend. Nach dem Ende des Krieges gegen die Franzosen, als viele Menschen sich über den Atlantik nach Amerika aufmachten, zog es ihn nach Großbritannien. In Liverpool fand er eine Anstellung in einer Zuckerfabrik und heiratete ein paar Jahre später meine Großmutter. Zwar ist er nie in seine eigentliche Heimat zurückgekehrt, aber es war ihm dennoch sehr wichtig, sich seine Muttersprache zu erhalten. Und so bin ich mit deutschen Märchenbüchern aufgewachsen und habe später Hauptmann und Rilke in der deutschen Originalfassung lesen können. Scheinbar ist ein bisschen was davon hängen geblieben.«

»Und trotzdem waren Sie bisher noch nie in Deutschland?«, hakte Lenas Mutter nach.

»Nein. Meine Eltern haben es nicht so mit dem Verreisen, und bis vor zwei Jahren ging ich ja noch zur Schule und hatte kein eigenes Geld. Umso schöner finde ich es natürlich, dass es jetzt geklappt hat.«

»Interessant«, bemerkte Lenas Mutter, sah dabei allerdings zu ihrer Tochter statt zu Harry. »Sehr interessant.« Langsam und mit Bedacht schenkte sie zuerst ihren Gästen und dann ihrem Mann noch ein wenig Kaffee nach. »Und in einer Woche reisen sie dann allein zurück nach England?«

*Jetzt geht's los*, dachte Lena und ergriff, während Harry ihr einen weiteren, Hilfe suchenden Seitenblick zuwarf, kurzerhand das Wort. »Nein, Mama. Unter anderem darüber wollte ich mit euch sprechen.« Sie machte eine kurze Pause und versuchte, möglichst unauffällig, tief einzuatmen. Eigentlich hatte sie sich ihre Worte erst noch ein wenig zurechtlegen und erst nach der Jubiläumsfeier mit der Sprache herausrücken wollen, aber ihre Mutter würde jetzt keinesfalls mehr lockerlassen. »In knapp einer Woche muss ich leider schon wieder zurück in London sein. Dann treffe ich mich mit einem Veranstalter, der Musiker für ein großes Konzert sucht. Vielleicht wird sogar eine kleine Serie von Konzerten daraus, mal sehen. Jedenfalls werden Harry und ich beide abreisen.«

Der Kommentar ihrer Mutter zu dieser Offenbarung bestand zunächst nur darin, dass sie die Lippen kaum merklich aufeinanderpresste und die Augenbrauen hochzog. Ihr Vater starrte stumm auf seinen Kaffee.

»Das ist eine große Chance für meine Karriere und öffnet mir vielleicht sogar weitere Türen im Showgeschäft«, erklärte Lena und staunte selbst über ihren kleinlauten, fast entschuldigenden Tonfall. *Los jetzt, nimm dich zusammen,* ermahnte sie sich im Stillen. Schließlich war sie eine erwachsene Frau und traf ihre Entscheidungen so, wie sie es für richtig hielt. Es musste an diesem Ort liegen, an der Rückkehr in ihr Elternhaus, dass es ihr jetzt so vorkam, als sei sie plötzlich wieder ein kleines Mädchen, das Vater und Mutter davon überzeugen wollte, es an einem Schulausflug teilnehmen zu lassen. Langsam und betont ruhig sprach Lena weiter, wobei sie darauf achtete, lediglich die Fakten darzulegen, statt sich dafür zu entschuldigen. »Ich habe mir in England schon einiges aufgebaut. Da wären meine Band, mein Agent und nicht zuletzt eine ganze Menge wertvoller Kontakte.«

In dem kleinen Esszimmer war es absolut still geworden. Die anderen hatten aufgehört zu essen und zu trinken und lauschten angespannt Lenas Worten.

»London ist, was Musik angeht, nun mal eine ganz eigene Welt, völlig anders als Hamburg«, fuhr sie fort. »Hier müsste ich noch mal komplett bei null anfangen, und selbst dann würde es viel schwerer als vorher, weil es hier kaum geeignete Clubs oder Bars gibt, die einen Sinn für meine Musik haben. So einen Rückschritt will ich an diesem Punkt meiner Karriere einfach nicht machen.«

»Hmm«, machte ihre Mutter und biss sich auf die Unterlippe. Lena wusste, dass es ein Zeichen für große Anspannung und Nervosität war. So plötzlich, quasi direkt nach ihrer Ankunft, hatte sie ihren Eltern nicht verkünden wollen, dass sie beabsichtigte, für immer in London zu bleiben.

»Das heißt also …«, setzte ihre Mutter an, hielt jedoch inne, als ihr Mann seine Kaffeetasse klirrend auf dem Unterteller abstellte und sich erhob. Erst jetzt wurde Lena klar, dass er die ganze Zeit über noch kein Wort gesagt hatte. Offenbar hatte er nun genug gehört.

»Ich bin fertig«, konstatierte er und sah dabei lediglich seine Frau an, die direkt neben ihm saß. »Du weißt ja, es gibt noch schrecklich viel vorzubereiten, damit unser Jubiläum glattläuft. Falls also noch etwas sein sollte, findest du mich unten in der Werkstatt.«

Und damit verschwand er zur Tür hinaus, ohne Lena oder Harry noch eines Blickes zu würdigen. Lenas Mutter blickte ihrem Mann nach, wusste jedoch wohl, dass es nichts bringen würde, ihm hinterherzulaufen. Stattdessen rührte sie stumm in ihrer halb leeren Kaffeetasse, während Harry wie versteinert zu Boden starrte.

*Großartig*, ging es Lena durch den Kopf, *und ich dachte, es wäre Mama, die mir eine Szene macht.*

# 3.

Nachdem Lena und Harry sich verabschiedet hatten, blieb Theresa nichts anderes übrig, als den Frühstückstisch abzuräumen. Obwohl sie nun allein im Raum war, konnte sie immer noch die Anspannung in der Luft spüren, die der kurze Besuch ihrer Tochter ausgelöst hatte. Für Theresa selbst waren Lenas Pläne keineswegs eine Überraschung, auch wenn sie bis zuletzt gehofft hatte, mit ihren Vermutungen falschzuliegen. Es hatte einiges an Anzeichen dafür gegeben, dass eine endgültige Heimkehr nicht geplant war. Zunächst war da die Tatsache, dass Lena seit Monaten in ihren Briefen wieder und wieder den Nachfragen ihrer Mutter ausgewichen war, wenn es um die Vorbereitungen für ihre Rückkehr nach Hamburg ging. Es gab keine neue Wohnung, keinen neuen Agenten und keinerlei Pläne für den Transport ihres Hab und Guts.

Stattdessen konnte Theresa Seite für Seite und Zeile für Zeile lesen, wie tief verwurzelt Lena mittlerweile in der Londoner Musikszene war. Neben ihrer fantastischen Stimme schien sie ein Talent dafür zu haben, Kontakte zu knüpfen und überall Unterstützer für ihre Projekte zu finden. Dabei war die junge Sängerin absolut fokussiert auf ihre Karriere und ließ sich von nichts und niemanden vom Weg abbringen, wenn es darum ging, ihre ehrgeizigen Ziele zu erreichen. Theresa spülte die letzte Tasse aus, trocknete sie mit einigen schnellen Handbewegungen ab und stellte sie neben die anderen in den kleinen Hängeschrank über der Küchenzeile. Wenn Lena nun einmal in London bleiben wollte, hatte es keinen Sinn zu versuchen, sie umzustimmen. Georg und sie würden sich als Eltern bestmöglich mit der Situation engagieren müssen. Obwohl sie eigentlich besorgt und gestresst wegen des so abrupt beendeten Frühstücks war, musste Theresa ein klein wenig schmunzeln. Lena war ihr mit ihrer zierlichen Figur, ihren feinen Gesichtszügen und den braunen Haaren nicht nur äußerlich sehr ähnlich, sondern sie hatte auch eine gehörige Portion ihrer Sturheit geerbt. Helena hatte stets ihren eigenen Kopf und einen verflixt starken Willen gehabt, so war das schon seit frühester Kindheit. Georg, der früher meist gelassen reagiert und auch mal den ein oder anderen Zwist einfach weggelächelt hatte, schien es mit den Jahren jedoch schwerer und schwerer zu fallen, sich mit dieser Eigenheit seiner Tochter auseinanderzusetzen. Aber dass er so zornig und trotzig reagierte und das in Anwesenheit eines Gastes, hatte Theresa in ihren vielen Ehejahren noch nicht erlebt.

Nachdem nun alles wieder aufgeräumt war, dachte sie kurz sehnsüchtig an ihr sonniges Plätzchen am Rande des ehemaligen Gemüsegartens. Nein, der Moment war für heute vorbei und die herrliche Ruhe des frühen Morgens längst verflogen. Aber vielleicht brauchte ja Georg bei seinen Vorbereitungen noch ein wenig Hilfe. Sicherlich hatte er sich mittlerweile auch wieder ein wenig beruhigt, sodass sie ein besonnenes Gespräch über die neue Situation mit ihm führen könnte.

Während sie die geschwungene Holztreppe mit dem gedrechselten Geländer hinunter ins Erdgeschoss nahm, um durch die Verkaufsräume in die dahinterliegende Werkstatt zu gelangen, überlegte sie, wie sie ihren Mann auf andere Gedanken bringen könnte. Schließlich hatte er sich so auf die Jubiläumsfeier des Musikhauses Albers gefreut, das bis über die Grenzen Hamburgs hinaus als »das Musikhaus an der Alster« bekannt war. Georgs Reaktion nach zu urteilen, hatten ihn Lenas Worte unvorbereitet getroffen. Er war sicher davon ausgegangen, dass ihr Aufenthalt in Großbritannien nur ein Gastspiel sein würde, um neue Eindrücke und Erfahrungen zu sammeln, bevor sie ihre Karriere in der Heimat verfolgte. So hatten die drei es besprochen, bevor Lena sich in die Fremde aufgemacht hatte.

Als Theresa am Fuß der Treppe ankam, hörte sie plötzlich Musik. Aus dem Klavierzimmer zu ihrer Linken drangen die Klänge der Einleitung aus Beethovens *Klaviersonate Nr. 26 in Es-Dur*. Ein Stück, das landläufig als *Les Adieux* bekannt war und in musikalischer Form vom Schmerz des Abschieds erzählte.

Wie erwartet, fand Theresa Georg an seinem liebsten Klavier sitzend vor, mit hängendem Kopf, leicht nach vorne gebeugt und völlig in sein Spiel vertieft. Rechts neben dem Klavierhocker entdeckte sie das kleine, leicht eckige Gläschen, aus dem ihr Mann hin und wieder abends einen Schnaps trank, wenn er sich von einem harten Arbeitstag erholen wollte. Offensichtlich hatte er heute schon morgens zu diesem Heilmittel für seine Nerven gegriffen.

»Georg«, begann Theresa, während sie vorsichtig um ihn herum ging.

Er zuckte leicht zusammen, öffnete die Augen und hob die Hände von den Tasten. »Theresa, bitte«, sagte er heiser, »ich will jetzt noch nicht darüber reden.«

»Ich aber schon«, entgegnete Theresa ebenso ruhig wie bestimmt. »Du hast dich eben recht unhöflich verhalten. Insbesondere unserem Gast gegenüber. So kenne ich dich ja gar nicht.«

»Unhöflich?«, wiederholte Georg und warf ihr einen ärgerlichen Blick zu, während er die Tastenklappe des Klaviers schloss. »Na, entschuldige mal. Denkst du vielleicht, ich sitze still und freundlich lächelnd da, während unsere Tochter verkündet, dass sie auf einmal mir nichts dir nichts hier alles aufgeben will?«

»Was sie will«, sagte Theresa, »ist, ihre Karriere voranzutreiben. Und das kann sie in London nun mal einfach besser. Sie ist eben sehr ambitioniert und zielstrebig, mein Lieber. In dieser Hinsicht erinnert sie mich sehr an einen gewissen Pianisten, den ich mal kannte. Der war Klavierlehrer und Organist, wollte aber für sein Leben gern Komponist werden …«

»Ach, hör doch auf!« Georg schnaubte. »Das kann man überhaupt nicht vergleichen. Was hatte ich denn zu der Zeit schon vorzuweisen? Überhaupt nichts, und das weißt du genau.« Er stand auf, ging jedoch nicht auf Theresa zu, sondern um das Klavier herum und stützte sich müde auf den massiven, tiefschwarzen Korpus. »Unsere Lena könnte auch in Hamburg Sängerin werden. Oder gibt es so was etwa hierzulande nicht mehr? Ihr stehen doch wirklich alle Türen offen. Aber nein, da drüben hat sie ja bereits ihre Kontakte.« Georg schüttelte ärgerlich den Kopf, sodass seine ergraute Lockenmähne in Bewegung geriet. »*Kontakte*, dass ich nicht lache!«

»Und was soll das nun wieder heißen?«, fragte Theresa, die sich nun wirklich darüber wunderte, wie wütend und verletzt ihr Mann auf die Situation reagierte.

»Siehst du das denn nicht? Das Mädchen ist doch völlig durcheinander!« Georg trommelte nervös mit den Fingern auf das dicke Eichenholz des Instruments. »Dieser *Harry*, den sie im Schlepptau hat, der ist ihr *Kontakt*. Wegen dieses Burschen will sie auf einmal so dringend in England bleiben, das sage ich dir. Er hat ihr den Kopf verdreht, und auf einmal sind wir abgemeldet.«

»Ach was«, winkte Theresa ab, dachte jedoch gleichzeitig daran, wie herzlich die beiden voneinander gesprochen hatten. In ihren Briefen hatte Lena Harry kein einziges Mal namentlich erwähnt. Und jetzt war er ihr so vertraut, dass sie zusammen auf Reisen gingen?

»Ich war von Anfang an dagegen, dass sie nach London geht«, zeterte Georg weiter. »Von Anfang an! Das gehört sich für eine unverheiratete Frau in ihrem Alter einfach nicht. Aber nein, Lena hat wie immer ihren Willen durchgesetzt. Angeblich wohnt sie ja mit ihrer Studienfreundin zusammen. Wer sagt uns denn, dass das überhaupt stimmt?«

»Das stimmt schon, Georg«, entgegnete Theresa. »Ich kann verstehen, dass du aufgewühlt bist. Das bin ich auch, verflixt noch mal. Aber ich vertraue Helena. Sie ist klug und weiß, was gut für sie ist. Und außerdem liebt sie uns. Hast du denn nicht bemerkt, wie schwer ihr das alles fällt? Denkst du etwa, es tut ihr nicht weh, von uns getrennt zu sein?« Langsam ging sie zu ihrem Mann hinüber und nahm seine Hände in die ihren.

Georg schüttelte immer wieder den Kopf. Aber die Zornesfalten auf seiner Stirn lösten sich allmählich auf. Besorgt und traurig sah er sie an. »Aber was ist mit dem Musikhaus, Theresa?«, fragte er mit belegter Stimme. »Was soll daraus werden, wenn wir einmal älter sind und das alles nicht mehr stemmen können? Was ist ein Familienunternehmen denn noch wert, wenn die einzige Tochter fortgeht und nichts mehr damit zu tun haben will?«

Theresa wurde schwer ums Herz. So weit hatte sie überhaupt noch nicht gedacht. Dabei waren Georgs Sorgen weiß Gott nicht unberechtigt. »Dass sie das Musikhaus nicht übernehmen will, hat

Lena doch gar nicht gesagt«, tröstete sie ihren Mann und drückte sanft seine rechte Hand. »Genau so wenig, wie sie gesagt hat, dass sie nie wieder nach Hamburg ziehen wird. Sie ist doch noch so jung. Gib ihr etwas Zeit und die Dinge werden sich fügen.«

Georg nickte und richtete sich auf. »Schließlich gehöre ich im Moment noch nicht zum alten Eisen. Ein paar Jahre bleibe ich sicher noch der Chef. Und du bleibst die Chefin, nicht wahr?«

»So ist es«, bestätigte Theresa und bemühte sich darum, sicher und überzeugt zu klingen, während Georg sich ein müdes Lächeln abrang und ihr zuzwinkerte. Doch nun hatte die Angst vor der Zukunft sich bereits still und leise in ihr Herz geschlichen. Das Musikhaus war nicht nur ihr Beruf oder ihre Einnahmequelle, sondern es sollte irgendwann Georgs und Theresas Vermächtnis werden. Und bei aller Liebe und Verständnis für Lena, die Pläne ihrer Tochter hatten diese Zukunft heute ins Wanken gebracht.

# 4.

»Na, glaubst du mir jetzt endlich, dass wir hier in der schönsten Stadt der Welt sind?«, fragte Lena und sah Harry erwartungsvoll an. Die beiden verließen gerade die breite, von Platanen gesäumte Allee des Stadtparks nach links, um in einen schmaleren Weg einzubiegen. Es war ein warmer Frühlingsnachmittag, und der Wind blies nur leicht aus Richtung Westen. Das milde Wetter und der blaue, fast wolkenlose Himmel an diesem Montag lockten zahlreiche Spaziergänger an, welche die weitläufige Anlage durchstreiften.

»Ja, ganz schön euer Städtchen«, erwiderte Harry bewusst gelassen und zwinkerte Lena mit einem spitzbübischen Grinsen zu. Das Laub der Bäume warf ständig wechselnde Schatten auf sein Gesicht, während die beiden nebeneinanderher schlenderten. »Aber mit unserem Hyde Park kann das hier ja wohl kaum mithalten, auch wenn ich zugeben muss, dass ihr einen recht beeindruckenden See habt.«

»Ach was, Hyde Park!«, konterte Lena in gespielt überheblichem Ton und machte eine wegwerfende Handbewegung. »Wenn ich gehe, möchte ich mich entspannen und nicht andauernd irgendwelchen hochwohlgeborenen Herrschaften auf ihren Gäulen ausweichen.«

»Also das ist ja wohl die Höhe!«, entgegnete Harry. »Wenn du unsere schöne Stadt weiter so verunglimpfen willst, dann nehme ich dich nicht mehr mit zurück nach London, Helen.«

»Das wäre meinen Eltern sicher überaus recht«, sagte Lena, und die unbeschwerte Leichtigkeit wich augenblicklich aus ihrer Stimme. »Es tut mir leid, dass du das gestern miterleben musstest. Ich hätte mir eigentlich denken können, dass es Streit gibt.«

»Ach was, Streit«, sagte Harry und schüttelte den Kopf. »Streit war bei meinen Eltern zu Hause immer erst, wenn meine Mutter anfing, mit Geschirr zu werfen, und mein Vater fluchtartig das Haus verließ.«

»Trotzdem. Danke, dass du mitgekommen bist. Eigentlich kommt man mit meinen Eltern ziemlich gut aus.«

»Das glaube ich dir. Ich hätte mir zu gern auch mal das Musikhaus richtig angesehen, aber dazu ist es ja nicht mehr gekommen.«

»Tut mir leid.«

Harry nickte nur. So langsam war ihm das Thema sichtlich unangenehm, und er wusste wohl nicht mehr so recht, was er zu dem abrupt beendeten Frühstück im Hause Albers noch sagen sollte. Lena ging es ganz genauso. Umso dankbarer war sie ihm dafür, dass er nun das Thema wechselte.

»Sag mal, Helen, hat euer grandioser weltberühmter Stadtpark zufällig auch so etwas wie Bänke? Wir laufen schon seit Stunden, und langsam tun mir die Füße weh.«

Sie musste lachen. Harry konnte man die gute Laune einfach nicht verderben, und wenn er einen erst einmal ein wenig besser kannte, hatte er zudem in allen Lebenslagen einen lockeren Spruch auf den Lippen. »Na klar«, sagte sie und zeigte nach rechts, wo die saftig grüne Wiese an einer niedrigen Backsteinmauer mit einer halbrunden Ausbuchtung endete. »Da vorn können wir uns kurz mal ausruhen.«

»Und wer ist dieser nachdenkliche Bursche?«, sagte Harry, nachdem er auf der breiten Holzbank platzgenommen und einen seiner Schuhe ausgezogen hatte, der ihm offenbar einen schmerzenden Fuß bereitete.

Theresa folgte seinem Blick zu der Bronzestatue, die sich ungefähr zehn Schritte von den beiden entfernt in Denkerpose mit gekreuzten Beinen und angewinkelten Armen auf einem steinernen Sockel erhob. »Heinrich Heine. Das Denkmal wurde erst vor ein paar Jahren errichtet. Kennst du ihn?«

»Sicher«, sagte Harry. »Ich habe dir doch erzählt, dass ich immer deutsche Bücher lese. Schließlich will ich die Muttersprache meines Großvaters nicht verlernen. Von Heines Gedichten müssen bestimmt auch ein oder zwei dabei gewesen sein«. Er kratzte sich am Kopf und schloss die Augen, als würde er angestrengt nachdenken, bevor er fortfuhr. »*Und als ich die deutsche Sprache vernahm, da ward mir seltsam zu Mute. Ich meinte nicht anders, als ob das Herz recht angenehm blute.*«

»Das kannst du ihm wohl nachfühlen, was?«, fragte Theresa.

»Natürlich«, erwiderte Harry. »Der Mann wusste einfach, wovon er schreibt. Heine hatte einen ziemlich realistischen Blick auf die Dinge. Deshalb heißt es in dem Gedicht ja auch: *Franzosen und Russen gehört das Land, das Meer gehört den Briten …*«

»Harry …«

»*… Wir aber besitzen im Luftreich des Traums die Herrschaft unbestritten.*«

»Harry!«, zischte Lena wieder und packte ihn sanft, aber bestimmt am Arm. »Nicht so laut! Oder willst du gleich an deinem dritten Tag hier deine erste Tracht Prügel einstecken? Wundern würde es mich nicht. Viele Leute sind weder auf Heinrich Heine selbst noch auf sein *Wintermärchen* auch nach fast hundert Jahren besonders gut zu sprechen, und die Stimmung im Volk ist sowieso schon angespannt.«

»Schon gut, schon gut«, entgegnete Harry leicht beleidigt, wandte sich ab und zog seinen Schuh wieder an.

Lena sah sich kurz um. Die Bank zu ihrer Rechten war leer, und auch sonst hielt sich gerade niemand in ihrer unmittelbaren Nähe auf. Lediglich ungefähr fünfzig Meter entfernt stand ein Mann, der in ihre Richtung zu blicken schien. Aufgrund der breiten Krempe seines Huts und des hochgeklappten Mantelkragens war sein Gesicht nicht zu erkennen. Für die frühlingshaften Temperaturen war er viel zu dick angezogen. Sobald er Lenas Blick bemerkte, drehte er sich langsam um und ging in südlicher Richtung davon.

»Sieh mal hier«, sagte Harry fröhlich. »Das wollte ich dir schon den ganzen Tag zeigen.« Er überreichte Lena einen dünnen Bogen aus Papier. Es handelte sich um eine Seite aus dem *Hamburger Anzeiger*. Ein langer Artikel trug den fett gedruckten Titel *Deutschlands schönstes Planetarium*. Darunter konnte man alles über diese spektakuläre, erst kürzlich eröffnete Attraktion im Nordwesten des Parks lesen, die im ehemaligen Wasserturm untergebracht war. »Das ist doch großartig, oder?«, begeisterte er sich. »Da gibt's eine Himmelskuppel mit über fünftausend Sternen! Du interessierst dich doch für Astronomie, nicht wahr? Komm, da gehen wir hin, Helen.«

»Das Planetarium möchte ich mir auch unbedingt noch anschauen, bevor wir Hamburg wieder den Rücken kehren«, sagte Lena und gab Harry den Zeitungsausschnitt zurück. »Aber für heute sind wir genug gelaufen und haben genug gesehen. Ich bin hundemüde.«

»Ach, komm schon«, drängte Harry und stand auf. Offenbar steckte er noch voller Energie.

»Nein, wirklich nicht. Ich bin einfach zu erschöpft. Und außerdem sollten wir uns dafür richtig Zeit nehmen. Lass uns in den nächsten Tagen mal früh morgens aufbrechen, und dann schauen wir uns sämtliche Sterne und Planeten an, versprochen«.

»Na gut«, gab sich Harry geschlagen. »Aber ich will mir den alten Wasserturm wenigstens mal von außen ansehen, nur ganz kurz. Wartest du hier? In einer Viertelstunde bin ich bestimmt wieder da.«

»Wenn du dich da mal nicht verschätzt«, entgegnete Lena leise und schloss die Augen. Harry hatte sich bereits schnellen Schrittes auf den Weg gemacht. Als sie so vor sich hin döste, den Kopf in den Nacken gelegt und die Beine lässig überkreuzt, dachte Lena erneut an die Reaktion ihres Vaters auf ihre Neuigkeiten beim gemeinsamen Frühstück. Vor der Abreise aus England hatte sie sich sämtliche Möglichkeiten für den Ausgang dieses unvermeidlichen Gesprächs ausgemalt, die ihr eingefallen waren: Streit, Vorwürfe, stundenlange Diskussionen, mit alldem wäre sie schon irgendwie zurechtgekommen. Aber dieses eisige Schweigen kannte Lena von ihrem stets lebensbejahenden, rational denkenden Vater nicht, und es machte ihr Angst.

Als sie die Augen wieder öffnete, um nachzusehen, ob Harry vielleicht schon auf dem Rückweg in ihre Richtung war, fiel Lenas Blick erneut auf den fremden Mann mit dem Hut und dem langen Wintermantel. Er war stehen geblieben, hatte den Kopf gehoben und schaute direkt in ihre Richtung. Beobachtete er sie etwa? Irgendetwas an der Erscheinung des Unbekannten behagte Lena ganz und gar nicht. Die Art, wie er einfach so mitten auf dem Weg dastand und in ihre Richtung sah, bescherte ihre eine leichte Gänsehaut und ein flaues Gefühl im Magen.

»Und da bin ich wieder«, keuchte Harry plötzlich neben ihr. Er war etwas aus der Puste, was darauf hindeutete, dass er vermutlich den gesamten Weg zum alten Wasserturm und zurück gerannt war. »Es wirkt schon von außen wirklich beeindruckend. Am besten gehen wir gleich nach der Feier deiner Eltern hin.« Er stockte kurz und sah sie von oben bis unten an. »Ist alles in Ordnung, Helen? Du siehst etwas blass aus.«

»Ja, alles gut so weit«, entgegnete sie geistesabwesend, während sie beobachtete, wie der fremde Mann sich wieder in Bewegung setzte. »Lass uns hier verschwinden, Harry. Für heute habe ich definitiv genug von diesem Park.«

# 5.

Theresa stand auf der Bühne, die für das Jubiläum des Musikhauses errichtet worden war und ließ ihren Blick über die Menge schweifen, die sich auf der frisch gemähten Wiese neben der Villa versammelt hatte. Das Fest war am frühen Abend schon in vollem Gange. Die meisten Gäste genossen, an schmalen hölzernen Tischen sitzend, gegrillte Würste mit Brötchen und kühle Getränke, während andere fröhlich miteinander tanzten. Es roch nach Rauch, Gras und frisch gezapftem Bier, sodass man fast hätte meinen können, der Sommer hielte bereits Einzug an der Außenalster. Bei schönstem Wetter, mit viel Sonnenschein und nahezu Windstille, spielte gerade eine Gruppe aus dem lokalen Musikverein auf. Die acht Männer, deren Instrumente gut zur Hälfte aus dem geschätzten Musikhaus an der Alster stammten, ließen gerade auf Gitarren und Akkordeons ihre eigene flotte Version des Klassikers *De Hamborger Veermaster* hören. Alles in allem lief die Feier also bestens, aber wo war Georg schon wieder abgeblieben? Würde er tatsächlich die lang ersehnte Jubiläumsfeier ihres Musikhauses versäumen, nur weil er immer noch wegen Lenas Karriereplänen schmollte? Theresa stieg von der Bühne und schob sich nach vorn durch das dichte Gedränge, in der Hoffnung, ihren Mann irgendwo unter den Gästen zu entdecken.

»Guten Tag«, hörte sie ihn plötzlich laut hinter sich sagen. »Wie schön, dass Sie alle zu unserem besonderen Tag gekommen sind.«

Wie aus dem Nichts war Georg mit einem Mal auf der rund zwei Meter hohen Bühne am Rand der Wiese erschienen. Er trug seinen besten Anzug und lächelte einnehmend zu den Besuchern hinunter. Seine Stimme hallte auch ohne Mikrofon über den gesamten improvisierten Festplatz, sodass sich die Aufmerksamkeit der Anwesenden nun ganz auf ihn richtete. »Für alle, die mich noch nicht kennen: Mein Name ist Georg Albers, und ich leite zusammen mit meiner Frau Theresa nun schon seit genau zwanzig Jahren das Musikhaus Albers, das aufgrund seiner wunderschönen Lage in Hamburg im Allgemeinen als Musikhaus an der Alster bekannt ist. Der Fluss hinterlässt bei vielen also offenbar eher einen bleibenden Eindruck als mein Nachname, aber damit kann ich leben.« Er machte eine kleine Pause und erntete ein paar verhaltene Lacher. »Ich bin weiß Gott kein großer Redner und möchte Ihnen daher nur noch sagen, dass wir jeden Einzelnen unserer Kunden sehr schätzen und von Herzen hoffen, dass Sie uns auch noch weitere zwanzig Jahre treu bleiben. Bitte genießen Sie das Essen, die Getränke sowie unser musikalisches Rahmenprogramm. Die Herren hinter mir werden noch ein letztes Stück für uns alle spielen, wobei sie jedoch noch ein klein wenig Verstärkung am Mikrofon erhalten.« Er warf einen kurzen Blick nach hinten über seine linke Schulter. »Bitte begrüßen Sie mit mir eine aufstrebende Sängerin aus Hamburg, Lena Albers.«

*Sieh mal einer an*, dachte Theresa, während ihre Tochter, die am Vorabend in ihrem Kinderzimmer übernachtet hatte, lächelnd und in einem wunderschönen rosafarbenen Sommerkleid unter großem Applaus auf die Bühne stolzierte. Sollten sich Vater und Tochter etwa heimlich und ohne ihr Zutun versöhnt haben? Das allein wäre ja schon eine Feier wert. Auf den zweiten Blick registrierte Theresa, dass auch Harry zugegen war. Er stand ebenfalls auf der Bühne, blieb jedoch im Hintergrund und war wohl nur als Lenas Begleiter zugegen, nicht als weiterer Musiker. Gerade unterhielt er sich angeregt mit Georgs Freund Max Reiminger, der im Anschluss ein paar Stücke auf seiner Violine spielen sollte.

»Vielen Dank«, rief Lena und winkte den Zuschauern zu, während das Klatschen und die Pfiffe langsam leiser wurden. »Ich freue mich ebenfalls, dass …«

Weiter kam sie nicht, denn plötzlich ertönte ein lautes Krachen, das alle Gespräche verstummen ließ. Als Lena sich fragend zu ihrem Vater umdrehte, gab die vordere rechte Stütze der Bühne mit einem heftigen Ruck nach, der Holzboden senkte sich dort, und alle, die sich darauf befanden, fielen zu Boden.

*Oh Gott*, dachte Theresa, während sie sich panisch einen Weg durch die aufgescheuchte Besuchermenge bahnte. *Oh Gott, bitte lass sie unverletzt sein.* Einige der Gäste hatten sich bereits darangemacht, denjenigen, die von der eingestürzten Bühne gefallen waren, aufzuhelfen und sie hinüber zu einem weniger überfüllten Teil der Wiese zu führen. Andere standen schockiert herum und verfolgten das Treiben mit bleichen Gesichtern und weit aufgerissenen Augen. Theresa sah zwei junge Männer, die einen dritten, deutlich älteren, stützten, der sich mit einer blutenden Kopfwunde und schmerzverzerrtem Gesicht vorwärtsschleppte. Dahinter begutachtete eine rundliche Dame ihre zerbrochene Mandoline, die offenbar ebenfalls dem Unglück zum Opfer gefallen war. Endlich erreichte Theresa Lena und Georg, die sich über jemanden beugten, der am Boden lag. Augenscheinlich waren sie wohlauf und unverletzt.

»Da seid ihr ja!«, rief Theresa mit zitternder Stimme. »Ist alles in Ordnung?«

»Mit uns beiden schon«, entgegnete Georg. »Allerdings scheint Harry sich den Fuß gebrochen zu haben.«

Erst jetzt sah Theresa, dass der junge Brite am Boden lag und mit zusammengebissenen Zähnen sein linkes Bein umklammert hielt. Lena hatte ihm eine Hand auf die Schulter gelegt und redete beruhigend auf ihn ein, während auch schon zwei unverletzte Musiker herbeigeeilt kamen, um ihn in Richtung des Hauses zu bringen.

»Jemand muss die Ambulanz rufen«, sagte Georg, und sein Gesicht war von tiefen Sorgenfalten gezeichnet. »Einige scheinen ganz schön was abbekommen zu haben.«

»Wie konnte das geschehen?«, stieß Theresa hervor. »Die Bühne war doch stabil, oder? Hast du nicht gesagt, dass du sie gestern noch überprüft hast?«

»Ja«, erwiderte Georg. »Es war alles in Ordnung, da bin ich mir zu hundert Prozent sicher. Normalerweise hätte ich noch ein ausgewachsenes Nilpferd auf die Bühne holen können, und es wäre trotzdem nichts passiert. So eine massive Holzstütze bricht auch nicht einfach so aus heiterem Himmel durch.«

»Aber was heißt das? Was war da bloß los, verflixt noch mal?«, fragte Theresa.

»Ich habe nicht die geringste Ahnung«, gab Georg zu und sah

sich auf der Wiese um. »Aber im Moment sieht es ganz so aus, als hätte jemand mit Absicht den Unfall herbeigeführt und vermutlich die Stütze angesägt.«

Theresa schluckte und sah sich ebenfalls um. Langsam lichtete sich das Chaos, die Verletzten wurden versorgt, aber das Fest hatte natürlich ein jähes Ende gefunden. Auch wenn Georg sich seiner Sache sicher war, sie konnte einfach nicht glauben, dass jemand den Einsturz der Bühne vorsätzlich verursacht haben könnte. Wer um alles in der Welt würde so etwas tun?

# 6.

»Oh mein Gott«, stieß Lena hervor, als sie Harrys Bein sah, das bis zum Knie in dicken Bandagen steckte. Die beiden Ärzte, die Georg zur Versorgung der Verletzten herbeigerufen hatte, waren überaus gründlich zu Werk gegangen. »Wie geht es dir?«

»Es ging mir schon besser«, sagte Harry und setzte sich leicht auf seinem improvisierten Krankenlager auf, das aus einem alten Sofa und ein paar wild zusammengewürfelten Kissen in einem kleinen Zimmer im hinteren Teil des Musikhauses bestand. »Offenbar ist der Fuß nicht gebrochen, sondern nur verstaucht. Aber laufen kann ich trotzdem erst mal vergessen.« Er versuchte sich an einem optimistischen Lächeln, das allerdings ziemlich gequält ausfiel.

»Harry«, setzte Lena an. »Es tut mir leid, aber ich muss etwas mit dir besprechen. Ich …«

»Es ist in Ordnung, Helen«, unterbrach er sie, hob müde die Hand und schüttelte leicht den Kopf. »Wirklich. Fahr zurück nach London, wenn du musst. Ich komme hier schon irgendwie zurecht.«

»Unsinn«, antwortete Lena, die auf dem abgewetzten grauen Teppich des Raumes hektisch auf und ab lief. »Ich lasse dich hier nicht einfach liegen und schippere allein zurück nach England. Sicher kann man hier in Hamburg von irgendwo aus ein Telegramm an den Veranstalter schicken. Die verstehen das schon.«

»Ja, aber …«

»Darum geht es mir auch gar nicht«. Dieses Mal war es Lena, die ihrem Freund das Wort abschnitt. »Ich mache mir Sorgen, Harry. Um dich, natürlich, aber auch um meine Eltern. Ich meine, was um aller Welt ist denn da passiert? Mein Vater sagt, dass es so aussah, als hätte sich jemand an der Bühne zu schaffen gemacht. Und dann neulich im Park, als du kurz weg warst, da habe ich diesen Mann gesehen, und ich hatte den Eindruck, er würde mich irgendwie anstarren …« Lena blieb stehen und fuhr sich nervös durch ihr langes braunes Haar. Vor Aufregung fehlten ihr die Worte, um Harry ihre Befürchtungen begreiflich zu machen, aber irgendetwas stimmte nicht. Sie hatte das vage Gefühl, dass ihre Eltern in Gefahr schwebten, auch wenn sie keinerlei Vorstellung davon hatte, wovon diese ausging.

»Lena«, sagte Harry und sah ihr tief in die Augen. »Ich weiß, dass in den letzten paar Tagen eine ganze Menge passiert ist. Es lag hier sowieso schon viel Spannung in der Luft, und dann gab es jetzt auch noch diesen dummen Unfall, der euch allen Sorgen macht. Da ist es doch klar, dass du nervös bist. Vielleicht siehst du vor lauter Aufregung schon Gespenster. Aber denk lieber daran, worauf du seit Jahren hinarbeitest. Dieses Engagement ist deine große Chance, und wenn du sie nutzen willst, musst du jetzt zurück nach London.«

Lena wandte den Blick ab und sah zu Boden. Sie wusste, dass Harry recht hatte. Der nächste große Schritt in ihrer Karriere hing davon ab, dass sie rechtzeitig für das Treffen mit dem Konzertveranstalter zurück nach England kam. Aber wie sollte sie sich darauf konzentrieren, wenn sie dabei ständig daran denken müsste, dass sie ihren verletzten Freund zurückgelassen hatte? Schließlich hatte er bisher so gut wie jeden Schritt ihres musikalischen Werdegangs in England unterstützt.

»Hey«, sagte Harry und brachte nun doch ein Lächeln zustande, bei dem er Lena sogar gewohnt lässig zuzwinkerte. »Deine Mutter hat mir hier alles fürstlich eingerichtet und kümmert sich quasi Tag und Nacht um mich. Wahrscheinlich werde ich in diesem Zimmerchen schneller wieder gesund als in jedem Londoner Krankenhaus. Sieh du derweil zu, dass du schnell zurückkommst, und zeig denen, dass du die richtige für eine bombastische Konzertreihe bist.«

»Du solltest auf ihn hören, finde ich«, hörte Lena ihren Vater hinter sich sagen. Während des Gesprächs hatte sie nicht bemerkt, wie dieser, dicht gefolgt von ihrer Mutter, den Raum betreten hatte. »Kümmere dich um deinen Beruf und um deine Zukunft. Wir versorgen Harry mit allem, was nötig ist und sorgen dafür, dass er später nachkommen kann.«

Lena nickte. Offensichtlich waren sich alle einig, was zu tun war. Harry schien sich tatsächlich recht wohl in dem Hinterzimmer des Musikhauses zu fühlen, und aus irgendeinem Grund wollte nun auch ihr Vater, dass sie wieder abreiste. Allerdings war es nicht Lenas Art, die Situation einfach anzunehmen, bevor sie wusste, was hinter den Kulissen vor sich ging.

»Bei allem Respekt, Papa: Woher kommt dieser plötzliche Sinneswandel? Warst du nicht vor wenigen Tagen noch böse auf mich, weil ich nach London zurückwill?«

»Das ist kein Sinneswandel«, entgegnete er in leicht gepresstem Ton, als hätte er sich noch nicht entschieden, ob er ihr gut zureden oder sie lieber in die Schranken weisen sollte. »Und ich war auch nicht böse auf dich. Deine Mutter und ich wollen, dass du das tust, was das Beste für dich ist. Und für dieses Engagement nach London zurückzukehren ist vernünftig. Außerdem werden wir nach dem Unfall von gestern so viel zu tun haben, dass wir sowieso keine Zeit mehr füreinander haben.«

»Das war kein Unfall«, sagte Lena mit fester Stimme, obwohl sie sah, wie ihr Vater ihr nun einen warnenden Blick zuwarf und sich die Muskeln an seinem Hals anspannten. »Ich habe gehört, dass du das selbst gesagt hast.«

»Ich sage dir jetzt gleich mal was anderes, Helena. Was ist denn mittlerweile in dich gefahren?« Auf seinen Schläfen traten die Adern hervor, und sein Unterkiefer wirkte verkrampft. Lena konnte erkennen, dass der Chef des Musikhauses seine Wut aufgrund ihrer Widerworte und ihres Ungehorsams nur noch mühsam im Zaum hielt. »Ich versuche doch nur, dich zu schützen, das wird ja wohl noch erlaubt sein!«

»Natürlich«, erwiderte Lena und hielt dem Blick ihres Vaters stand. Erst jetzt bemerkte sie selbst, wie übel sie es ihm nahm, dass er sie vier Tage zuvor beim gemeinsamen Frühstück einfach mit Missachtung gestraft hatte, als wäre sie ein ungezogenes Kind. »Und ich will einfach nur wissen, wovor ich eigentlich geschützt werden muss.«

Der Kopf ihres Vaters lief feuerrot an, doch gerade, als er wütend einen Schritt vortreten wollte, griff ihre Mutter ein. »Du hast recht, Lena«, sagte sie. »Es deutet alles darauf hin, dass es tatsächlich kein Unfall war.«

»Theresa«, zischte Georg, doch diese sprach ungerührt weiter und legte ihm beschwichtigend die Hand auf seinen rechten Unterarm.

»Du bist mittlerweile alt genug, um zu erfahren, was hier vorgeht, also werde ich dir jetzt sagen, was wir bisher wissen. Die Stütze scheint angesägt worden zu sein. Die Polizei ermittelt natürlich, aber zum jetzigen Zeitpunkt gibt es keine Anhaltspunkte, was den Täter angeht. Vermutlich war es irgendein Verrückter, der Chaos anrichten wollte. Zum Glück wurde niemand ernsthaft verletzt, sondern es gab lediglich ein paar Prellungen und Platzwunden. Und einen verstauchten Fuß, der aber sicher bald wieder geheilt sein wird.« Lenas Mutter warf Harry einen freundlichen Blick zu und nickte aufmunternd.

»Danke«, sagte Lena schlicht. »Wenn es für Harry wirklich in Ordnung ist, dann fahre ich vorerst allein zurück. Auch wenn es mir eigentlich lieber wäre, wenn ich euch allen hier beistehen könnte, bis das Durcheinander beseitigt ist.«

»Das werden wir schon allein hinkriegen«, murmelte ihr Vater, »… so wie alles andere in Zukunft auch.«

»Lieber Gott, Georg!«, tadelte ihn seine Frau. Lena blickte verletzt zu Boden. Er hatte ja recht. Sie war drauf und dran, sich aus dem Staub zu machen, während bei ihren Eltern alles kopfstand. Offensichtlich hatte er es aufgegeben, sie zum Bleiben überreden zu wollen, und zog es jetzt vor, die Trennung so schnell wie möglich hinter sich zu bringen.

»Hört zu«, begann ihre Mutter und sah in die Runde. »Was wir jetzt tun sollten …«

In diesem Moment ertönte die Türglocke. Lenas Vater eilte in den Flur. »Das ist sicher schon wieder die Polizei. Oder jemand von der Versicherung. Oder sonst irgendeiner dieser penetranten Menschen, die uns noch die letzten Kunden verscheuchen, die sich hierher verirren.« Schon war er laut fluchend und mit hastigen Schritten durch die Tür nach draußen verschwunden.

»Wir sollten Harry jetzt wieder ein wenig Ruhe gönnen«, bestimmte Lena, ohne ihren Freund anzusehen, der die Diskussion der Familie Albers als stiller Beobachter verfolgt hatte. »Von dem ganzen Streiten und Lamentieren wird sein Fuß sicherlich nicht besser.« Sie fasste ihre Mutter sanft am Arm und zog sie hinaus, was diese wortlos mit einer hochgezogenen Augenbraue geschehen ließ.

»Also gut, Mama«, sagte Lena, nachdem sie die Zimmertür hinter sich geschlossen hatte. Aus der Diele konnte man leise hören, wie ihr Vater mit zwei Polizisten sprach, die ihm Fragen zu den bei der Feier anwesenden Gästen stellten. »Wir beide wissen, dass das noch nicht alles war. Bitte sag mir, was wirklich los ist.«

»Wie meinst du das?«, fragte ihre Mutter kühl und verschränkte die Arme vor der Brust.

»Warum sollte jemand euer Fest sabotieren?«, bohrte Lena nach. »Das ergibt doch keinen Sinn. Habt ihr euch in letzter Zeit vielleicht irgendwelche Feinde gemacht?«

»*Feinde?*«, echote ihre Mutter und verdrehte leicht die Augen. »Bitte, Lena. Harry hat recht: Du siehst langsam Gespenster. Wir betreiben hier ein ruhiges, kleines Musikhaus, wo gut betuchte Bürger sich mal eine neue Violine leisten oder ihren Nachwuchs zum Klavierunterricht schicken. Da macht man sich keine Feinde, die gleich Anschläge planen.«

»Wenn du das sagst«, entgegnete Lena, blickte ihr jedoch noch einige Sekunden lang forschend in die Augen. »Ich muss jetzt in die Pension und packen, wenn ich morgen früh aufbrechen will. Aber zuerst rede ich noch kurz mit Harry. Bitte sag Papa, dass ich mich vor meiner Abreise noch von euch verabschieden möchte.« Damit ging sie, ohne eine Antwort abzuwarten, zurück in das provisorisch eingerichtete Krankenzimmer und schloss die Tür hinter sich.

# 7.

Am Abend saß Theresa allein im Esszimmer vor ihrem Butterbrot und einer Tasse heißem Kamillentee. Georg war schon wieder hinunter in die Werkstatt gegangen. Theresa hatte weder Hunger noch Durst. Stattdessen las sie wieder und wieder den Brief, der am Morgen unter der Eingangstür des Musikhauses geklemmt hatte. Zum Glück hatte ihn sonst niemand gesehen, sodass bis auf Georg auch niemand eingeweiht war. Das dünne, leicht gelbliche Papier, das in einem unbeschrifteten Umschlag gesteckt hatte, war mit einer Schreibmaschine beschrieben worden. Einige Buchstaben waren ein wenig verschmiert, anderen fehlte etwas Kontur, aber die Botschaft war unmissverständlich:

Hallo Georg,
schade um Deine kleine Feier, nicht wahr? Ich kann Dir
jedoch versichern, dass dies nur ein bescheidener Vorge-
schmack auf das war, was demnächst noch kommt. Ich
melde mich bald wieder.

Mit zitternden Händen und pochendem Herzen faltete Theresa das Blatt zusammen und legte es seufzend neben sich. So schlimm der Einsturz der Bühne auch gewesen war, sie wusste, dass sie im Grunde noch Glück gehabt hatten, denn immerhin hatte es keine schwereren Verletzungen gegeben. Die Versicherung würde voraussichtlich für alle Schäden aufkommen, und die Polizei hatte versprochen, sämtlichen Spuren gründlich nachzugehen, um den oder die Täter zu ermitteln. Aber was gab es da schon zu ermitteln? Selbst dieser verflixte Brief gab nicht den geringsten Hinweis darauf, wer der Irre war, der offensichtlich vorhatte, die ganze Familie Albers ins Unglück zu stürzen.

Langsam erhob sich Theresa von ihrem Stuhl und ging hinüber in die kleine Küche. Vielleicht würde ein Glas kaltes Wasser das flaue Gefühl in ihrem Magen etwas lindern können. Als sie dann zum Fenster hinaus ins Dunkel der Nacht blickte, sah sie die Reflexion ihres eigenen Spiegelbildes. Sie hatte ihre schlanke, zarte Figur und ihre sanften Gesichtszüge nie verloren, und in ihrem vollen, haselnussbraunen Haar, das sie stets sorgfältig hochsteckte, entdeckte sie noch keine graue Strähne. Lediglich die paar Lachfältchen um ihre Augen waren ein kleiner Hinweis darauf, dass die Zeit auch an ihr nicht spurlos vorübergegangen war. Doch heute musste Theresa sich eingestehen, dass sie müde und abgespannt aussah, mit ihren hängenden Schultern und ihrem blassen Teint.

Gerade als sie einen Schluck Wasser trinken wollte, nahm sie aus dem Augenwinkel eine Bewegung hinter sich wahr und fuhr erschrocken herum. Doch es war nur Georg, der sich zu ihr gesellen wollte. Sein Blick ruhte kurz auf seiner Frau und wanderte dann zu dem Blatt Papier auf dem Tisch. Seine Miene verfinsterte sich.

»Einen Moment lang dachte ich, du erzählst Lena von diesem Brief«, sagte er und ließ sich auf einen Stuhl fallen.

»Um Gottes willen«, antwortete Theresa und schüttelte den Kopf. »Das würde sie nur noch mehr verwirren. Sie hat auch so schon genug um die Ohren.«

»Eben.«

Für einen Moment schwiegen beide. Ein langer und beschwerlicher Tag lag hinter ihnen, und Theresa konnte spüren, dass auch Georg sich wünschte, dass er bald enden möge.

»Wie geht es Harry?«, fragte sie. »Ist er noch auf?«

»Nein«, entgegnete ihr Mann. »Er schläft. Ich habe eben nach ihm gesehen. In ein oder zwei Tagen wird er sicherlich wieder aufstehen können. Als ich heute Mittag bei Dr. Jacobsen war, um seinen Flügel zu stimmen, ist er kurz in seine Praxis gegangen und hat mir ein paar Krücken ausgeliehen, die er noch in seiner Praxis hatte.«

»Gut«, sagte Theresa und schloss kurz die Augen. Wenigstens

eine erfreuliche Nachricht an diesem Abend. Vielleicht war das ein Zeichen dafür, dass es am besten wäre, es einfach gut sein lassen und ins Bett zu gehen. Aber ihr war klar, dass sie nicht in den Schlaf finden würde, solange ihr noch so viele unausgesprochene Fragen durch den Kopf schwirrten. »Hast du auch noch mit Lena gesprochen?«

Georg nickte. Auch er sah blass und abgeschlagen aus. »Sie wird morgen früh nach London abreisen. Es ist alles arrangiert.«

»Und das geht für dich in Ordnung?«, fragte Theresa und bemühte sich darum, das Thema behutsam anzusprechen, da ihr die Kraft für ein Streitgespräch fehlte.

»Ich will es so«, entgegnete Georg. »Bevor wir wissen, was hier gespielt wird, ist es mir lieber, wenn Helena weit weg in Sicherheit ist. Es grenzt fast an ein Wunder, dass sie heil von dieser elenden Bühne heruntergekommen ist.«

Theresa atmete tief ein und nippte an dem Wasserglas. Daran, was Lena bei dem Fest hätte passieren können, wollte sie lieber erst gar nicht denken. »Unsere Tochter ist eine intelligente junge Frau«, sagte sie schließlich. »Sie hat unser Gespräch beim Fest mit angehört und zieht ihre eigenen Schlüsse. Heute Mittag hat sich mich gefragt, ob wir irgendwelche Feinde haben.«

»Haben wir nicht«, erwiderte Georg knapp und erhob sich von seinem Stuhl. »Und jetzt gehe ich ins Bett. Das solltest du auch tun.«

»Damals in Berlin hatten wir Feinde«, beharrte sie und trank ihr Glas aus.

»Eben. Wir *hatten* Feinde. Das ist lange her, und diese Leute sind alle schon vor zwanzig Jahren gestorben.«

»Aber …«, setzte Theresa an.

»Wirklich, meine Liebe«, sagte Georg, trat einen Schritt vor, ergriff sanft Theresas Hand und sah ihr in die Augen. Sein Blick war ruhig und gefasst. »Ich bin mir sicher, dass sich der ganze Unsinn bald aufklären wird. Wir haben die Zeit nach dem Krieg, die Not und die Depression mit unserem Musikhaus besser überstanden als die meisten anderen in Hamburg. Viele kämpfen immer noch um jede Mark. Da hat jemand Wind von unserem Fest bekommen und eine Gelegenheit gesehen. Vielleicht war er neidisch, vielleicht aber auch nur verzweifelt. In ein paar Tagen kommt ein Brief, indem wir aufgefordert werden, irgendwo eine Geldsumme zu übergeben. Dann reden wir mit der Polizei, und die machen den Erpresser auf frischer Tat dingfest. Du wirst schon sehen. Ruckzuck ist der ganze Spuk wieder vorbei.«

»Na gut«, gab sich Theresa geschlagen. »Dann lass uns zu Bett gehen, es ist schon spät.«

»Das ist mit Abstand die beste Idee des Tages«, flüsterte Georg ihr ins Ohr, während er sie umarmte. »Ich bin hundemüde.«

Als die beiden sich nach einigen Sekunden voneinander lösten, trafen sich erneut ihre Blicke, und Georg schenkte Theresa ein liebevolles Lächeln. Er wirkte wirklich sehr erschöpft, aber auch ausgeglichen und gelassen. Auf seltsame Weise hatte der schreckliche Zwischenfall bei der Jubiläumsfeier ihm offenbar dabei geholfen, es zu akzeptieren, dass seine Tochter zurück nach London reisen würde. Die Falten auf seiner Stirn und um seine Mundwinkel, waren in den letzten Tagen ein deutlich sichtbares Zeichen der Enttäuschung und der Frustration gewesen. Aber nun lag ein gänzlich anderer Ausdruck in seiner Miene, den Theresa nicht zu deuten vermochte.

Es war ihr nicht entgangen, dass er jegliche Spekulationen über mögliche Motive des Täters sofort im Keim erstickt hatte. Sicher, es konnte sich um eine einfache Erpressung handeln, begangen von jemandem, der lediglich an das Geld von vermeintlich wohlhabenden Geschäftsleuten kommen wollte. Aber hätte es dafür nicht auch andere, weniger drastische Methoden gegeben? Wäre ein solcher Erpresser wirklich so kaltblütig, für sein Ziel die Gesundheit und das Leben von völlig unbeteiligten Musikern und Gästen aufs Spiel zu setzen?

»Theresa?«, sagte Georg und riss sie damit aus ihren Gedanken.
»Ja?«

Er fuhr sich mit der Zunge über die Lippen, als wolle er noch etwas sagen. Dann seufzte er schwer und strich sich mit der Hand durch die Haare. »Ach nichts. Komm, lass uns erst mal noch eine Nacht über alles schlafen.«

# 8.

»Da hast du dir ja ein tolles Reisewetter ausgesucht«, sagte Harry, als Lena sich am Morgen von ihm verabschiedete. Er reckte seinen Kopf mit dem kurz geschorenen braunen Haar vor, um aus dem schmalen Fenster an der Ostseite des Musikhauses in den wolkenverhangenen Himmel sehen zu können. Nachdem er den Mittwochabend und den Donnerstag auf dem alten Sofa verbracht hatte, konnte er mittlerweile wieder sitzen und sogar etwas hin und her humpeln, indem er sich an Stühlen und Tischen im Raum abstützte.

»Ich weiß gar nicht, was du hast«, entgegnete Lena und zuckte lässig mit den Schultern. »So ein Wetter herrscht in England doch so gut wie das ganze Jahr.«

»*Fine weather for ducks*«, lachte Harry und legte sein verletztes Bein vorsichtig auf einen kleinen ledernen Hocker, der vor ihm stand. *Schönes Wetter für Enten*, so umschrieben die Briten gern solche nassen, verregneten Tage, an denen man normalerweise überhaupt nicht aus dem Haus gehen, geschweige denn verreisen wollte. Diese verrückte Insel hatte eben ihren ganz eigenen Humor, den man ihren Bewohnern einfach lassen musste. Lena war es gleich, ob sie sich nun bei Regen oder bei Sonnenschein auf den Weg machte. In Gedanken war sie ohnehin längst bei dem Treffen mit dem Konzertveranstalter, den sie von sich und ihrer Band überzeugen wollte.

»Wolltest du nicht um Viertel vor neun los?«, fragte Harry.

»Ja, wieso?«

»Na, weil es jetzt Viertel vor neun ist, du Traumtänzerin.«

Hektisch fuhr Lena herum und sah auf die Wanduhr hinter sich. Verflixt, Harry hatte recht, es war allerhöchste Zeit.

»Komm, ich bring dich noch zur Tür«, schlug er vor und rappelte sich mühsam auf, indem er sich mit beiden Armen an der Lehne des Sofas in eine stehende Position hochzog. »Gibst du mir die mal? «, bat er und zeigte auf die Krücken. »Dein Vater will sich sicher auch noch verabschieden und fragt sich, wo du bleibst.«

»Nein, nein«, entgegnete Lena. »Bleib hier und schon lieber deinen Fuß. Schließlich brauchst du den zum Schlagzeug spielen, oder?«

»Yes, Ma'am.«

Für einen Moment standen sie sich schweigend gegenüber. Nun war tatsächlich die Zeit des Abschieds gekommen, wenn auch nur vorübergehend. Als sie vor sieben Tagen in Hamburg angekommen waren, hätte sich keiner von beiden träumen lassen, dass am Ende Harry in Deutschland zurückbleiben würde, während Lena zunächst allein nach London zurückkehrte, aber so war eben das Schicksal.

»Pass auf dich auf, hörst du?«, sagte sie. In diesem Moment spürte sie, wie sehr sie ihren Freund vermissen würde, der ihr durch die gemeinsame Reise noch mehr ans Herz gewachsen war als ohnehin schon. Seit die beiden in Hamburg angekommen waren, hatte sich Harry für Lena immer mehr zu einer Art menschlicher Verbindung zwischen ihrem alten und ihrem neuen Leben entwickelt. Er war nun ihr einziger Vertrauter, der beide Seiten kannte: Die selbstbewusste, charismatische Londoner Sängerin Helen und das bodenständige Mädchen Lena aus Hamburg, das für immer an seiner Heimatstadt hängen würde.

»Du auch«, entgegnete Harry, und Lena konnte sehen, dass er etwas rot wurde und unsicher zu Boden sah, weil er offenbar nicht wusste, wie er sich angemessen von ihr verabschieden sollte. Spontan fasste sie sich ein Herz, umarmte ihren verletzten Freund und küsste ihn auf die linke Wange.

»Bis bald«, hauchte sie ihm ins Ohr und drückte sanft seinen Arm, während sie wieder einen Schritt zurücktrat.

»Bis bald, Helen«, erwiderte Harry und schenkte ihr ein schüchternes Lächeln. »Ich komme so schnell nach, wie ich nur kann.«

Wie erwartet stand ihr Vater bereits neben der Haustür bereit, als Lena mit ihren beiden großen Koffern in die Diele kam. Um ihren Eltern und Harry noch Lebewohl sagen zu können, hatte sie schon in aller Frühe aus ihrer Unterkunft ausgecheckt und war mit dem Taxi zum Musikhaus gefahren. Da ihre Mutter bereits um acht Uhr zu einem wichtigen Termin geeilt war, hatten sie sich schon vorher ausgiebig voneinander verabschiedet. Jetzt, wo Lena ihren Vater so dort stehen sah, fragte sie sich, ob ihre Mutter dieses Treffen unter vier Augen absichtlich eingefädelt hatte. Schließlich war es zwischen ihnen beiden seit dem missglückten Frühstück noch zu keiner Aussprache gekommen.

»Was für ein Schietwetter«, bemerkte er zur Begrüßung und blickte missbilligend durch die kleine quadratische Scheibe in der schweren Haustür nach draußen. »Bist du sicher, dass ich dich nicht doch zum Hafen bringen soll?«

»Ich habe schon ein Taxi bestellt«, sagte Lena. »Aber danke.«

Die beiden sahen sich für einen Augenblick an, und Lena konnte an seiner angespannten Miene erkennen, dass es in ihrem Vater arbeitete. Die leicht grauen Schatten um seine Augen und seine etwas zerzausten Locken verrieten ihr außerdem, dass er schlecht geschlafen hatte. In diesem Moment tat es ihr noch mehr leid als zuvor, dass der Besuch bei ihren Eltern so unharmonisch verlaufen war. Aber was sollte sie jetzt noch dagegen tun? Sollte sie sich dafür entschuldigen, dass sie erwachsen geworden war und ein eigenes Leben lebte? Hatte ihr Vater denn wirklich nie die Möglichkeit in Betracht gezogen, dass sie gar nicht für immer in Hamburg bleiben und irgendwann das Musikhaus übernehmen wollte? Schließlich war er doch auch einmal jung gewesen und hatte davon geträumt, ein großer Komponist zu werden. Nur weil er sich schließlich dem Alltag und einem bürgerlichen Leben ergeben hatte, hieß das doch noch lange nicht, dass Lena es ihm gleichtun musste. Und selbst wenn doch, dann bestimmt nicht jetzt, sondern vielleicht in fünf oder zehn Jahren, wenn sie die Musikbühnen der Welt gesehen hatte. Wieso nur konnte er ihr dieses bisschen Freiheit nicht einfach zugestehen?

»Ich habe noch etwas für dich«, sagte er plötzlich und griff in die Brusttasche seines Jacketts. Zu Lenas großer Überraschung zog er eine kleine vergoldete Stimmgabel hervor, die an einer feingliedrigen goldenen Kette befestigt war. »Die hat mir deine Mutter damals zur Feier des Drucks meiner ersten Sonate geschenkt.«

»Papa, die kann ich doch nicht annehmen!«, rief Lena. »Mama wird bestimmt auch nicht wollen, dass du die weggibst.«

»Ich gebe sie ja nicht weg. Im Gegenteil, ich gebe sie weiter. Und zwar an meine einzige Tochter.« Er drehte die Stimmgabel in seiner Hand hin und her und betrachtete sie, als sähe er sie gerade zum ersten Mal. Sein Blick war konzentriert und zugleich leicht verträumt. »Weißt du, dieses kleine Ding war für mich immer etwas ganz Besonderes. Deiner Mutter ging es nicht darum, mir ein teures Geschenk zu machen, sondern sie wollte mir damit zeigen, dass sie an mich glaubt.« Er kam einen Schritt auf Lena zu, nahm ihre rechte Hand und legte das kleine Schmuckstück behutsam hinein. »Darum geht es, wenn man sich liebt. Man glaubt an den anderen, man unterstützt ihn, komme, was wolle, und …«

»Hör mal, Papa …«, wollte Lena ihn unterbrechen, doch ihr Vater schüttelte nur den Kopf, drückte sanft ihre Hand und sprach weiter.

»Ich habe dir unrecht getan, Lena, das ist mir jetzt klar geworden. Seit zwanzig Jahren habe ich Tag und Nacht nur noch dieses Musikhaus im Kopf, und je älter ich werde, desto mehr denke ich darüber nach, wie es einmal weitergehen soll, wenn deine Mutter und ich es nicht mehr leiten können. Natürlich wünsche ich mir, dass du das Familiengeschäft einmal übernimmst, aber viel wichtiger ist es, dich deinen eigenen Weg gehen zu lassen. Schließlich habe ich das auch gemacht, und zwar mit allen Konsequenzen. Meine Familie bewirtschaftet seit ewigen Zeiten einen Bauernhof in Bergedorf, und für meinen Vater und meine Brüder stand fest, dass es für immer so bleiben würde. Als ich dann fortging, um mein Glück als Musiker zu versuchen … na ja, ich rede nicht gern über diese Zeiten, aber es ist weiß Gott nicht einfach gewesen. Jedenfalls war ich damals maßlos enttäuscht darüber, dass scheinbar niemand verstand, dass ich einfach mein eigenes Leben wollte. Mittlerweile habe ich erkannt, dass ich drauf und dran bin, bei dir genau denselben Fehler zu begehen, und das will ich auf gar keinen Fall.«

»Mach dir keine Sorgen«, antwortete Lena und wischte sich

schnell eine Träne aus dem Augenwinkel, bevor sie ihrem Vater ein Lächeln schenkte, das dieser sofort erwiderte. »Ich weiß, dass ihr an mich glaubt, du und Mama. Ihr habt mich immer unterstützt.«

»Und das werden wir auch weiterhin«, versicherte er. »Ganz egal, wo du lebst und womit du deine Brötchen verdienst.«

Als Lena zehn Minuten später im Taxi nach Süden fuhr und die diesige, verregnete Stadt hinter den angelaufenen Scheiben des Wagens an sich vorbeiziehen ließ, trug sie immer noch dasselbe Lächeln auf dem Gesicht. Während der Fahrer das Automobil über die Mundsburger Brücke steuerte, atmete sie tief ein und ließ sich in das weiche Sitzpolster der Rückbank sinken. Ihr Vater mochte kein Mann großer Worte sein, aber wenn er etwas sagte, dann überraschte er einen meist und traf den Nagel genau auf den Kopf, so wie vorhin auch. Und egal, was in London noch passieren oder auch nicht passieren mochte, Hamburg würde immer zumindest ihre zweite Heimat bleiben, und ihre Eltern würden immer für sie da sein. Jetzt, mit dieser Gewissheit im Herzen, war Lena bereit, den nächsten Schritt in ihrem Leben zu wagen.

# 9.

Als es auf Mittag zuging, war das Wetter sogar noch schlechter geworden. Die dünnen Bindfäden, die zuvor vom Himmel gefallen waren, hatten sich in einen Schauer aus dicken, eiskalten Tropfen verwandelt, die der Wind fast waagerecht über den Kai peitschte. Eine Unmenge an breiten, kräftigen Wellen mit weißen Schaumkronen rollte in den Hafen hinein und brach sich mit lautem Rauschen und Krachen an den alten Mauern, die seit vielen Jahren die Gezeiten im Zaum hielten. Zu diesem Geräusch mischten sich die schrillen, aufgeregten Schreie der Seemöwen und das Knarren eines in der Nähe vertäuten Kahns, der rhythmisch auf und ab wogte. Obwohl es mittlerweile schon fast auf die Mittagszeit zuging, war es so dunkel, als habe die Sonne an diesem trüben Tag überhaupt nicht mehr vor, aufzugehen. Mit ihrer linken Hand zog Lena den feuchten Kragen ihres Regenmantels noch etwas höher in ihr Gesicht, während sie mit der Rechten ihren Regenschirm festhielt, an dem unaufhörlich der Wind zerrte. Plötzlich wurde ihr klar, dass sie zwar bereits unzählige Male durch den Hafen gewandert war, jedoch noch nie zuvor allein. Schon als Kind hatte sie es geliebt, zusammen mit ihren Eltern die vielen Schiffe zu beobachten, die Tag für Tag ein- und wieder ausliefen. Jedes Mal war es gleich und doch auch wieder anders. An manchen Tagen kamen Schiffe, die vor ausgelassen winkenden Passagieren fast überquollen, an anderen Tagen schien es nur eine Handvoll Matrosen zu sein oder eine Gruppe von Arbeitern, die in der Hafenstadt ihr Glück versuchen wollten. Manchmal wimmelte es nur so von kleinen Ruderbooten, langen Kähnen und hochaufragenden Segeln, und bisweilen mussten diese einem der breiten stählernen Kolosse weichen, die sich schwerfällig und unter einem Vorhang aus stinkendem schwarzem Rauch vorwärtsschoben.

Lena hatte diesem Treiben als Kind stundenlang zusehen können, und ihre Mutter hatte sich darüber amüsiert, weil es bei ihr genauso gewesen war, als ihr Großvater sie viele Jahre zuvor jeden Sonntag zur Brooksbrücke mitgenommen hatte, die neben der Möglichkeit, Schiffe zu beobachten, zugleich einen wundervollen Blick auf die damals noch recht junge Speicherstadt bot. Als Lena nun an diese Zeiten zurückdachte, kam es ihr vor, als sei es in ihrer Jugend immer warm und sonnig gewesen. In dieser Zeit hatte sie keine Sorgen und keine Ängste gekannt und wie jedes kleine Mädchen einfach nur in den Tag hinein gelebt, ohne sich darum zu scheren, was der nächste bringen würde. Natürlich wusste sie sehr wohl, dass ihre Eltern es nicht leicht gehabt hatten. Es waren turbulente Zeiten gewesen, Anfang der Zwanzigerjahre, als die Stadt vom Ende des Weltkriegs direkt in eine ganze Reihe aus Unruhen und Aufständen hineingerutscht war. Als endlich etwas Stabilität einkehrte, war es an der neu gewählten Bürgerschaft gewesen, der Stadt eine neue Verfassung und damit ein neues Gesicht zu geben. Mittendrin in dieser politischen und gesellschaftlichen Wiedergeburt Hamburgs galt es für Lenas Eltern, ihr Musikhaus an der Alster zu etablieren, das vor Kriegsausbruch kaum Zeit gehabt hatte, richtig Fuß zu fassen, und nun ebenfalls einen symbolischen Neuanfang erfuhr. Erst jetzt, da Lena erwachsen war, konnte sie erfassen, welche Anstrengungen es ihre Eltern gekostet haben musste, für ihre Tochter und um diese herum dennoch immer eine heile Welt zu erhalten, in der sie so unbeschwert hatte aufwachsen können. Für Helena Albers war das Meer ihres Lebens immer glatt und sanft gewesen, während sie sich in kindlicher Unschuld darin hatte treiben lassen.

»Das wird heute nichts mehr, fürchte ich.« Die sonore Stimme, die plötzlich direkt neben ihr ertönte, riss Lena jäh aus ihren Gedanken. »Sieht so aus, als würde sich ein heftiger Sturm zusammenbrauen. Undenkbar, sich bei so einem Wetter hinaus auf die offene See zu wagen.«

»Ach so?«, sagte Lena und drehte sich nach dem Mann zu ihrer Rechten um. Der höflich lächelnde Fremde schien wenig passend für die raue Witterung gekleidet zu sein. Zwar trug er einen langen, grauen Mantel, der halbwegs widerstandsfähig aussah, und feste

Schuhe. Seine faltigen Hände sowie sein haarloser Kopf waren jedoch unbedeckt. Zudem schien sein alter, ziemlich klappriger Regenschirm jeden Moment vor Wind und Nässe kapitulieren zu wollen. Als besonders seltsam fiel Lena jedoch die große Sonnenbrille auf, die der Mann trug. Eingefasst von einem schmalen vergoldeten Gestell, verdeckten die verspiegelten dunkelbraunen Gläser vollständig die Augen. Sowohl seine Hände als auch sein Glatzkopf und sein grau-weißes Kinnbärtchen verrieten Lena, dass sie einen älteren Herrn vor sich hatte.

»Bitte gestatten Sie mir, dass ich mich vorstelle«, sagte dieser nun und deutete dabei eine höfliche kleine Verbeugung an. »Mein Name ist Siegfried Berger. Gebürtig komme ich aus dem schönen Hamburg, aber mittlerweile zwingt mich mein Beruf mehr und mehr dazu, mich fast nur noch in London aufzuhalten.«

»Es freut mich, Sie kennenzulernen, Herr Berger«, antwortete Lena und nickte ihm ihrerseits freundlich zu. »Mein Name ist Lena Albers, und eigentlich bin ich auch unterwegs nach London. Vermutlich warten wir beide vergeblich auf dasselbe Schiff.«

»Fräulein Albers. Helen Albers«, wiederholte Berger und strich sich mit einer Hand über seine Stirn, als versuche er, sich an etwas zu erinnern. »Sind wir uns in London vielleicht schon einmal begegnet? Wäre das möglich? Seine Hand glitt hinunter zu seinem Kinn, wo er wiederholt nachdenklich durch seinen Bart strich. »Bitte entschuldigen Sie, wenn sich das seltsam anhört, aber irgendwie kommt mir Ihr Gesicht bekannt vor.«

»Nun ja«, entgegnete Lena und bemühte sich um einen möglichst unverbindlichen Ton. Der Mann kam ihr seinerseits ganz und gar nicht bekannt vor. »Die Stadt ist groß, und ich bin viel unterwegs, da trifft man viele Menschen.«

»Sicherlich«, bestätigte Siegfried Berger. »Aber eine so bildhübsche junge Hamburgerin wäre mir doch sicher aufgefallen. Sie kommen doch ursprünglich auch vor hier, oder? Jedenfalls haben Sie keinerlei Akzent.«

»Ja, ich komme eigentlich auch aus Hamburg«, sagte Lena, während sie dem interessierten Blick ihres Gegenübers auswich und überlegte, wie sie das Gespräch möglich höflich beenden und zu ihren Eltern nach Uhlenhorst zurückkehren könnte. Langsam bekam sie das Gefühl, dass dieser glatzköpfige ältere Herr mit ihr anbandeln wollte, und darauf konnte sie getrost verzichten. Noch mehr als zuvor wünschte sie sich jetzt Harry an ihre Seite.

»Und darf ich fragen, was Sie nun nach London führt?«, bohrte Berger weiter. »Haben Sie dort Verwandtschaft?«

»Nein«, antwortete Lena so knapp, dass es gerade noch als halbwegs höflich durchging. »Ich arbeitete dort. Als Sängerin.«

»Ha!«, stieß Berger zu ihrer Überraschung hervor und riss die Arme hoch, sodass ihm seinen Regenschirm um ein Haar entglitt. »Natürlich, ja, so langsam dämmert's mir. Warten Sie, Fräulein Albers, sagen Sie nichts …« Er legte die linke Hand an die Schläfe und schloss konzentriert die Augen. »In diesem kleinen Club an der New Cross Road, Ecke Clifton, der mit auffälligen Leuchtreklame, da haben Sie neulich gesungen, oder?«

Jetzt war Lena tatsächlich sprachlos. Es stimmte, sie war in diesem Laden schon mehrfach aufgetreten, auch wenn das letzte Mal sicherlich schon fast ein halbes Jahr zurücklag. »Ja«, nickte sie daher. »Das stimmt. Waren sie dort zu Gast?«

»Aber sicher doch«, rief Berger aus. »Und daher kommen Sie mir auch so bekannt vor. Mein alter Kopf funktioniert manchmal nicht mehr so schnell wie früher, sonst hätte ich das sicher schon eben gewusst, als ich mich vorgestellt habe.« Er räusperte sich und rüttelte etwas an dem rostigen Gestell seines Schirms, der sich scheinbar nicht mehr vollständig aufspannen ließ. »Da könnte man ja fast meinen, es wäre mein Glückstag, dass ich heute einfach so einer berühmten Sängerin über den Weg laufe.«

»Ach, Herr Berger«, lachte Lena und wurde ein klein wenig rot. »Jetzt machen Sie sich aber lustig über mich. Ich bin keineswegs berühmt.«

»Nun ja, doch«, widersprach Berger. »Immerhin habe ich Sie doch erkannt.«

»Aber erst nach einiger Zeit«, stellte Lena fest, und ihr Ton wurde wieder ernster. »Und meinen Namen haben Sie auch nicht gewusst.«

Berger strich sich wieder durch den Bart, hob leicht den Kopf, und mit einem Mal nahmen seine Gesichtszüge fast etwas Herausforderndes an. »Wollen Sie es denn werden?«

»Wie bitte? Was werden?«

»Na, berühmt.«

»Es tut mir leid, aber ich verstehe nicht … Worauf wollen Sie hinaus, Herr Berger?«

Dieser ignorierte die Frage, klappte seinen Schirm endgültig zusammen und bot Lena seinen Arm an. »Das Wetter wird noch den ganzen Tag so scheußlich bleiben«, sagte er. »Darf ich Sie vielleicht auf eine heiße Tasse Tee einladen? Das Restaurant in dem Hotel, in dem ich übernachtet habe, ist recht nett. Und es liegt nicht weit vom Hafen entfernt.«

Lena zögerte einen Moment. Dieser Mann hatte ja wirklich Nerven. Zuerst belagerte er sie regelrecht und fragte sie einfach so über ihr Leben aus, und jetzt sollte sie auch noch mit ihm mitgehen und ihre Rückreise sausen lassen? Und welchen Einfluss sollte gerade er darauf haben, ob sie irgendwann einmal berühmt würde oder nicht? Bei genauerer Betrachtung hatte Bergers forsches Wesen jedoch auch irgendwie etwas Charmantes. Der eigensinnige ältere Herr war Lena nun auf seine ganz eigene Art sympathisch. Und was die Reise nach England anging: Berger würde in Bezug auf die Witterungsverhältnisse sicherlich recht behalten. Aus Richtung Westen schoben sich nahezu schwarze Wolkenfronten über die See Richtung Ufer, und der Wind nahm derart zu, dass man es kaum noch draußen aushalten konnte. Da würde heute kein Kapitän mehr ablegen, der noch halbwegs bei Sinnen war. Wie man es drehte und wendete – Lena würde also noch etwas in Hamburg bleiben. Was konnte da schon eine kleine Pause zum Aufwärmen schaden, bevor es zurück zu ihren Eltern nach Uhlenhorst ging?

»In Ordnung, Herr Berger«, sagte sie. »Einem heißen Tee kann ich im Moment nicht widerstehen. Und während ich den trinke, können Sie mir ja erzählen, wie Sie nachts die Londoner Clubs unsicher machen.«

Diese Antwort schien dem Alten zu gefallen, denn er lachte herzhaft und hielt sich dabei seinen rundlichen Bauch. Unter eiskalten, garstigen Regenschauern machten sich die beiden auf den Weg.

# 10.

»Verdammt noch mal«, flüsterte Georg leise und zerknüllte ein weiteres Blatt, das er sofort geistesabwesend in den Papierkorb zu seiner Rechten fallen ließ. Gleich am frühen Morgen, er hatte noch im Bett gelegen und kaum die Augen geöffnet, war zum ersten Mal seit Wochen die Muse über ihn gekommen. Plötzlich hatte er es einfach so vor sich gesehen, ja, er konnte es regelrecht hören: das Ende seiner vierten Sinfonie, die ihn schon ganze zwei Jahre umtrieb und die er schon öfter umgeschrieben hatte, als er überhaupt zählen konnte. Als erfahrener Musiker und Komponist wusste Georg, dass dieser Hauch der Inspiration sehr flüchtig sein konnte, und so hatte er während der ganzen Zeit, in der er sich flugs gewaschen und angezogen hatte, immer und immer wieder das Grundthema vor sich hin gesummt. Als er schließlich die Treppe von den Wohnräumen hinunterstieg und die Eingangstür des Musikhauses für seine Kunden aufschloss, tobte in seinem Hirn bereits das Allegro des finalen Satzes mit seinen donnernden Bläserstakkati, die auf geradezu waghalsige Art und Weise die getragene Melodie der Streicher konterkarierten. Beim Betreten des Verkaufsraums war Georg schließlich regelrecht elektrisiert gewesen. Und nun war die alte Blockade wieder da, und er brachte die richtigen Noten einfach nicht zu Papier. Seit fast einer Stunde ging das schon so.

Glücklicherweise kamen an diesem Samstagmorgen, an dem das Musikhaus eigentlich geschlossen hatte, ohnehin nur ein paar Stammkunden vorbei, um etwas abzuholen oder einen kleinen Plausch zu halten, sodass Georg vermutlich noch Zeit bleiben würde, um wieder auf den richtigen Kurs zu finden, was das Komponieren anging. Gerade überlegte er, ob der Übergang aus dem vorletzten Satz nicht etwas zu harsch geraten war, als er aus den

Augenwinkeln eine Bewegung wahrnahm. Überrascht sah er auf. Tatsächlich, kaum zwei Meter entfernt, direkt vor der Kasse, standen ein ungefähr zehnjähriger pausbäckiger Junge mit einer zu groß geratenen Schiebermütze und eine hochgewachsene schlanke Frau, die allem Anschein nach die Mutter des Kindes war.

»Ach, guten Tag«, rief Georg und nickte der Frau zu, während er eilig Papier und Stift weglegte. »Tut mir leid, die Dame, ich war nur ... na ja, egal. Wie kann ich Ihnen behilflich sein?«

»Ich möchte meinem Sohn gern das Schlagzeug kaufen, das dort hinten steht«, sagte die Dame und deutete mit dem Daumen über ihre Schulter in Richtung des Nebenraums. Eine nähere Beschreibung war tatsächlich nicht nötig, denn Georg hatte nur ein einziges Schlagzeug aufbauen lassen, und selbst dazu hatte er sich nur überwinden können, weil Theresa darauf bestanden hatte – das Unternehmen müsse mit der Zeit gehen. Georg selbst hielt von diesen lärmverbreitenden Blechhaufen ebenso wenig wie von der ganzen modernen Musik, die neuerdings aus England und Amerika nach Europa herüberschwappte. Für ihn als Liebhaber klassischer Musik klang das meiste davon wie Katzengejammer.

»Sehr gern«, säuselte Georg dennoch und zeigte sein schönstes Lächeln. Das Musikhaus hatte den Umsatz bitter nötig, und er wollte dieses Ungetüm ohnehin loswerden. »Aber will er es nicht vorher ein wenig ausprobieren?«

»Sicher. Aber das hat er doch gerade getan«, entgegnete die Dame mit einem etwas verwirrten Blick, während ihr Sohn bereits ungeduldig mit den Fingern auf die hölzerne Verkaufstheke trommelte. »Ihr Mitarbeiter war so nett und hat uns alles geklärt. Ein wirklich überzeugender junger Mann, das muss ich schon sagen.«

»Mein Mit...«, setzte Georg an, sah aber in diesem Moment Harry auf seinen Krücken näher kommen, der ihm fröhlich zuwinkte. Nun verstand er, was passiert war. »Ach so, natürlich. Dann sind Sie beide ja schon bestens informiert. Wollen wir also nur noch schnell den Papierkram hinter uns bringen, damit der Kleine loslegen kann?«

Als Georg pünktlich um zwölf Uhr zum Mittagessen nach oben

ging, saß Theresa bereits im Speisezimmer, und vor ihr stand eine Suppenterrine mit köstlich duftendem Inhalt. Steckrübensuppe mit Räucheraal – sein Leibgericht.

»Du wirst es nicht glauben«, sagte Georg, während er Platz nahm und nach einem der tiefen Porzellanteller griff. »Harry hat vorhin ein ziemlich teures Schlagzeug verkauft. Unten im Laden. Einfach so.« Er schnippte mit den Fingern, um zu unterstreichen, mit welcher Leichtigkeit der junge Mann dieses Kunststück fertiggebracht hatte.

»Aha«, sagte Theresa lediglich, nahm die Suppenkelle zur Hand und tat Georg das Mittagessen auf seinen Teller auf. »Schön.«

»Ja«, fuhr ihr Mann begeistert fort. »Also, damit habe ich wirklich nicht gerechnet. Wenn er noch ein oder zwei Wochen bleibt, schaffe ich vielleicht doch noch ein paar von diesen Dingern an.« Er lächelte vergnügt und zwinkerte Theresa zu, doch diese sah nur gedankenverlorenen auf den leeren Teller, der vor ihr stand. Sie sah müde aus, und ihr linkes Augenlid zuckte nervös.

»Theresa, Schatz«, sagte Georg. »Was ist los mit dir? Hast du schlecht geschlafen?«

Sie schüttelte langsam den Kopf und schob ihm statt einer Antwort einen schmalen weißen Umschlag zu. »Noch ein Brief«, flüsterte sie, und er spürte, wie sich sein Magen verkrampfte. Zügig, aber vorsichtig räumte er seinen vollen Teller aus dem Weg, entfaltete das einzelne Blatt, das in dem Umschlag steckte und las die hierauf geschriebenen Zeilen vor:

Liebe Theresa,
ihr dachtet doch nicht wirklich, dass ihr mich schon los seid, oder? So gerne ich auch noch etwas mit euch spielen würde, es wird langsam Zeit, dass wir zum Wesentlichen übergehen: Ihr schließt innerhalb der nächsten drei Tage das Musikhaus, verkauft das Gebäude und verlasst Hamburg für immer. Tut ihr das nicht, wird ein Unglück passieren, das den kleinen Zwischenfall bei eurem Jubiläum um ein Vielfaches übertreffen wird, das verspreche ich. Egal,

*wie ihr letztlich entscheidet: Ich werde euch alles nehmen,
genauso wie ihr mir vor langer Zeit alles genommen habt.*

»Was soll das denn nun?«, blaffte Georg. »Aus diesem Geschwafel
werde ich nicht schlau.«

»Ach, nein?«, fragte Theresa. »Für mich liest sich das ziemlich
eindeutig«. Sie stand auf, wusste jedoch offenbar selbst nicht so
recht, wo sie hingehen sollte. Sie hielt die Lehne ihres Stuhls umklammert und biss sich auf die Unterlippe. Ihre Gesichtszüge waren
ungewohnt verhärtet, was nur von großer Anspannung zeugen
konnte. »Hier geht es nicht bloß um irgendeinen Streich, Georg.
Wer auch immer diesen Brief geschrieben hat, will uns regelrecht
vernichten. Dieses Haus hier ist mittlerweile total renovierungsbe-
dürftig. Vom Keller bis zum Dachboden müsste in jedem Raum
mindestens eine Sache dringend repariert werden. Wenn wir jetzt
verkaufen und das Musikhaus schließen, sind wir ruiniert.«

»Nun mal langsam«, sagte Georg und hob beschwichtigend die
Hände. »So weit wird es ganz sicher nicht kommen. Vielleicht will
uns da nur jemand einen Schrecken einjagen.«

»Nein«, gab Theresa zurück und schüttelte entschieden den
Kopf, sodass sich einige Haarsträhnen aus ihrer Frisur lösten. »Das
hier geht zu weit. Ich fühle mich in meinem eigenen Haus nicht
mehr sicher. Und deshalb rufe ich jetzt gleich die Polizei.«

»Auf keinen Fall!«, rief Georg und stellte sich Theresa, die gerade
um den Esstisch herumgehen wollte, in den Weg. Entschlossen hatte
er ihre Schultern gepackt. Scheinbar zu fest, denn sie verkrampfte
ihren ganzen Oberkörper und warf ihm aus ihren großen Augen einen erschreckten Blick zu. Georg ließ sie augenblicklich los und hob
erneut die Hände. »Das wird der Erpresser sicher nicht zulassen.
Vielleicht beobachtet er uns schon die ganze Zeit, und wenn er dann
mitbekommt, dass wir die Polizei in die Sache hineinziehen,
dann …«

»Was dann?«, fragte Theresa in schroffem Ton und trat de-
monstrativ einen halben Schritt auf ihren Mann zu. »Müssen wir
denn vor irgendetwas Angst haben, Georg?«

»Was meinst du damit?«

»Jetzt stell dich nicht dumm, bitte. Du hast den Brief doch auch gelesen. Wer auch immer ihn geschrieben hat, gibt uns offensichtlich die Schuld an irgendeinem schrecklichen Ereignis in seinem Leben, und ich kann mir beim besten Willen nicht denken, was das sein könnte.«

»Sag mir einfach, worauf du hinauswillst.« Auch Georgs Ton wurde nun schärfer. In den letzten zwanzig Jahren hatte es keinen Streit zwischen ihnen gegeben, in dem eine solch seltsam kalte und feindselige Atmosphäre geherrscht hatte.

»Nein, sag *du* es mir«, insistierte Theresa, und ihrem Blick spiegelte sich eine Mischung aus Unsicherheit und aufkeimender Wut. »Sag mir, ob wir so eine Schuld auf uns geladen haben, oder nicht, Georg. Oder besser: Sag mir, ob *du* es hast?«

Die Frage fühlte sich an wie ein Fausthieb auf Georgs Magen. Für einen Moment entwich ihm regelrecht die Luft aus den Lungen, und er war sprachlos. Dann verwandelte sich sein verletzter Stolz in Zorn, der ihm wie heiße Glut in die Kehle schoss.

»Ach, darum geht es, ja?«, grollte er. »Wenn irgendein Unglück über die Familie kommt, dann kann es natürlich nur meine Schuld sein. Na, danke für die Blumen. Warum bin ich darauf nicht selbst gekommen?«

»Du hast meine Frage nicht beantwortet«, presste Theresa hervor. Ihre Stimme klang kühl, und sie war sichtlich darum bemüht, nicht die Beherrschung zu verlieren.

»Korrekt«, antwortete Georg nur und drehte sich in Richtung Tür um. »Mir ist der Appetit übrigens vergangen. Auch dafür vielen Dank. Ich mache jetzt einen langen Spaziergang und schlafe dann unten. Gute Nacht.« Ohne eine Erwiderung abzuwarten, stürmte er aus dem Raum und ließ die Tür geräuschvoll ins Schloss fallen.

Theresa blieb noch einen Moment stehen und ballte die Fäuste so fest neben ihren Hüften, dass ihre zierlichen Fingerknöchel weiß hervortraten. Schließlich verpuffte ihre Wut jedoch, und sie nahm

wieder am Esstisch Platz und starrte fast apathisch auf ihr kalt ge-
wordenes Abendessen. Egal, wer dieser seltsame Erpresser war und
welche Motive er haben mochte, er war schon jetzt auf dem besten
Weg, die Familie auseinanderzureißen.

# 11.

Gut gelaunt saß Lena an dem kleinen runden Tisch in der hinteren Ecke des gemütlichen Restaurants, das zu dem Hotel gehörte, in dem Berger in Hamburg abgestiegen war, und in das er sie am Freitag geführt hatte, nachdem die Überfahrt nach England nicht möglich gewesen war. Kurzerhand hatte Lena beschlossen, auch dort zu nächtigen, bis die Schiffspassage möglich wäre. Glücklicherweise waren noch zwei Zimmer frei gewesen. Nun ließ sie sich Frühstücksei, Toast und einen frisch gebrühten starken Kaffee schmecken, während sie durch das Fenster an der gegenüberliegenden Seite des Raumes beobachtete, wie der dritte nassgraue Tag in Folge über Hamburg hereinbrach. Am Freitag hatte sie gehofft, dass das Wetter doch noch aufklaren würde und aus diesem Grund entschieden, nicht nach Hause zu fahren, sondern sich weiterhin in der Nähe des Hafens aufzuhalten, falls ihr kurzfristig zu Ohren käme, dass ein Schiff Richtung London zum Auslaufen bereitstand. Jetzt musste sich die verhinderte Reisende jedoch langsam eingestehen, dass Regen und Wind die Hafenstadt noch eine ganze Weile lang heimsuchen würden, um ihren kalten, feuchten Schabernack mit ihr zu treiben. Glücklicherweise hatte Lena von der Lobby des Hotels aus einen Anruf nach London tätigen können, in dem sie ihren Agenten gebeten hatte, das Treffen mit dem Konzertveranstalter zu verschieben. Zumindest Ersterer hatte sich schon einmal verständnisvoll gezeigt, da auch an der englischen Südostküste schwere Stürme tobten, die sogar schon ein großes Frachtschiff versenkt hatten. Sicher würde auch der Veranstalter einsehen, dass die Verlegung des Termins aufgrund höherer Gewalt – die Briten bezeichneten so ein Ereignis etwas theatralisch als *Act of God* – unausweichlich war.

Während Lena mithilfe des kleinen Perlmuttlöffels den letzten

Rest aus dem pflaumenweichen Ei vor ihr löffelte und ihre Kaffeetasse leerte, dachte sie jedoch weder an London noch an ihren Agenten oder den bevorstehenden Termin, sondern an Siegfried Berger. Nach einer Flut von vagen Andeutungen und Anspielungen hatte Lenas neuer Bekannter bei der versprochenen heißen Tasse Tee am Freitagnachmittag schließlich seine wahren Absichten preisgegeben. Zu ihrer großen Überraschung war Berger ebenfalls im Musikgeschäft tätig, und zwar als recht erfolgreicher Produzent in Hamburg. Entsprechend hatte er ihr Konzert auch nicht rein zufällig besucht, sondern verkehrte regelmäßig in Londoner Clubs, um neue Talente zu entdecken. Er hatte ihr erklärt, dass er Lena zum damaligen Zeitpunkt nur deshalb nicht sofort angesprochen habe, weil ihm der moderne Musikstil der Gruppe nicht besonders gefiel. Wie sich nun herausstellte, konnte er sich sehr wohl vorstellen, mit ihr zusammenzuarbeiten, dies jedoch im Rahmen einer Solokarriere mit populäreren Songs. Hierbei war sogar von der Produktion einer Schallplatte die Rede, was Lena überaus aufregend fand. Berger erwähnte in diesem Zusammenhang ein Tonstudio etwas außerhalb der Stadt, das einem Bekannten von ihm gehöre. Trotz dieses reizvollen Angebots hatte Lena jedoch um etwas Bedenkzeit gebeten, was für Berger grundsätzlich kein Problem darstellte, da er im selben Hotel abstieg, indem die beiden ihren Nachmittagstee eingenommen hatten und das nun auch Lenas kurzfristige Bleibe darstellte. Außerdem wartete er genau wie sie auf das nächste Schiff, das sich die Elbe hinauf wagte, um dann durch die Nordsee, entlang der friesischen Inseln, den Weg Richtung britischer Ostküste anzutreten. Bisher hatte Lena nie ernsthaft darüber nachgedacht, völlig unabhängig als Sängerin Karriere zu machen. Insbesondere Harry, ihr Gitarrist David und der Pianist Matt hatten sie schon von Anfang an musikalisch wie persönlich begleitet und waren eine Art zweiter Familie in dem anfangs fremden Land für sie geworden. Außerdem liebte es Lena, mit anderen Musikern zusammenzuspielen, den kreativen Austausch und diese besondere Energie, die sie nur bei gemeinsamen Proben und Auftritten verspürte. Kaum auszudenken, wie Harry reagieren würde, käme er endlich nach London zurück, nur um dann feststellen zu müssen, dass Lena drauf und dran war, die Band zugunsten ihrer eigenen Karriere hinter sich zu lassen. Wäre sie wirklich in der Lage ihrem Freund das anzutun?

»Guten Morgen.« Lena erkannte Bergers Stimme sofort und sah freudig überrascht auf, während er sich wie selbstverständlich zu ihr an den Tisch setzte und einen Mokka bestellte. Obwohl in dem kleinen Restaurant gedämpftes Licht herrschte, trug er wieder seine Sonnenbrille. Lena fragte sich, was der Grund hierfür sein mochte. Wollte er seine Augen verbergen? Warum? »Na, haben Sie gut geschlafen, Fräulein Albers?«

»Ja, durchaus. Ich fühle mich heute völlig ausgeruht, danke der Nachfrage«, entgegnete sie. »Und Sie?«

»Na ja«, murmelte Berger und zupfte an seinem Kinnbart. »So gut es in meinem Alter nun mal geht, schätze ich. Das alte Kreuz macht, was es will, wissen Sie?« In diesem Moment stellte die freundlich lächelnde junge Bedienung eine Tasse mit fast schwarzem dampfendem Inhalt vor ihm ab, und er hob diese sofort und trank vorsichtig einen kleinen Schluck. »Bitte verzeihen Sie, wenn ich so direkt und ohne Umschweife zur Sache komme, aber haben Sie inzwischen über mein Angebot nachgedacht?«

»Ja.« Lena nickte. »Natürlich. Und es ist mehr als verlockend. Aber ich kann Ihnen keine Antwort geben, bevor ich nicht mit einigen Leuten gesprochen habe. Es tut mir leid. Können Sie mir vielleicht noch ein wenig Bedenkzeit einräumen?«

»In Ordnung«, gab Berger zurück, klang jedoch ein wenig unwirsch. »Aber ich brauche Ihre Antwort, bevor wir in London sind, Fräulein Albers. Ansonsten stehen schon eine ganze Reihe anderer Künstler vor meiner Tür, die eine solche Offerte mit Handkuss annehmen würden.«

»Ich verstehe«, sagte Lena und versuchte, sich ihre Aufregung nicht anmerken zu lassen. Die Zusammenarbeit mit Berger konnte sie beruflich erheblich weiterbringen, es sei denn, ihr zögerliches Verhalten nahm ihr zuvor die Entscheidung ab. »Bevor wir in England anlegen, haben Sie meine Antwort, das verspreche ich.«

»Gut, gut«, gab sich Berger zufrieden, und seine Miene entspannte sich etwas. »Leisten Sie mir heute beim Mittagessen Gesellschaft? Ein paar Straßen weiter gibt es ein hervorragendes Fischrestaurant, wo die Meeresfrüchte so frisch sind, dass sie quasi direkt aus dem Meer in die Pfanne wandern.«

Lena schüttelte den Kopf und lächelte entschuldigend. »Leider geht das nicht, tut mir leid. Heute Mittag werde ich noch einmal zu meinen Eltern fahren.«

Berger nickte nur stumm und trank seinen Mokka. Die Miene des sonst so kecken und lebensfrohen Mannes wirkte plötzlich wie versteinert. Als Lena sich kurze Zeit später verabschiedet hatte, nahm sie aus dem Augenwinkel wahr, dass er sie beim Hinausgehen aufmerksam mit seinem Blick verfolgte. Irgendetwas an Siegfried Berger war ein wenig komisch, aber sein Angebot war schlicht zu gut, um es einfach so auszuschlagen.

»Helena!«, rief ihre Mutter aus, als sie die Haustür öffnete, vor der ihre Tochter sichtlich durchnässt und mit ihrem gesamten Reisegepäck wartete. »Was machst du denn hier? Wir dachten ... ach, komm erst mal rein, das Wetter ist ja schrecklich.«

»Danke«, sagte Lena und schob mühsam ihre Koffer in die Diele des Musikhauses. Für einen Moment sah sie dabei ihr Spiegelbild in dem Wandspiegel gegenüber der Garderobe und fühlte sich spontan an den sprichwörtlichen begossenen Pudel erinnert. Klatschnasse braune Strähnen klebten an ihren Schläfen, und ihre bläulichen Lippen zeugten von der nachmittäglichen Kälte. Während sie ihren durchweichten Mantel an einen der Haken hängte, kamen auch schon Harry und ihr Vater hinzu.

»Ach was!«, sagte Letzterer und musterte sie von oben bis unten. »Wir dachten, du wärst schon längst wieder in London. Was ist denn passiert?«

»Danke. Es ist auch schön, *dich* wiederzusehen«, erwiderte Lena in gespielt beleidigtem Ton. »Und was London angeht, na ja, ihr seht ja, was da draußen los ist. Seit Tagen nichts als Regen und Sturm. Mein Schiff hat mich im Stich gelassen, indem es nicht ausgelaufen ist.«

»Es freut mich, dass du wieder da bist, Helen«, mischte sich Harry ein, und sie konnte sehen, dass er es genau so meinte, denn er strahlte bis über beide Ohren, sodass Lena leicht errötete. Zwischen-

zeitlich schien er mithilfe der Krücken wieder ziemlich mobil geworden zu sein. »Aber wo warst du denn gestern?«

Lenas Vater sah zu Harry, dann zu seiner Tochter, schürzte
leicht die Lippen und zog die Augenbrauen hoch, als wollte er sagen:
*gute Frage. Das würde ich auch zu gern wissen.*

»Ach«, entgegnete Lena und versuchte, ihre klammen Haare zu
einem Pferdeschwanz zusammenzubinden. »Das glaubt ihr mir nie!
Also, wie gesagt konnte das Schiff nicht auslaufen, weil es so viel
Seegang gab. Ich stand also dort, und plötzlich sprach mich jemand
an. Zuerst dachte ich, es wäre so ein wunderlicher Alter, der mich
nur ausfragen wollte, aber dann stellte sich heraus, dass er mich
kannte, und zwar aus London. Das ist doch verrückt, oder? Na ja,
jedenfalls haben wir uns dann unterhalten und …«

»Moment«, unterbrach ihr Vater sie. Seine Stimme klang nervös,
und er starrte mit weit aufgerissenen Augen an Lena vorbei auf das
untere Ende der Haustür. »Seit wann liegt dieser Umschlag da?«

Lena drehte sich halb um und sah nach unten. Tatsächlich, direkt hinter ihr lag ein weißer Briefumschlag auf dem Boden. Scheinbar hatte ihn jemand unter der Tür durchgeschoben. »Ich weiß
nicht«, sagte sie. »Als ich vor zwei Minuten reingekommen bin, war
er noch nicht da.«

Bevor sie wusste, wie ihr geschah, drängte sich ihr Vater an ihr
vorbei, riss die Haustür auf und stürmte hinaus in den strömenden
Regen. Lena, Theresa und Harry konnten nur fassungslos zusehen,
wie er ohne Jacke und in seinen Hausschuhen die lange Treppe vor
dem Haus hinunterhastete.

»Was …«, hauchte ihre Mutter, aber da war Lena bereits selbst
auf dem Weg zur Tür. Irgendetwas tief in ihrem Inneren ließ sie
wissen, dass ihr Vater in Not war und deshalb nicht allein dort
draußen sein sollte, wo auch immer er hinwollte. Kaum hatte sie das
Grundstück verlassen, sah sie ihn auch schon. Geschockt beobachtete sie in diesem Moment, wie er eine dunkel gekleidete Gestalt in
einem langen Mantel verfolgte und den Fremden, sobald er diesen
eingeholt hatte, brutal zu Boden riss. Lena stieß einen leisen Schrei
aus und beschleunigte ihre Schritte. Der Regen prasselte auf sie ein,
doch bei alle dem Adrenalin, das in diesem Moment durch ihre

Adern schoss, spürte sie weder die Nässe noch die stechende Kälte des Windes.

»Papa!«, rief sie, so laut sie konnte. »Um Himmels willen!«

Doch er schien sie überhaupt nicht zu hören. Wie ein Ringkämpfer hielt er den Oberkörper des Mannes umklammert, auf den er sich gestürzt hatte. Sein Gesicht war vor Wut verzerrt, und sein ganzer Körper schien vor Anspannung zu beben. »Ich hab dich!«, spie er atemlos hervor. »Jetzt hab ich dich endlich!«

Lena stand unschlüssig da. Im Grunde wollte sie ihren Vater packen und ihn dazu bringen, von dem Unbekannten abzulassen, aber in diesem Moment fürchtete sie sich fast vor ihm. Dermaßen aggressiv hatte sie ihn noch nie erlebt.

»Steh auf!«, brüllte ihr Vater nun den Mann am Boden an und erhob sich seinerseits, während er sich mit dem Arm über sein erhitztes Gesicht wischte. »Steh auf und zeig dich mir. Aber ich warne dich, eine falsche Bewegung und …« Ihr Vater hielt mitten im Satz inne, denn jetzt, wo der Fremde sich mühevoll und unter sichtlichen Schmerzen umdrehte, blickten sie in das vertraute Gesicht von Knut Behring. Der Mann war einer der treuesten Lieferanten des Musikhauses und versorgte dieses seit nunmehr fast zwei Jahrzehnten mit allerlei Zubehör, von Klaviersaiten bis zum Kolophonium. Die Unterlippe des recht schlank gebauten älteren Herrn war aufgeplatzt, und unter der groben Wollmütze, unter der ein weißer Haarschopf hervorquoll, war eine dicke Beule zu erahnen. Sein verwirrter, angstvoller Blick brachte das zum Ausdruck, was Lena schließlich laut aussprach:

»Papa, was um alles in der Welt ist denn hier los?«

# 12.

*Hamburg-Uhlenhorst, Samstag, 10. Mai 1930*

Es war schon nach zehn, und die Nacht hatte sich längst über das Flussufer gesenkt, als die Familie Albers sich auf der ledernen Sitzgruppe im Wohnzimmer niederließ. Harry hatte bereits allen eine gute Nacht gewünscht und sich diskret zurückgezogen, sobald Lena und Georg durchnässt und mit ernsten Mienen von ihrem kurzen Ausflug zurückgekehrt waren. Aus dem vielsagenden Blick, den Harry Lena zugeworfen hatte, sprach dieselbe Mischung aus Sorge und Ratlosigkeit, die sie selbst in diesem Moment empfand. Nun lag das gesamte Haus in völliger Stille, die lediglich hier und da vom Knacken eines Holzscheits im Kamin oder vom Heulen eines besonders heftigen Windstoßes unterbrochen wurde, wenn ein solcher an der backsteinernen Giebelwand des Hauses abprallte.

»Und Herrn Behring geht es so weit gut?«, fragte Lenas Mutter, die offensichtlich bemüht war, das eigentliche Thema der familiären Aussprache noch etwas hinauszuzögern.

»Ja«, brummte der Vater. Wie er so dasaß, mit halb geschlossenen Augen und gesenktem Kopf, sah er für Lena plötzlich viel älter aus, als er eigentlich war. »Er wollte uns lediglich eine Rechnung vorbeibringen, und weil er gesehen hat, dass die Tür abgeschlossen war, hat er sie darunter durchgeschoben. Schließlich weiß er, dass die Post in unserem alten Briefkasten manchmal feucht wird, wenn es zu stark regnet.«

»Und seine Kopfverletzung?«

»Ach, *Kopfverletzung* ...« Ihr Vater winkte ab und machte ein noch mürrischeres Gesicht als zuvor. »Da war eine kleine Beule an seiner Stirn, mehr nicht. Wenn er die ein wenig kühlt, sieht man übermorgen nichts mehr davon.«

»Na dann hoffe ich, das gilt auch für seine Lippe«, mischte sich

Lena ein. »Seine arme Frau wird glauben, er hätte einen Boxkampf hinter sich.«

»Helena Albers«, mahnte ihre Mutter. In ihrer Stimme lag eine nervöse Anspannung, die scheinbar ihren ganzen Körper durchzog, so steif und kerzengerade, wie sie auf ihrem Sessel vor dem Kamin saß. Ihr Teint war bleich, und die dunklen Ringe unter ihren Augen verrieten Lena, dass sie zu wenig Schlaf bekam. »Wenn dein Vater sagt, dass es halb so schlimm war, dann beruhigt mich das.«

»Außerdem«, fuhr ihre Mutter fort, »bin ich mir sicher, dass Herr Behring, auch wenn dein Vater ihm heute einen kleinen Schrecken eingejagt hat, insgesamt doch Verständnis für unsere Situation hat.«

»Welche da wäre?«, hakte Lena nach.

»Wie bitte?«

»Unsere Situation«, wiederholte Lena. »Oder *eure* Situation von mir aus, keine Ahnung. Wie sieht die aus?«

»Nun«, sagte ihre Mutter und warf ihrem Mann einen kurzen Seitenblick zu. »Das ist schwer zu erklären, Schatz. Im Grunde versuchen dein Vater und ich auch immer noch, herauszufinden, was los ist.« Sie biss sich nervös auf die Unterlippe und rieb immer wieder über ihre ohnehin schon geröteten Handrücken.

»Es geht um diese Briefe, oder?«, mutmaßte Lena. »Deshalb ist Papa auch so ausgerastet, als er den Umschlag gesehen hat.«

»Ich bin nicht *ausgerastet!*«, donnerte ihr Vater. »Und Theresa, du hast Lena von den Briefen erzählt? Dabei hast du mir erst vor drei Tagen versprochen, dass du genau das nicht tun wirst.«

»Versprochen habe ich nichts«, verteidigte sich Lenas Mutter, wobei sie jedoch dennoch schuldbewusst zu Boden sah. »Sie ist kein kleines Kind mehr. Ich musste ihr sagen, was wir über die Sache wissen.« Sie schluckte, und Lena hatte den Eindruck, dass ihre Mutter um Fassung rang. »Oder was wir zu wissen glauben«, fügte sie schulterzuckend hinzu.

»Na, großartig«, knurrte Georg und trank einen Schluck aus seiner Tasse. Als er wenige Stunden zuvor völlig durchnässt zurückgekehrt war, hatte Theresa ihrem Mann sofort heißen Kamillentee verordnet, um seinen Körper aufzuwärmen und seine Nerven zu beruhigen. So wie Lena ihren Vater kannte, war er mittlerweile vermutlich zu Schwarztee mit Rum übergegangen.

»Ich verstehe nicht, warum ihr nicht schon längst zur Polizei gegangen seid«, sagte Lena. »Diese Drohbriefe klingen wirklich gefährlich. Und die Sache mit der Bühne? Herrgott, hätte zufällig jemand genau an der Stelle gestanden ...«

»Ja«, fiel Georg ihr ins Wort, »das wissen wir alles. Glaubst du, deine Mutter und ich müssten nicht Tag und Nacht daran denken, was hätte passieren können? Wir haben Glück, dass uns bisher keiner unserer Gäste angezeigt oder verklagt hat.« Er stand auf, stellte sich vor das prasselnde Kaminfeuer und betrachtete mit dem Rücken zu den beiden Frauen angespannt die Flammen.

»Versteh doch, Schatz«, bat Theresa ihre Tochter. »Wir wollen die Polizei nicht in diese Sache hineinziehen.«

»Aber warum nicht?« Lena war entschlossen, der Sache auf den Grund zu gehen.

»Ganz einfach. Weil wir im Moment selbst noch nicht wissen, mit was oder mit wem wir es hier zu tun haben. Ich meine, wer macht so was? Wer bringt so viele Menschen in Gefahr und schreibt danach irgendwelche geheimnisvollen Briefe, in denen es klingt, als wäre er irgendein alter Bekannter?«

»Genau das herauszufinden, ist die Aufgabe der Polizei«, beharrte Lena. »Aber dafür müsst ihr Anzeige erstatten und mit denen zusammenarbeiten.«

»Und dann?« Die Gereiztheit ihrer Mutter wuchs. Der brüchige Klang ihrer Stimme ließ Lena erkennen, dass sie kurz davorstand, die Nerven zu verlieren. »Was soll dann deiner Meinung nach passieren? Die lesen die Briefe und fragen uns, wer dahinterstecken könnte.«

»Wahrscheinlich, aber danach ...«

»Nichts danach. Es sind nur zwei Zettel. Keinerlei Hinweis auf den Absender. Theoretisch könnte die jeder geschrieben haben.«

»Ja, vielleicht. Aber es werden sich Anhaltspunkte finden lassen.«

»*Anhaltspunkte*«, echote ihre Mutter und drückte die Handballen gegen die Schläfen. »Wir haben doch selbst nicht die geringste Ahnung, wer so ein makabres Spiel mit uns spielen könnte.«

»Das stimmt nicht ganz«, warf Lenas Vater plötzlich ein, während er immer noch mit dem Rücken zu den beiden Frauen stand und das Züngeln der Flammen in der Feuerstelle betrachtete.

»Was?«, entfuhr es seiner Frau. Fassungslosigkeit lag in ihrem Blick. »Wie meinst du das?«

Er seufzte schwer und schüttelte müde den Kopf. »Ich weiß selbst mittlerweile nicht mehr, was richtig und was falsch ist. Vielleicht hast du recht und Lena sollte zumindest das bisschen erfahren, was wir selbst über die Sache wissen. Und ich sollte euch beiden mitteilen, was ich weiß, ob es nun tatsächlich etwas mit den Briefen zu tun hat oder nicht.« Lena fing einen verwirrten Blick ihrer Mutter auf. Diese schien ebenfalls nicht zu verstehen, worauf ihr Mann hinaus wollte.

»Es war vor ungefähr zwei Monaten«, fuhr ihr Vater fort. Mittlerweile schien er fast hypnotisiert von den züngelnden Flammen im Kamin zu sein. Vielleicht beruhigte ihn der Anblick des Feuers, denn er sprach jetzt ganz ruhig und beherrscht, fast so, als würde er lediglich laut nachdenken. »Ein ganz normaler Montagmorgen. Aufstehen, waschen, frühstücken und ab an die Arbeit. Wie immer. Und so wie jeden Morgen habe ich in der Küche eine Tasse Kaffee getrunken und dabei die Zeitung durchgeblättert, um zu sehen, ob irgendetwas Interessantes drinsteht. Und da war es. Bloß eine ganz kleine Anzeige, aber sie traf mich wie ein Schlag: Mein Bruder Paul war gestorben. Zuerst dachte ich, es müsse ein anderer Paul Albers sein, denn ich hatte keine Ahnung, dass er überhaupt in Hamburg gelebt hatte. Aber nein, das Geburtsdatum stimmte, und die Liste der Trauernden enthielt genau einen Namen: Peter Albers. Mein anderer Bruder. Pauls Zwillingsbruder.«

Lena hielt den Atem an. Von dem Tod seines Bruders hatte er kein einziges Wort erzählt. Ihre Mutter und sie sahen sich schockiert an. »Als ich diese beiden Namen las«, fuhr ihr Vater fort, »da dachte ich zuerst, dass ich jetzt nur noch einen einzigen Bruder auf der Welt hätte. Dann wurde mir jedoch bewusst, dass selbst das eine Lüge war. Ich habe meiner gesamten Familie vor vielen Jahren den

Rücken gekehrt, um nach Hamburg zu gehen. Seitdem ich damals mit meinem alten, schäbigen Koffer den Hof meiner Eltern verlassen habe, mit nichts als einem abgegriffenen Gesangbuch und ein paar fleckigen Hemden im Gepäck, war ich kein Teil der Familie mehr. Mein Vater und meine Mutter sind schon lange tot, genauso wie die übrigen Geschwister. Und nun war auch Paul gestorben, und Peter blieb allein zurück. Jetzt hatten wir beide keine Familie mehr.«

»Georg«, flüsterte Lenas Mutter. »Das ist ja schrecklich. Ich wünschte, du hättest mit mir darüber gesprochen, dann hätte ich dich wenigstens trösten können.«

»Danke«, entgegnete er, »aber ich wollte dich nicht damit belasten.«

»Mir tut es auch leid, Papa«, sagte Lena. »Und bitte versteh das nicht falsch, aber worauf willst du hinaus?«

»Auf die Schuld, die ich auf mich geladen und die letzte Chance, die ich verpasst habe«, stieß er hervor. Seine Miene war düster, und in seinem Ton schwang etwas Unheilvolles mit. »In der Todesanzeige standen Datum und Uhrzeit für Pauls Beerdigung, versteht ihr? Ich hätte hingehen können. Vielleicht war das mit der Zeitung Schicksal oder einfach nur ein irrer Zufall, aber irgendwie hatte ich die Chance bekommen, nach all den Jahren Kontakt zu meiner Familie aufzunehmen. Ich hätte dem einen Bruder das letzte Geleit geben und mich mit dem anderen vielleicht aussöhnen können.« Er schlug die Hände vors Gesicht. Lena dachte für einen Moment, er würde tatsächlich anfangen zu weinen, doch er atmete nur ein paarmal tief ein und aus. »Das alles hätte ich vielleicht machen können, aber ich war zu feige, hatte nicht einmal den Mut, meiner Vergangenheit gegenüberzutreten und dem letzten meiner Geschwister in die Augen zu sehen.«

»Das ist doch verständlich«, warf ihre Mutter ein. »Immerhin habt ihr euch seit über dreißig Jahren nicht mehr gesehen. Da fällt einem so etwas nicht leicht. Ich bin mir sicher, dass dein Bruder dafür Verständnis hatte, insbesondere deshalb, weil es ihm vielleicht ganz genauso ging.«

»Sein Grab«, murmelte Lenas Vater, der scheinbar überhaupt nicht zugehört hatte. »Pauls Grab. Ich habe es dann Wochen später doch noch besucht. Wobei dieser schäbige Erdhügel diese Bezeichnung gar nicht verdient. Mein Bruder wurde nicht beerdigt, er wurde einfach nur mit so wenig Aufwand wie möglich vergraben und bekam dann ein klappriges Holzkreuz, was jetzt schon in sich zusammenfällt. Das ist seine letzte Ruhestätte. Das ist die Art, wie wir mit seinem Andenken umgehen. Peter braucht sich keinen Vorwurf zu machen. Sicher hat er kaum Geld zum Leben und davon schon viel zu viel für die Zeitungsannonce ausgegeben. Aber ich, ich hätte das Geld gehabt, um meinem Bruder einen würdevolleren Abschied zu bereiten. Nur war ich nicht da. Ich war nicht für ihn da.«

»Georg«, flüsterte Lenas Mutter nochmals. »Es ist ja verständlich, dass du um Paul trauerst. Aber es geht nicht, dass du dir die Schuld für seinen Tod gibst. Ihr seid im Leben nun einmal unterschiedliche Wege gegangen und habt euch dabei voneinander entfernt. Das kommt vor.«

»Da irrst du dich«, widersprach ihr Mann, fuhr sich mit der Hand durchs Haar. »Damals ist Paul überhaupt keinen Weg gegangen und Peter ebenso wenig. Die beiden blieben auf dem Hof zurück, während ich mich für immer aus dem Staub gemacht habe.« Georgs Augen waren gerötet, und er blinzelte hektisch. Lena konnte erkennen, wie Verzweiflung und Schuldgefühle an ihm nagten. »Ihr hättet ihre Gesichter sehen müssen, als ich ging. In einer Reihe standen sie da und durchbohrten mich mit ihren starren, kalten Augen. *Verräter* sagte ihr Blick. Sie würden meinem Vater die Treue halten, ebenso wie dem kargen Fleckchen Land, das kaum je genug zu essen abwarf, um die hungrigen Mäuler zu stopfen. Ich bin diesem Leben entkommen und habe sie zurückgelassen. Sie hassten mich dafür, und ich konnte es ihnen keine Sekunde lang verübeln.«

»Ich bin mir sicher, dass sie dich nicht gehasst haben«, sagte Lenas Mutter sanft. »Deine Brüder müssen gespürt haben, dass du nicht dorthin gehörtest. Dein Herz hing an der Musik, und du bist deiner Bestimmung gefolgt, als sich die Gelegenheit dazu bot.«

»Du verstehst es einfach nicht«, zischte ihr Mann. »Wir waren eine Gemeinschaft. Peter, Paul und ich. In Hunger und Elend, durch Schmerz und Verzweiflung hindurch. Als wir noch Kinder waren, da haben wir auf diesem Hof jeden einzelnen Tag und jede einzelne

Nacht zusammen verbracht. Wenn wir einmal keine Arbeit hatten, haben wir gespielt und getobt, und wenn unser Vater einen von uns dreien mit seinem dicken Ledergürtel verdrosch, dann haben die anderen beiden ihn später getröstet. Wir hatten doch nur uns. Sonst gab es niemanden.« Für einen Moment verstummt er und schloss die Augen, bevor er langsam weitersprach. »Einmal, ich war wohl acht oder neun Jahre, da habe ich beim Spielen aus Versehen eine kleine Porzellanfigur zerbrochen. Es war ein weißer Engel, der eine winzige Harfe in Händen hielt. Ich weiß noch, dass die Figur mir recht unscheinbar vorkam, aber es war ein Erbstück und mein Vater hing ungeheuer daran. Als er merkte, was passiert war, hatte er einen regelrechten Wutausbruch. Ich bekam fürchterliche Angst, doch gerade als ich meine Tat gestehen wollte, nahm Peter die Schuld auf sich. Einfach so. An diesem Abend saß ich in der Stube, und mein Vater zog Peter mit sich nach nebenan in die Scheune. Ich dachte wirklich, er schlägt ihn tot. Am nächsten Morgen war seine linke Gesichtshälfte derart geschwollen, dass er auf der Seite kaum das Auge öffnen konnte, aber er biss die Zähne zusammen und machte stumm seine Arbeit. Da habe ich verstanden, was es heißt, loyal zu sein und was es bedeutet, einander beizustehen.«

»Das wusste ich nicht«, sagte Lenas Mutter. »Aber daran sieht man doch, wie viel du deinen Brüdern bedeutet hast, oder? Ist das nicht etwas Gutes?«

»Ich habe euch noch nicht alles erzählt«, seufzte ihr Vater. Für einen Moment zögerte er, und Lena glaubte fast, er würde nun doch nicht weitersprechen, doch dann fuhr er fort »Vor ungefähr zehn Jahren, als die Nachwirkungen des Krieges langsam nachließen und wir wirtschaftlich nach und nach wieder auf die Beine kamen, da lief es auf dem Hof besonders schlecht. Unsere Eltern waren zu diesem Zeitpunkt beide schon seit etlichen Jahren verstorben, alle anderen Geschwister weggezogen, und die Zwillinge mussten sich allein durchschlagen. Doch was sie auch taten, es reichte einfach nicht. Ihr Vieh war krank und klapprig vor Hunger, die Maschinen alt und die Ställe baufällig. Mein Vater hatte schon lange vor seinem Tod längst überfällige Wartungen und Reparaturen vernachlässigt, was sich nun in geballter Form rächte. Sicher müssen Peter und Paul monatelang gehungert und gefroren haben, bis Letzterer bereit war, über seinen eigenen Schatten zu springen. Jedenfalls stand er eines Tages hier vor unserer Tür.« Ihr Vater deutete vage in Richtung des angrenzenden Flurs, der zur Haustür führte. »Nachdem ich ihn hereingebeten hatte, druckste er eine Weile herum und bat mich dann schließlich um ein Darlehen. Ich konnte an seinem finsteren Blick und seinem verkrampften Kiefer sehen, wie viel Überwindung ihn dieser Akt der Verzweiflung, dieses Eingeständnis der eigenen Hilflosigkeit, kostete. Und dennoch habe ich abgelehnt und ihn mit leeren Händen nach Hause geschickt.«

»Was?« Lena sah ihn mit großen Augen an. »Aber warum hast du das getan?«

»Wir hatten doch selbst kaum etwas«, verteidigte er sich. »Du warst noch ein Kind, das Musikhaus warf gerade erst wieder ein wenig Gewinn ab, und nebenbei hatten wir auch noch das Anwesen deiner Familie, das zumindest notdürftig instand gehalten werden musste, weil du dich geweigert hast, es zu verkaufen.«

»Gib jetzt bloß nicht mir die Schuld«, wehrte ihre Mutter ab. »Bis gerade eben wusste ich ja noch nicht einmal, dass dein Bruder jemals hier war.«

»Das mache ich doch gar nicht«, gab er zurück und hob beschwichtigend die Hände. »Es war ganz allein meine Entscheidung, und ich bin derjenige, der damit leben muss, seinem eigenen Bruder in höchster Not jegliche Hilfe verweigert zu haben.«

»Und was geschah dann?«, fragte Lena, die in den letzten zehn Minuten mehr über die väterliche Seite der Familie erfahren hatte, als in den zwanzig Jahren zuvor.

»Als ich Paul sagte, dass ich ihm kein Geld geben werde, da wurde er ruhig, sehr ruhig. Es vergingen bestimmt ein oder zwei volle Minuten, in denen er nur schweigend zu Boden sah. Als sich unsere Blicke dann trafen, war seiner so eisig, dass mir fast das Herz stehen blieb. ‚Das wirst du noch bereuen, Bruder‘, hat er dann geflüstert. ‚Das wirst du noch bitter bereuen.‘ Und damit ging er zur Tür hinaus, und ich habe ihn nie mehr wieder gesehen.«

Lena spürte, wie sich eine Gänsehaut auf ihren Unterarmen ausbreitete, als er diese letzte Begegnung mit Paul Albers beschrieb. Sicher musste der Mann durch Hunger und Erschöpfung an der Grenze zur Verzweiflung gewesen sein. Dennoch konnte sie sich nicht vorstellen, was in einem Menschen vorgehen musste, um den eigenen Bruder derart zu bedrohen.

»Moment«, meldete sich Lena zu Wort. »Papa, das verstehe ich nicht. Du sagtest doch, Paul sei vor Kurzem gestorben, oder bringe ich da jetzt etwas durcheinander? Selbst wenn er dir also seine Rache angekündigt hat …«

Ihre Mutter wusste anscheinend, worauf sie hinauswollte. Dezent nickte sie Lena zu, wie um diese zum Weiterreden zu ermutigen. »Selbst wenn er dir irgendetwas Böses wollte«, setzte diese nochmals an. »Tote sägen nicht an Bühnenpfosten. Und sie schreiben auch keine Briefe.«

»Lebt denn Peter noch?«, schaltete sich Theresa ein.

»Vermutlich«, antwortete Georg. »Wir hatten aber schon seit Jahrzehnten keinen Kontakt mehr zueinander. Und außerdem war es Paul, der … er war derjenige …« Georg rieb sich seine geröteten Augen. »Ach was, vergesst es. Bitte tut mir einen Gefallen und denkt nicht mehr darüber nach, was ich gesagt habe. Ich bin müde.«

»Aber Papa …«, begann Lena. Ihre Verwirrung wurde an diesem seltsamen Abend nur noch größer und größer. Wen verdächtigte ihr Vater bloß? Wessen Gesicht hatte er vor sich gesehen, als er Herrn Behring durch den strömenden Regen verfolgt und sich wie wild auf ihn gestürzt hatte?

»Es ist spät«, stellte ihre Mutter nüchtern fest und erhob sich. Ihre Lippen waren schmal und fest aufeinandergepresst, während sich eine kleine, aber tiefe Falte über ihrem Nasenrücken abzeichnete.

Lena war drauf und dran zu protestieren, doch die Mimik ihrer Mutter verriet ihr, dass diese keinerlei Widerstand dulden würde. »Na gut«, sagte sie stattdessen. »Ich gehe hinauf in mein altes Zimmer und versuche, etwas zu schlafen. Morgen früh habe ich etwas Wichtiges vor.«

# 13.

»Es ist schon zehn nach elf«, konstatierte Harry mit einem Blick auf die Uhr, die an der gegenüberliegenden Wand des kleinen Cafés angebracht war. »Pünktlichkeit ist wohl nicht so Herrn Bergers Stärke, stelle ich fest.«

»*Calm down*, Harry. Aufregung am Morgen bekommt dir nicht«, wehrte Lena die kleine Stichelei ab und trank einen Schluck Tee. »Er wird sicher jede Sekunde hier sein.« Obwohl sie nicht daran zweifelte, dass Berger bald erscheinen würde, wanderte ihr Blick dennoch in diesem Moment Richtung Eingangstür.

»Hat sich die Lage bei deinen Eltern etwas beruhigt, Helen?«, wechselte Harry das Thema und sah sie besorgt an.

»Ja, sicher. Irgendwie sind sie beide im Moment einfach viel zu sehr angespannt. Der Laden, der Unfall bei der Jubiläumsfeier und dann die Tatsache, dass ich zurück nach England will. Da kommt wohl ein bisschen viel auf einmal zusammen, was sie erst einmal verdauen müssen.«

»Also willst du doch zurück nach England?«

»Ja, natürlich. Das war doch von Anfang an unser Plan, oder etwa nicht?«

»Nun ja, also *dein* Plan …«, setzte Harry an, wurde jedoch unterbrochen, weil gerade in diesem Moment Siegfried Berger am Tisch erschien.

»Ach, Herr Berger«, flötete Lena. »Wie schön, dass Sie da sind. Setzen Sie sich doch bitte. Wir haben schon etwas bestellt, ich hoffe, das stört Sie nicht. Darf ich Ihnen meinen Freund Harry vorstellen? Er ist Schlagzeuger und hat mich nach Deutschland begleitet. Harry, das ist Herr Berger.«

Die beiden Männer schüttelten sich die Hand und warfen sich

dabei einen langen Blick zu. Während Bergers Augen wie üblich hinter den verspiegelten Gläsern seiner dunklen Sonnenbrille verborgen blieben, sprach aus Harrys Blick kaum zu übersehendes Misstrauen.

»Freut mich«, sagte Berger knapp und wandte sich dann sofort Lena zu, ohne den jungen Engländer weiter zu beachten. »Sie bleiben also noch ein wenig in Hamburg?«

»Eine Weile«, bestätigte Lena. »Lange genug, damit wir uns noch das ein oder andere Mal treffen können, wenn Sie möchten. Wollten Sie mir nicht auch noch das Tonstudio Ihres Bekannten zeigen?«

»Sicher«, sagte Berger und warf einen schnellen Blick über die Schulter, in Richtung der Wanduhr.

»Na, das würde ich auch gern sehen«, stellte Harry fest, sah dabei jedoch lediglich Lena an.

»Aha«, sagte Berger, der gar nicht recht zuzuhören schien. »Hören Sie, Lena, ich habe leider schon in wenigen Minuten noch einen anderen Termin. Sehen wir uns morgen Abend wieder hier? Um sechs Uhr vielleicht?«

»In Ordnung«, gab sie überrascht zurück. Berger schien es auf einmal überaus eilig zu haben.

»Gut, gut. Bis morgen Abend dann. Auf Wiedersehen.« Mit diesen Worten erhob er sich und verschwand aus der Tür, ohne sich noch einmal umzusehen.

»Was für ein Idiot«, raunte Harry, als Lena und er wenig später ausgetrunken hatten und in Richtung des Musikhauses zurückspazierten.

»Harry!«, protestierte Lena. »Ich darf doch wohl bitten.«

»Was denn? Der Mann war einfach nur unhöflich. Zuerst kommt er zu spät, und dann hat er nicht mal fünf Minuten Zeit für dich? Und dann diese Arroganz. Und dem vertraust du deine Karriere an?«

»Davon kann keine Rede sein«, antwortete Lena. »Er hat mich angesprochen und angeboten, ein paar Kontakte für mich zu knüpfen. Vielleicht ergeben sich dadurch Möglichkeiten hier in Hamburg. Nicht mehr und nicht weniger. Und ja, er war gestresst und kurz angebunden. Normalerweise ist er deutlich netter, das kann ich dir versichern.«

»Ja, wenn er mit dir allein sein darf.«

»Was soll das nun wieder heißen?«

»Ach nichts. Lass uns bitte über etwas anderes sprechen.«

Eine Weile gingen die beiden schweigend nebeneinanderher. So sporadisch wie Harry die Krücken einsetzte, würde er in ein bis zwei Tagen sicher schon ganz ohne diese Hilfsmittel auskommen. Sicher war er froh, dann auch aus seinem Krankenlager im Erdgeschoss des Musikhauses ausziehen zu können. Auch für ihn war der Ausflug nach Hamburg alles andere als nach Plan gelaufen.

»Ich will zurück nach England, Helen«, sagte er plötzlich. »Und zwar so bald wie möglich. Ich habe mir schon einen Platz für die nächste Überfahrt gesichert, und ich kann dir auch einen besorgen. Morgen Nachmittag geht es los.«

Lena war für einen Moment sprachlos. Weshalb hatte Harry es denn auf einmal so eilig? Hatte er etwa Heimweh, oder war er einfach nur die Streiterei und die Aufregung im Hause Albers leid? »Ich will auch zurück nach England«, antwortete sie, »aber ich habe eher an nächste Woche gedacht, wenn ich ehrlich bin. Momentan stehen bei mir noch ein paar Termine an. Herr Berger …«

»Ach, Herr Berger«, unterbrach Harry sie. »Ich traue dem Kerl nicht, Lena. Er ist ein Aufschneider. Ein Blender, wie er im Buche steht.«

»Das kannst du nicht wissen.«

»Nein, kann ich nicht. Aber ich habe Augen und Ohren. Mit dem stimmt einfach was nicht.«

»Ich will nur noch dieses Studio sehen«, lenkte Lena ein. »Einfach herausfinden, welche Kontakte er hat und ob er wirklich im Schallplattengeschäft ist. Warum sollte er sich denn so etwas ausdenken? Was hätte er davon?«

»Außer, dass er sich dabei ungestört an eine attraktive junge Frau heranpirschen kann?«

»Mensch, Harry. So ist das nicht«, rief Lena ungeduldig. Dann lächelte sie jedoch verschmitzt. »Aber danke, für das Kompliment.«

»Darauf brauchst du dir gar nichts einzubilden«, gab Harry zurück.

Lena bemerkte, dass er versuchte, locker und unbeschwert zu klingen, doch er sah sie nicht an, und seine Wangen verfärbten sich hellrot. Nach ungefähr einer Minute des Schweigens wurde sein Gesichtsausdruck jedoch wieder ernst. Unvermittelt blieb er stehen und blickte Lena direkt in die Augen, während er leicht ihren Arm berührte. »Bitte hör zu, Helen, denn es ist mir ernst damit. Ich will wirklich so schnell wie möglich zurück nach England, und ich werde morgen fahren. Bitte komm mit mir mit.«

Lena sah unentschlossen zu Boden. Noch vor wenigen Tagen war sie drauf und dran gewesen, selbst allein nach London zurückzureisen. Jetzt allerdings hatte sie überhaupt kein gutes Gefühl dabei, wenn sie sich vorstellte, ohne Harry in Hamburg zu bleiben.

»Während mein Fuß heilen musste, hatte ich viel Zeit, um Zeitung zu lesen«, sagte Harry. »Und du hattest recht, neulich im Park: Die Stimmung hierzulande ist angespannt. Sehr angespannt. Die Wirtschaftskrise, die andauernden Streitereien im Parlament und die vielen Wechsel in der politischen Führung. Viele Deutsche merken das vielleicht nicht oder wollen es nicht wahrhaben, aber mir kommt es so vor, als würde ich auf einem Pulverfass sitzen, und ich will nicht warten, bis es in die Luft geht.«

»Aber als wir im Park waren, hast du noch gesagt, wie schön du es hier bei uns findest«, gab Lena zurück. »Und jetzt ist auf einmal alles schlecht und du willst nur noch weg?«

»Ich will endlich nach Hause«, sagte Harry schlicht. »Das ist alles. Kannst du das wirklich nicht verstehen?«

»Doch«, entgegnete Lena. Natürlich wollte Harry nicht ewig in Hamburg bleiben. Was sollte ihn hier auch halten? Sein ganzes Leben fand nun einmal in England statt. War das bei ihr selbst denn nicht bis vor Kurzem noch genauso gewesen? Zuerst hatte sie sich mit ihren Eltern angelegt, weil sie es gar nicht erwarten konnte, wieder aufs Schiff zu steigen, und jetzt stritt sie mit Harry, weil sie plötzlich in Hamburg Wurzeln schlagen wollte? Kein Wunder, dass er da nicht mehr mitkam, Lena verstand es ja selbst nicht. Irgendetwas in ihrem Inneren sagte ihr, dass sie noch mehr über Siegfried

Berger erfahren musste. »Wenn ich morgen entscheide, dass ich mitfahren will, kannst du mir dann noch einen Platz sichern?«

»Na klar«, antwortete Harry und lächelte, während die beiden sich wieder in Bewegung setzten. »Das lässt sich machen.« Er schien erleichtert, obwohl Lena innerlich noch weit weg von einer abschließenden Entscheidung war.

»Gut«, sagte sie nur und lächelte zurück. Ihre Gedanken rasten. »Dann lass uns jetzt noch ein Stück spazieren gehen, und morgen reden wir über alles Weitere.«

# 14.

Hundemüde, aber gleichzeitig auf seltsame Art erleichtert wankte Georg am nächtlichen Alsterdamm entlang. Obwohl der Bereich, in dem er sich gerade befand, relativ gut beleuchtet war, hatte er einige Mühe damit, auf dem schmalen Gehweg zu bleiben. Fünf große Bier und mindestens genauso viele Gläschen Korn hatten im Verlauf des Abends ihre Wirkung nicht verfehlt. Dabei war heute Montag. Sicherlich würde Theresa es ihm übel nehmen, wenn er morgen ausschlafen würde und sie sich deshalb allein um die Öffnung des Musikhauses kümmern müsste. Aber falls es so kam, dann war das eben so. Auch wenn es falsch war, so viel Alkohol zu trinken, und das auch noch an einem Wochentag, er hatte das hier gebraucht. Ein paar Stunden ohne ständige Anspannung. Nur einen Abend weg von dieser ganzen Situation, die sich langsam anfühlte wie eine unsichtbare Schlinge, die sich um seinen Hals immer enger zuzog. Instinktiv fasste Georg sich an die Kehle und rieb über seinen mit kurzen Bartstoppeln bedeckten Adamsapfel. Ja, ein klein wenig Freiheit durfte ihm im Moment einfach niemand verwehren.

*Freiheit*, dieser Gedanke ließ Georg schmunzeln, während er nach rechts die Querstraße hinuntersah, die am Theater vorbei zum alten Pferdemarkt führte. Früher hatte er ganz hier in der Nähe in seiner heruntergekommenen winzigen Stube gehaust und Tag und Nacht Klavier gespielt. Damals war er nur für sich selbst verantwortlich gewesen und hatte mehr als nur einmal die Nacht zum Tag gemacht. Bevor er vor mehr als zwanzig Jahren mit Theresa zu ihrem gemeinsamen Abenteuer nach Berlin gefahren war, hatte Georg geglaubt, dass er immer so bleiben würde. Und kaum mehr als ein Jahr später war er bereits verheiratet und auf dem besten Weg zum Familienvater gewesen. Wie das Leben nun einmal so spielte …

Georg sah sich um, während er weiter auf das Ferdinandstor zuhielt, der Verbindung zwischen Binnen- und Außenalster. Zu dieser fortgeschrittenen Uhrzeit war weit und breit niemand auf der Straße zu sehen. Er rülpste leise und amüsierte sich über sein ungezogenes Verhalten. Obwohl sich der Übergang vom eigenbrötlerischen Junggesellen zum Ehemann, Vater und Musikhausbetreiber doch ziemlich plötzlich vollzogen hatte, war das Leben zunächst eigentlich recht einfach geblieben. Theresa und er waren bis über beide Ohren verliebt gewesen und hatten jeden neuen Tag miteinander genossen, selbst wenn sie bis spät abends geschuftet hatten, um alles am Laufen zu halten. Und jetzt?

Heutzutage schien alles unfassbar kompliziert zu sein. Das Musikhaus lief mal besser und mal schlechter, aber selten wirklich zufriedenstellend. Oft waren Georgs Tage monoton, und er kam wochenlang nicht dazu, sich seinen Kompositionen zu widmen, die irgendwo in seiner Schreibtischschublade Staub ansetzten. Lena war nach London gegangen und nun, da sie zurück war, konnte sie es kaum abwarten, gleich wieder zu verschwinden. Dabei hatte ihr Weggang eine klaffende Lücke hinterlassen. Nicht nur, dass das ganze Haus stiller war, irgendwie grauer ohne das Lachen seiner Tochter. Nein, auch zwischen Georg und Theresa hatte sich eine Lücke aufgetan. Zwei Jahrzehnte lang waren sie Eltern gewesen. Nun waren sie ein Paar, das sich langsam, aber stetig auseinandergelebt hatte und das außer der Arbeit nicht mehr viel verband. Und dann waren da noch diese Briefe. Diese verdammten Briefe!

Gerade als Georg an seine Brüder Peter und Paul dachte, nahm er aus dem Augenwinkel eine Bewegung wahr und blieb abrupt stehen. Eine schwarze Gestalt trat am Rand des Weges zwischen den Bäumen hervor. Sie zögerte für einen Moment, kam dann jedoch direkt auf ihn zu.

»Halt«, sagte Georg laut. Der Alkohol in seinem Kreislauf erschwerte ihm die Sicht auf diesem recht finsteren Teil des Weges und ließ seine Zunge schwer werden. »Was wollen Sie von mir?«

Keine Antwort. Stattdessen kam der Unbekannte langsam, aber bestimmt weiter in Georgs Richtung. In wenigen Sekunden würde er ihm gegenüberstehen.

»Hör mal, Freundchen«, knurrte Georg und richtete sich zu voller Größe auf, während er trotz seines Zustands versuchte, eine stabile Standposition zu halten. »Wenn du auf Ärger aus bist, hast du dir den Falschen ausgesucht, klar? Ich bin absolut nicht in der Stimmung für so was.«

»Ärger?« Die Stimme des Mannes, dessen Gesicht Georg immer noch nicht ausmachen konnte, klang ruhig, fast ein wenig amüsiert. Er trug einen langen, dicken Mantel und einen breitkrempigen Hut, den er tief ins Gesicht gezogen hatte. »Ich will keinen Ärger. Nur etwas überbringen.«

»Und was soll …« Weiter kam Georg nicht, denn sein Gegenüber vollführte einen erstaunlich schnellen Ausfallschritt, und er nahm gerade noch das Aufblitzen eines länglichen, metallenen Gegenstands im Licht der einzigen Straßenlaterne wahr. Schon spürte er einen brennenden Schmerz in seinem rechten Oberarm.

»Verflucht«, keuchte Georg und torkelte nach hinten. Der schwere Schlagstock schien seinen Arm nur gestreift zu haben, dennoch tat die betreffende Stelle höllisch weh. Der Unbekannte kam erneut näher und stieß seine Waffe dieses Mal in Bauchhöhe nach vorn. Georg, den sowohl Todesangst als auch eine rasende Wut schlagartig wieder nüchtern werden ließen, schaffte es, seinen Oberkörper wegzudrehen und holte zu einem rechten Haken aus, der krachend auf das Jochbein seines Kontrahenten traf. Dieser taumelte für einen Moment, fing sich jedoch schnell wieder. Offenbar war er ein geübter Kämpfer. Wieder hob er den Stock und ließ ihn herabfahren. Georg duckte sich weg, doch sein Gegenüber hatte seine Bewegung vorausgeahnt, und so traf ein brutaler Hieb seine Schulter. Er schrie vor Schmerz laut auf. Georg spürte, dass er sich nun nicht mehr viel länger zur Wehr setzen konnte und hoffte inständig, dass ihm bald jemand zu Hilfe kommen würde. Kurz glaubte er, aus Richtung der Lombardsbrücke zu seiner Linken einen Fußgänger näher kommen zu sehen, doch er konnte den Blick nicht von dem unbekannten Angreifer abwenden. Plötzlich packte dieser mit seiner rechten Hand Georgs Kehle. Sein eiserner Griff schnürte Georg die Luft ab. Ihre Köpfe waren nun so nah beieinander, dass er den sauren Atem des Mannes riechen konnte. Dennoch hatte er den Eindruck, dass dort, wo eigentlich dessen Gesicht sein sollte, nichts als Schwärze war.

»Ich habe eine Nachricht für dich«, flüsterte der Unbekannte. »Und sie lautet folgendermaßen: Ich bin nicht tot. Und ich werde mir alles zurückholen, was du mir gestohlen hast.« Er ließ seine Stirn mit solcher Wucht auf Georgs Nasenbein krachen, dass dieser vor Schmerz fast das Bewusstsein verlor. »Wir sehen uns bald wieder.«

Während Georg zu Boden sank, nahm er noch wahr, wie der unbekannte Angreifer ebenso rasch ins Dunkel zwischen den Bäumen abtauchte, wie er erschienen war. Nach wenigen Sekunden war der Mann spurlos verschwunden, fast so, als hätte er sich in Luft aufgelöst. *Verflucht*, schoss es Georg durch den Kopf, *das muss ein Albtraum sein.* Dann fiel er in Ohnmacht.

# 15.

Lena saß auf dem alten, rostigen Stuhl im Garten des Musikhauses und genoss, so wie ihre Mutter es ansonsten des Öfteren tat, die morgendliche Ruhe, als Harry um die Ecke bog und zu ihr stieß.

»Guten Morgen, Helen«. Er wirkte ausgeruht und strahlte übers ganze Gesicht.

»Na, du bist ja scheinbar prächtig gelaunt«, bemerkte Lena.

»Auf jeden Fall«. Harry kam ein Stück näher. Sein Humpeln war kaum mehr wahrnehmbar. »Und ich hab auch noch was für dich, stell dir vor.«

Aus der Nähe bemerkte Lena nun, dass er seine Schuhe fein säuberlich geputzt und sein bestes Hemd angezogen hatte.

»*Surprise, surprise*«, rief er.

Zu Lenas Erstaunen hielt er ihr zwei längliche, weiße Papierstreifen unter die Nase. »Heute geht es endlich *home*. Für dich hab ich auch direkt eine Fahrkarte besorgt, so wie du es wolltest.«

Lena warf kurz einen Blick auf das eingestanzte Datum. Dieses Schiff würde bereits in wenigen Stunden ablegen. »Ich fürchte, das war nicht das, was ich wollte«, murmelte sie.

Einerseits war es ihr unangenehm, Harry zu enttäuschen, indem sie seine Pläne durchkreuzte. Andererseits fand sie es auch anmaßend von ihm, einfach zwei Fahrkarten zu kaufen, obwohl sie sich ausdrücklich noch Bedenkzeit erbeten hatte. Oder hatte er ihr mal wieder einfach nicht richtig zugehört?

»Wie meinst du das?«, fragte Harry und zog die Papiere wieder zu sich heran. »Du hast gesagt, wenn ich bis heute nichts mehr anderes von dir höre, dann soll ich dir einen Platz für die Heimfahrt sichern.«

»Das habe ich *nicht* gesagt.«

»Oh doch, Helen. Ich war schließlich dabei.«

»Nein, Harry.« Lenas Ton war zunächst nüchtern und beherrscht gewesen, doch jetzt konnte sie ihre Frustration nicht länger verbergen. »Ich werde ja wohl noch wissen, was ich gestern zu dir gesagt habe.«

»Und ich weiß, was ich gehört habe«, konterte Harry.

»Vielleicht hörst du einfach nur das, was du gern hören willst. Hast du daran mal gedacht?«

Lena war von ihrem Stuhl aufgestanden und hielt dessen Lehne fest umklammert, während ihre Miene sich verfinsterte. Was bildete Harry sich plötzlich ein? Über ihr Leben bestimmen zu können? Ganz sicher nicht. Zuerst seine unverschämten Kommentare über Herrn Berger und jetzt diese Übergriffigkeit. Das sah ihm eigentlich gar nicht ähnlich.

»Ich kann nicht mitkommen, Harry. Jedenfalls heute noch nicht.«

»Helen«, Harry verdrehte genervt die Augen. »Jetzt sag bitte nicht, das ist wegen dieses Herrn Burger oder Becker …«

»Berger. Er heißt Siegfried Berger.«

»*I don't care*«, winkte Harry ab. »Ich kann einfach nicht fassen, welche Flausen dir dieser … dieser Windbeutel in den Kopf gesetzt hat.«

»Mir muss überhaupt niemand etwas in den Kopf setzen, denn ich kann für mich selbst denken.«

»Na, scheinbar nicht«, flüsterte Harry, und eine Sekunde später verrieten sein verkniffener Gesichtsausdruck und seine feuerroten Wangen, dass er seine Worte nur zu gern sofort wieder zurückgenommen hätte. »Entschuldigung. So habe ich es natürlich nicht gemeint.«

»Ich glaube doch«, schnappte Lena. »Du hast endlich einmal schonungslos deine ehrliche Meinung gesagt. Jetzt weiß ich wenigstens, wo ich stehe.«

»Helen …« Harry trat einen Schritt auf sie zu und versuchte, ihre Hand zu nehmen. Sie entzog sie ihm jedoch sofort.

»Wenn wir schon dabei sind, uns auszusprechen, dann will ich dir jetzt auch mal etwas sagen«. Lena hielt für einen kleinen Moment inne. Sie zögerte, denn sie wusste, dass sie gleich eine Grenze überschreiten würde. Dennoch, es musste jetzt gesagt werden. »Ich glaube, dass du Angst davor hast, dass Herr Berger mir ein paar neue Möglichkeiten für meine Karriere aufzeigen könnte. Möglichkeiten, die du nicht hast, weil du dich auf England versteifst und dabei nicht das große Ganze siehst.«

»Ach«, sagte Harry. Seine Kiefermuskulatur war angespannt und sein Blick stechend. »Und du siehst es, ja? Ist es das, was du mir damit sagen willst? Tut mir leid, dann bin ich wohl einfach zu blöd. Ich dachte nämlich, du willst, dass ich mit dir deine Eltern in Hamburg besuche. Und jetzt stellt sich heraus, dass ich einfach nur der Ballast bin, der dich davon abhält, deine Traumkarriere in der alten Heimat zu starten.«

»Das habe ich nicht gesagt.« Lena ging einen Schritt auf Harry zu und nahm nun wiederum seine Hand. »Und das denke ich auch nicht. Keine einzige Sekunde lang.«

Er hielt ihre Hand fest in seiner, sah jedoch zu Boden. »Warum willst du dann so furchtbar dringend hierbleiben?«

»Warum willst *du* so dringend, dass ich umgehend mit dir zurück nach London komme?«

Ihre Blicke trafen sich kurz, und Lena nahm ein Aufflackern in Harrys Augen wahr. Er öffnete halb den Mund, brachte die Worte dann jedoch nicht heraus. »Na gut«, sagte er schließlich resigniert. »Ich kann dich zu nichts zwingen. Mach das, was du für richtig hältst, Helen, aber ich werde heute Mittag an Bord dieses Schiffes gehen und zurück nach England fahren.«

»Harry …«, setzte Lena an.

»Ich bin mir ganz sicher, dass wir uns schon bald wiedersehen«, sagte Harry und fügte mit einem schüchternen Lächeln hinzu: »Und wenn ich das nächste Mal in Hamburg bin, schuldest du mir einen Besuch im Planetarium, abgemacht?«

»Abgemacht«, erwiderte Lena mit einem leichten Zwinkern. »Dann sehen wir uns spätestens beim Planetarium.«

Sie blickten sich einen Moment lang tief in die Augen. Lena hatte den Eindruck, dass er ihr noch etwas mitteilen wollte, doch schließlich flüsterte er lediglich: *»See you soon.«*

Damit verließ er schnellen Schrittes den Garten und verschwand um die Ecke des Hauses.

»*See you soon*«, murmelte Lena vor sich hin. »Zumindest hoffe ich das.« Die Lust auf den Besuch des Tonstudios zusammen mit Siegfried Berger war ihr für heute jedenfalls vergangen.

# 16.

»Willst du die Kartoffeln eigentlich irgendwann auch noch aufessen, oder schiebst du sie den ganzen Abend lang nur hin und her?« Theresa sah Lena mit hochgezogenen Augenbrauen an und nickte in Richtung des kaum angerührten Tellers, der vor ihrer Tochter stand. »Schmeckt es dir nicht?«

»Doch, doch«, versicherte Lena, doch ihre Stimme klang abwesend. »Ich schätze, ich habe nicht so viel Hunger. Keine Ahnung.«

»Aha«, raunte Theresa. Seit ihr Freund Harry sich am Morgen verabschiedet hatte, schien Lena verändert. Theresa konnte sich keinen Reim darauf machen, warum die beiden nun doch nicht zusammen nach London reisten, beschloss jedoch, deswegen nicht weiter nachzufragen. Sie kannte ihre Tochter. Falls diese reden wollte, würde sie das von selbst tun. Außerdem waren Harry und sie freischaffende Künstler, und da konnte es ja sein, dass sich ihre Zeitpläne aktuell einfach nicht miteinander vereinbaren ließen. Allerdings war es schon seltsam, dass Lena nun immer noch in Hamburg weilte, obwohl sie doch gleich zu Anfang ihres Besuchs angekündigt hatte, möglichst bald wegen eines dringenden Gesprächs wieder zurück nach Großbritannien zu müssen.

»Papa«, sagte Lena plötzlich, »was ist denn mit deinem Arm los?«

Georg, der gerade etwas umständlich nach einer Schüssel auf der gegenüberliegenden Seite des Tisches gegriffen hatte, hielt mitten in der Bewegung inne und zog seine Hand dann langsam zurück. »Was soll damit sein?«, fragte er.

»Komm schon, Papa.« Lena sah ihm lange in die Augen, und Theresa erkannte eine erstaunliche Ähnlichkeit zu dem prüfenden Blick ihrer Mutter, welchen diese immer angewandt hatte, wenn ihr

Bruder Wilhelm oder sie früher als Kinder etwas ausgefressen hatten. »Du hast Schmerzen. Das sieht man doch.«

»Ach was«, brummte Lenas Vater. »Ich bin etwas steif, nichts weiter. Das verflixte Regenwetter und die Kälte sind mir bis in die Knochen gezogen. Wenn man dann einmal auf der falschen Seite einschläft, passiert so was.« Er griff erneut nach der Schüssel, zog diese jedoch nun zu sich, statt sie anzuheben. »Komm du mal in mein Alter, Fräulein, dann verstehst du, was ich meine.«

Lena heftete ihren Blick auf seine rechte Schulter, während er sich in ungewöhnlich langsamer Manier ein paar Löffel Krautsalat auf seinen Teller schaufelte. Sie schüttelte leicht den Kopf, kommentierte das Ganze jedoch nicht weiter. »Na gut«, sagte sie schließlich. »Ich gehe heute früh schlafen. Morgen will mir Herr Berger das Tonstudio zeigen, da will ich ausgeruht sein.«

»Ob wir diesen ominösen Herrn Berger wohl auch mal zu Gesicht bekommen?« Ihr Vater zwinkerte Theresa zu. »Ich dachte bisher, ich kenne die Hamburger Musikszene recht gut, aber von diesem Burschen habe ich bisher noch nie gehört.«

»Er hat von dir auch noch nie was gehört, glaube ich«, gab Lena zurück und sah ihren Vater mit einem herausfordernden Grinsen an.

»Das ist ja wohl die Höhe«, rief er mit gespielter Betroffenheit. »Was habe ich bloß verbrochen, um so eine undankbare, freche Tochter zu verdienen? Ab in dein Zimmer, junge Dame. Dafür schicke ich dich ohne Abendessen ins Bett.«

»Na dann, gute Nacht«, antwortete Lena, lächelte in Theresas Richtung und gab ihrem Vater einen Kuss auf den Kopf, bevor sie das Esszimmer verließ.

Für ein paar Minuten saßen Theresa und Georg einander schweigend gegenüber, bevor sie das Wort ergriff:

»Gut, dass du ihr nichts von dem Überfall erzählt hast. Das Mädchen hat es auch so schon nicht leicht.«

»Ach, Theresa.« Georg schloss die Augen und rieb sich mit der flachen Hand über seine Stirn. »Doch nicht das schon wieder. Ich habe dir doch bereits gesagt, dass es überhaupt keinen Überfall gab.«

»Das hast du!«, entgegnete Theresa scharf und ließ ihren Mann dabei nicht aus den Augen. »Aber als du in den frühen Morgenstunden ins Bett gewankt bist, klang das noch ganz anders. Im Halbschlaf hast du etwas von einem gesichtslosen Angreifer gebrabbelt, der dich mit einem Knüppel geschlagen und sich dann in Luft aufgelöst hat.«

»Theresa, ich war total betrunken und …«

»Und Betrunkene sagen immer die Wahrheit«, fiel ihm Theresa ins Wort.

»Mag sein«, brummte er. »Zumindest sagen sie das, was sie in ihrem vernebelten Kopf für die Wahrheit halten. Und so war es eben auch bei mir. Ich dachte, ich hätte in einer dunklen Gasse eine schwarze Gestalt ohne Gesicht gesehen.« Georg tippte sich mit dem Zeigefinger mehrmals an die Schläfe. »Ein gesichtsloses Gespenst, das einfach so auftaucht, angreift und dann wie von Zauberhand verschwindet. Klingt das für dich etwa glaubwürdig?« Er trank einen Schluck Tee. »In Wirklichkeit bin ich offensichtlich einfach nur ausgerutscht und hingefallen. Dabei muss ich mit der Schulter auf das harte Pflaster aufgeschlagen sein.«

»Sicher?«, fragte Theresa.

»Sicher«, antwortete Georg und legte seine Hand zärtlich auf die ihre. »Die ganze Aufregung und die Belastung in den letzten Wochen haben dann ihr Übriges dazugetan. Wie du dich vielleicht erinnerst, habe ich mich erst vor Kurzem auf einen unserer Kunden gestürzt, weil ich dachte, er hätte einen Drohbrief bei uns abgegeben.«

»Das hast du allerdings.«

»Und ich bin mit Sicherheit nicht stolz darauf.« Georg strich liebevoll über Theresas Handrücken und sah ihr tief in die Augen. »Was geht in deinem Kopf vor, Theresa? Ich kenne dich, und deshalb kann ich sehen, dass du immer noch grübelst.«

Sie seufzte. Wie sollte sie ihrem Mann all das, was sie beschäftigte, all diese rasenden Ängste und Vermutungen, begreiflich machen? »Tja«, sagte sie schließlich. »Vielleicht sehe ich auch Gespenster. Wer weiß das schon?«

»Was meinst du damit?«, hakte Georg nach, und sein Blick wurde ernster.

Theresa atmete tief ein. Es half ja nichts. Immerhin hatte Georg sich ihr zwei Tage zuvor auch überraschend geöffnet und ihr tiefe Einblicke in seine Vergangenheit gewährt, über die er so ungern sprach. »Manchmal, da kann ich nachts nicht besonders gut schlafen«, sagte sie. »Und dann liege ich in unserem Bett, schaue an die Decke und denke an mein früheres Leben zurück. Ich denke an meine Kindheit, meine Jugend, an die Zeit mit meinen Eltern und an die vielen Tage der Trauer.« Theresa schluckte. *Jakob.* Sie hatte schon lange nicht mehr bewusst an ihn gedacht, und es schmerzte sie, dass sie sich nach mittlerweile über zwanzig Jahren kaum noch richtig an das Gesicht ihrer ersten großen Liebe erinnern konnte. »Es ist schwer zu erklären«, fuhr sie fort. »Unser Haus hier war für mich in den letzten zwanzig Jahren immer ein völlig sicherer Ort. Meine Burg, meine Zuflucht. Und jetzt, nach dem Unfall bei dem Fest, nach diesen seltsamen Briefen, da …« Sie schloss die Augen und biss sich auf die Unterlippe.

»Bitte rede mit mir, Theresa«, flüsterte Georg. »Du weißt doch, dass du mir alles sagen kannst.«

»Manchmal, wenn ich allein hier im Haus bin oder wenn ich draußen an der Alster spazieren gehe, fühle ich mich plötzlich … beobachtet. Dann ist es so, als würde jemand meine Schritte verfolgen, mir nachspionieren.«

Georg nickte nur und drückte Theresas Hand, während er sie weiterhin besorgt ansah.

»Als Lena noch klein war«, erinnerte sich Theresa, »da hatte sie doch oft diesen schlimmen Husten. Ich bin dann manchmal stundenlang mit ihr am Flussufer auf und ab gegangen. Natürlich weiß ich, dass es nur der Wind war oder vielleicht irgendein Vogel, aber ab und zu habe ich jemanden eine Melodie pfeifen gehört. Es war ganz leise, und ich konnte nie ausmachen, aus welcher Richtung es kam. Trotzdem bin ich mir sicher, dass es da war. Und es war immer diese Melodie. Diese eine Melodie …«

»Theresa«, schaltete sich Georg ein. »Es tut mir leid, aber ich kann dir beim besten Willen nicht folgen. Worauf willst du hinaus?«

Sie ließ die Hand ihres Mannes los und presste die Handballen gegen ihre Schläfen, während sie stur einen Punkt auf dem Tisch vor ihr fixierte. »Es fühlt sich so an, als wäre er wieder da«, hauchte sie kaum hörbar.

»Wer?«

»*Er*«, stieß Theresa hervor. »Diese Drohbriefe, die vor unterdrückter Wut und vor Rachegelüsten strotzen, der fingierte Unfall beim Jubiläumsfest, und dann taucht auch noch irgendeine nächtliche Gestalt auf, und du wirst verletzt.« Sie hob den Kopf und sah Georg direkt an. Ihre Stimme zitterte. »Es erinnert mich alles an damals. Alles. Genau so war es auch damals in Berlin. Wer anders als *er* wäre zu so etwas fähig?«

Georgs Mund war nur noch ein schmaler Strich, und zwischen seinen Augenbrauen bildete sich eine tiefe Falte. »Du weißt, dass das unmöglich ist, Theresa. Völlig ausgeschlossen. Er ist tot.«

»Aber, wenn er …«

»Nein!« Georgs Ton war hart und bestimmt. Ohne ein weiteres Wort stand er auf und verließ den Raum. Theresa schlug die Hände vors Gesicht. So reagierte Georg also, nachdem er ihr versichert hatte, sie könne mit ihm über alles reden? Sie spürte ein unangenehmes Ziehen in ihrer Magengegend und war den Tränen nah. Als sie jedoch ihre Hände senkte, saß Georg ihr plötzlich wieder gegenüber.

»Hier«, sagte er und öffnete eine kleine, viereckige Zigarrenkiste. Auf dem dunklen, rissigen Holz hatte sich bereits eine dicke Staubschicht gebildet. »Das hilft mir, wenn mich mal Zweifel überkommen.«

Theresa nahm drei vergilbte Blätter aus dem Inneren des Kästchens und überflog sie. Das Erste war ein Artikel aus einer Berliner Tageszeitung. Dann folgte eine Seite, die scheinbar aus einem Verzeichnis eines Gefängnisses stammte. Das letzte Blatt enthielt einen vom Gefängnisdirektor handgeschriebenen Bericht, der zusätzlich mit dessen Siegel versehen war.

»Woher hast du das?«, fragte Theresa, während ihr Verstand langsam verarbeitete, was Georg ihr da vorgelegt hatte.

»Unwichtig«, entgegnete dieser. »Bitte lies den letzten Absatz auf diesem Blatt. Direkt über dem Siegel.«

Theresa schluckte. Ihr Hals fühlte sich mit einem Mal so trocken an, als hätte sie seit Tagen nichts getrunken. Dennoch räusperte sie sich und las langsam Wort für Wort vor: »*Dem Verurteilten wird Gelegenheit gegeben, seine letzten Worte zu sprechen. Der Verurteilte verzichtet hierauf. Nun erfolgt die Vollstreckung des Urteils. Zeitpunkt des Todes: Punkt 6 Uhr früh. Berlin, 28. Januar 1910.*«

Sie legte das Blatt vor sich hin und starrte für ein paar Sekunden auf die Zeilen, während ihr Herz raste und sich ein seltsames kaltes Kribbeln über ihre Unterarme bis zu ihren Fingerspitzen ausbreitete. Immer wieder las sie den Namen des Gefangenen, der an diesem Januarmorgen vor knapp zwanzig Jahren die Todesstrafe für seine Verbrechen empfangen hatte. »Er ist tot«, sagte sie schließlich. »Franz Mayer ist definitiv hingerichtet worden, und das hier ist der Beweis.«

»So ist es«, sagte Georg. »Er wird dir nie wieder etwas tun können.«

»Ich wünschte, du hättest mir das verdammt noch mal früher gezeigt.«

Theresa eilte um den Tisch herum und schlang ihre Arme um seinen Oberkörper. Sie drückte ihr tränennasses Gesicht an seine Wange und küsste ihn immer wieder. »Danke«, flüsterte sie. »Danke, Georg.«

# 17.

*Hamburg-Uhlenhorst, Dienstag, 13. Mai 1930*

Lena saß wieder in dem kleinen Café, das zu dem Hotel gehörte, in dem sie sich vor ein paar Tagen, nach der gescheiterten Rückreise nach London, ein Zimmer gemietet hatte. Und wieder einmal wartete sie auf Siegfried Berger. An diesem Morgen war Lena jedoch keineswegs nervös, sondern strahlte die Gelassenheit einer Frau aus, die endlich wusste, was zu tun ist. Am Abend zuvor hatte sie noch lange wach gelegen und über ihren gesamten Besuch in Hamburg nachgedacht. Danach hatten sich ihre Gedanken noch weiter verzweigt und schließlich ihre bisherige Karriere vollständig durchleuchtet. Und genau dabei war ihr klar geworden, was wirklich für sie zählte. Sie lehnte sich auf ihrem Stuhl auf der Terrasse vor dem Café zurück, genoss ihre Tasse Tee und ließ sich von der Frühlingssonne ihr Gesicht und ihre bloßen Unterarme wärmen.

»Guten Morgen«, rief Berger, als er endlich eintraf und sich zu ihr setzte. Wie immer mit deutlicher Verspätung und einer Aura der Hektik, die ihn umgab. Dennoch schien er an diesem Tag bester Laune zu sein. »Wie geht es Ihnen, Fräulein Albers? Was für ein herrlicher, klarer Morgen, nicht wahr?«

»Ja«, entgegnete Lena. »Da haben Sie recht, Herr Berger. Scheinbar haben wir die Regentage nun erst einmal hinter uns gelassen und dürfen ein wenig Sonnenschein genießen.«

»Ihr Wort in Gottes Ohr«, sagte Berger und sah prüfend zum Himmel, sodass sich die gleißend hellen Strahlen der Morgensonne in seinen dunklen, verspiegelten Brillengläsern brachen. »Perfektes Wetter für einen Ausflug.«

»Oder für eine Reise«, stellte Lena nüchtern fest.

Berger drehte seinen Kopf langsam in ihre Richtung, und seine Lippen zuckten, so als wäre er kurz davor, eine Frage zu stellen.

Dann glitt sein Blick nach unten und er bemerkte, dass an Lenas rechter Seite direkt neben ihrem Stuhl zwei große, lederne Reisekoffer standen. »Oh«, sagte er. »Ich muss gestehen: Das habe ich nicht erwartet.«

»Es tut mir leid, Herr Berger«, versicherte Lena. »Und ich danke Ihnen für all die Zeit, die sie sich bisher schon genommen haben. Aber ich habe eingesehen, dass Hamburg zwar immer meine Heimat bleiben wird, meine Karriere sich jedoch in England abspielt. Meine Band, meine Freunde, so viele großartige aufstrebende Musiker, sie alle sind in London und warten dort auf mich. Es ...« Sie überlegte für einen Moment, wie sie die überwältigende Vorfreude in ihrem Bauch in Worte fassen könnte. »Es ist einfach nicht dasselbe hier in Hamburg. London glüht nur so vor Energie und Lebenslust. Die Musik ist der Puls der Stadt. Das ist der Ort, an dem ich an diesem Punkt meines Lebens sein muss. Ganz sicher.« Außerdem vermisste sie Harry schon jetzt viel mehr, als sie es gedacht hatte, aber das ging Berger nun wirklich nichts an.

»So?«, sagte er. »Schade, Fräulein Albers. Wirklich jammerschade. Aber dann kommen wir wohl nicht zusammen.« Wie immer waren seine Augen hinter der Sonnenbrille verborgen, aber Lena sah, wie sich die Muskeln in seinem Hals anspannten und seine Mundwinkel nach unten zogen. War das bloß Enttäuschung in seiner Mimik oder noch etwas anderes? Berger wischte sich nervös über seinen haarlosen Kopf, während seine andere Hand die Tischkante umklammerte. Lena glaubte fast, eine Art von unterdrückter Wut in seiner Körpersprache lesen zu können. Gerade als sie zu einer weiteren Entschuldigung ansetzen wollte, löste die Anspannung sich jedoch mit einmal Mal aus Bergers Miene und er schien wieder völlig gefasst zu sein.

»Nun gut«, sagte er und erhob sich. »Wie heißt es so schön? Reisende soll man nicht aufhalten.« Er nickte in Richtung einer nahe gelegenen Querstraße, in der ein luxuriöses, silbernes Automobil abgestellt war, dessen Glanz schon aus einiger Entfernung sichtbar war. »Darf ich Sie denn noch zum Hafen bringen? Sagen wir, um der alten Zeiten willen?«

Lena zögerte. »Na ja, eigentlich wollte ich mir wegen des Gepäcks ein Taxi rufen. Und ich möchte Ihnen auch wirklich nicht noch mehr Umstände machen, Herr Berger.«

»Ach was.« Er winkte ab und schnappte sich kurz entschlossen Lenas schwere Koffer. »Kommen Sie. Das haben wir im Nu.«

Sie seufzte und zuckte mit den Schultern. Wenn er sich in den Kopf gesetzt hatte, sie noch zum Hafen zu bringen, dann sollte er das ruhig tun. Es war eine nette Geste, und sie würde zudem etwas Geld sparen.

Gedankenverloren sah Lena wenig später aus dem Fenster auf der Beifahrerseite des Wagens. Berger schwieg und schien sich ganz auf das Fahren zu konzentrieren, sodass sie sich in Ruhe einem Tagtraum hingeben konnte. Wie es wohl wäre, wieder in London anzukommen? Obwohl Lena kaum eineinhalb Wochen fort gewesen war, kam es ihr vor wie eine Ewigkeit. Was würde Harry sagen, nun, da sie doch schon deutlich früher als erwartet zurückkehren würde? Lena freute sich darauf, ihren Freund bald wieder in die Arme schließen zu können. Sobald sie in ihrem Apartment ankam, würde sie zu ihm gehen und ihn zu Fish and Chips und einem großen Bier einladen. Sie war ihm zu Dank verpflichtet, denn er hatte recht gehabt. Die ganze Zeit über hatte er ihr die Wahrheit aufgezeigt, und dennoch hatte sie diese nicht sehen wollen. Lena gehörte nicht nach Hamburg, sondern nach London. Sie würde sich bei ihrer Musik nicht nach Studios oder Produzenten richten, sondern ihrer wahren Leidenschaft folgen. Das war sie sich selbst schuldig. Der Erfolg würde sich dann schon bald ganz von selbst einstellen. Außerdem war die Konzertreihe auch noch nicht vom Tisch.

Plötzlich sah sie, wie der mächtige Uhrturm des Hamburger Hauptbahnhofs an ihr vorüberzog. Der Wagen bewegte sich offensichtlich nach Nordwesten und war im Begriff, die Brücke zwischen Binnen- und Außenalster zu überqueren.

»Moment«, stieß sie hervor. »So kommen wir nicht zum Hafen. Wir sind daran vorbeigefahren.« Berger schien sie überhaupt nicht wahrzunehmen, sondern starrte nur stur vor sich hin, während er sogar noch beschleunigte. »Herr Berger! Ich muss unbedingt dieses Schiff erreichen. Drehen Sie um!«

Ohne den Blick von der Straße abzuwenden, schüttelte er langsam den Kopf. Lena konnte erkennen, dass er nun nicht einmal mehr angespannt war, sondern völlig steif, ja geradezu verkrampft, hinter dem großen Lenkrad saß.

»Ich bedauere«, sagte er, und der kalte, schneidende Tonfall in seiner Stimme ließ Lena erschauern. »Das kann ich leider nicht zulassen, denn zuerst haben wir beide uns noch einiges zu erzählen.«

# 18.

Theresa atmete tief durch und genoss die Stille um sich herum. Georg und sie hatten sich spontan dazu entschlossen, das Musikhaus an diesem Mittwoch einmal etwas früher zu schließen, und da er noch eine Lieferung zu einem Kunden bringen musste, hatte sie nun das gesamte Haus für sich allein. So sehr sie auch überlegte, sie konnte sich nicht einmal mehr erinnern, wann sie zuletzt die Zeit dazu gefunden hatte, für eine Stunde oder zwei die Seele baumeln zu lassen. Und jetzt saß Theresa an diesem späten Nachmittag endlich wieder auf dem breiten Hocker, direkt vor dem in die Jahre gekommenen, aber dennoch prachtvollen Klavier im Musikzimmer, das nur für ihren und Georgs privaten Gebrauch bestimmt war. Tatsächlich gelang es ihr für einen Moment, die vielen Pflichten auszublenden, die sie sonst Tag für Tag in die Knie zwangen. Das wild wuchernde Unkraut im Garten, der ständige Kampf mit dem Haushalt, die wachsende Unordnung im Lager, all das würde sie einfach beiseiteschieben. Wenigstens für den Augenblick. Sie atmete nochmals durch, schloss die Augen und legte ihre schlanken Finger auf die Tasten. Ohne weiter darüber nachzudenken, begann sie zu spielen. Ihr Geist schien die verordnete Entspannung aufzunehmen, denn ihre Hände fanden nahezu ohne ihr Zutun eine Melodie aus einer Fuge von Johann Sebastian Bach. Sie spielte einfach drauflos und ließ ihre Gedanken schweifen, während die kraftvollen Töne und Akkorde in dem alten Gemäuer des Musikhauses widerhallten. Warum konnte es nicht immer so sein? War der Mensch denn wirklich nur dazu geschaffen, tagein und tagaus zu schuften und sich um sein Auskommen zu sorgen? Wofür sollte sich dieses zermürbende Schauspiel denn überhaupt lohnen, wenn sich dann keine Zeit mehr fand, den schönen Dingen im Leben nachzugehen?

Während Theresa vor sich hin grübelte, hatte sie mit einem Mal das Gefühl, dass sie nicht mehr allein in dem abgeschiedenen kleinen Raum war. Nein, kein Gefühl, sie wusste es. Die feinen Härchen auf ihren Unterarmen und in ihrem Genick stellten sich auf. Und tatsächlich, nun knarrten Schritte über die alten Dielen hinter ihr.

»Zwanzig Jahre«, sagte eine vertraute Stimme in ihrem Rücken, und Theresa musste angesichts des tadelnden Tonfalls unwillkürlich lächeln. »Zwanzig Jahre lang und mehr höre ich dich dieses Stück nun schon spielen, und du stolperst immer noch über die Triolen im zweiten Teil. Ich möchte zu gern wissen, welcher Hornochse dir das Klavierspielen beigebracht hat, junge Dame.«

»Ach«, entgegnete Theresa, ohne den sich umzudrehen. »Das war ein recht ambitionierter junger Komponist. Er hat sich redlich bemüht, aber ich muss gestehen, dass ich es ihm nicht leicht gemacht habe.«

»Hört, hört«, sagte die Stimme. »Es wundert mich nicht, dass du früher schon nichts als Flausen im Kopf hattest, Mädchen. Daran hat sich, wie wir beide wissen, auch heute nichts geändert.«

Nun hatte Georg Theresa endgültig aus der Fassung gebracht. Sie konnte ihr Lachen nicht mehr unterdrücken, und ihre linke Hand rutschte derart ab, dass ein schaurig schiefer Akkord erklang. »Verflixt noch eins«, stieß sie hervor, während sie sich mit der rechten Hand den Bauch hielt.

Mittlerweile hatte Georg in zwei langen Schritten den Raum durchquert und neben Theresa auf der Klavierbank Platz genommen. »Da ist Hopfen und Malz verloren«, stellte er mit einem Augenzwinkern fest. »Aber vielleicht lasse ich mich dennoch zu einer Klavierstunde überreden, wenn du lieb zu mir bist.«

»Lieb sein liegt mir nicht«, flüsterte Theresa und funkelte ihn herausfordernd an. »Und gerade deshalb hast du dich doch in mich verliebt, oder irre ich mich?«

»Nun ja«, Georg schürzte die Lippen und kratzte sich am Kopf, als würde er angestrengt überlegen. »Einigen wir uns doch einfach darauf, dass ich mich in dich verliebt habe, in Ordnung?«

»In Ordnung.«

»Hörst du das?«, fragte Georg, nachdem sie einander einige Sekunden lang schweigend in die Augen geschaut hatten.

»Was?«

»Die Stille.« Er verschränkte die Arme hinter dem Kopf und sah versonnen hinauf zur Decke. »Diese herrliche Ruhe. Kann es denn nicht immer so sein?«

»Genau das habe ich mich eben auch gefragt«, entgegnete Theresa lächelnd. »Ich könnte definitiv mehr davon gebrauchen.«

»Und die Stimmen aus der Vergangenheit?«, fragte Georg.

Theresa wusste sofort, auf was er hinauswollte. »Nichts«, antwortete sie. »Sie schweigen … wie ein Grab.« Sie legte ihren Kopf auf seine Schulter und strich mit den Fingern zart über seinen Oberarm. »Bei dir auch?«

»Absolut«, entgegnete er. »Das waren ein paar aufregende Tage, aber mittlerweile bin ich drüber weg.«

»Und deine nächtliche Begegnung bei der Lombardsbrücke?«

»Ich muss gestehen, dass ich darüber noch ein oder zwei Mal nachgedacht habe«, sagte er und ergriff Theresas freie Hand. »Vielleicht bin ich einfach nur hingefallen und habe mir den Rest eingebildet. Vielleicht bin ich aber auch irgendeinem Tunichtgut begegnet, der auf Ärger aus war, und dann hat mir mein Verstand einfach nur im Nachhinein einen Streich gespielt. So oder so, ich bin mir sicher, dass der Spuk nun ein Ende hat.«

»So?«, fragte Theresa und hob ihren Kopf, um ihrem Mann in die Augen sehen zu können. Georgs Zuversicht erstaunte sie. »Und woher nimmst du diese Gewissheit?«

»Die Briefe«, erwiderte er. Als er darauf von Theresa nur ein verwundetes Stirnrunzeln erntete, drückte er sanft ihre Hand. »Hast du es nicht bemerkt? Seit vier Tagen haben wir von unserem ominösen Freund nichts mehr gehört.«

Sie nickte und biss sich auf die Unterlippe. Es stimmte, dass keine weiteren Schreiben mehr eingetroffen waren.

»Und außerdem ist die Frist verstrichen«, fügte Georg hinzu. »Drei Tage. So viel Zeit sollte uns bleiben, das Musikhaus zu schließen. Nun, wir sind noch hier, und es ist nichts passiert. Der alte Kasten steht nach wie vor an seinem Platz.«

»Aber der Unfall beim Fest«, wandte Theresa ein. »Der Einsturz der Bühne ...«

»... kam irgendeinem Wichtigtuer vermutlich einfach nur gelegen. Vielleicht ein unzufriedener Kunde, ein Konkurrent, wer auch immer. Jedenfalls hat es jemandem eine Zeit lang Spaß gemacht, uns Angst einzujagen, und jetzt hat er offensichtlich die Lust daran verloren. Zum Glück.«

Theresa schloss die Augen und ließ ihren Kopf wieder auf Georgs Schulter sinken. Was er sagte, ergab durch und durch Sinn. Jeder hätte die Briefe schreiben können, nur um ihnen einen bösen Streich zu spielen. Und wer auch immer dahintersteckte, er hatte seine Drohung nicht wahr gemacht.

*Endlich wird wieder alles so, wie es war*, dachte Theresa. *Gott sei Dank.* Sie hob erneut den Kopf, doch dieses Mal legte sie ihre Hand auf Georgs frisch rasierte Wange und gab ihm einen innigen Kuss. Ein Kribbeln durchzog ihren gesamten Körper, und sie spürte, wie sich ihr Herzschlag beschleunigte.

Bei all dem Trubel und der Aufregung der letzten Wochen waren Georg und Theresa sich weitgehend aus dem Weg gegangen, und wenn sie sich doch in einem Raum aufgehalten hatten, dann nur zum Arbeiten oder um erschöpft und ausgelaugt nebeneinander einzuschlafen. Welche Wohltat war da schon eine so kleine, unscheinbare Berührung.

Von irgendwoher drang ein schwaches Klopfen an Theresas Ohren, doch sie konnte sich nicht darauf konzentrieren, weil sie Georgs heißen Atem an ihrem Hals spürte. Seine Hand fuhr an der Außenseite ihres Oberschenkels entlang nach oben, während er hörbar ausatmete. Offensichtlich war auch er ausgehungert und sehnte sich nach Theresas Berührung.

Es klopfte erneut, dieses Mal lauter. Jemand war draußen an der Eingangstür.

»Ich will dich«, flüstert Georg in Theresa Ohr, während er sie schon halb von der Klavierbank hochzog. »Komm, lass uns nach oben gehen. Sofort.«

Wieder das Klopfen. Mittlerweile war es eher zu einem Hämmern geworden.

»Hörst du das?«, fragte Theresa und nickte in Richtung des stetig lauter werdenden Geräuschs.

»Unwichtig«, entgegnete Georg und küsste sie. »Wer auch immer das ist, er oder sie wird schon wiederkommen, falls es wichtig sein sollte.«

Theresa presste ihr Gesicht an seine Brust und genoss für einen Moment seine Nähe. Sog seinen Geruch ein. Lauschte seinem festen Herzschlag.

Die Haustür schien derweil regelrecht unter den Schlägen von außen zu erzittern. Rief da etwa jemand ihren Namen?

Obwohl Georg ein zugleich überraschtes als auch ärgerliches Brummen von sich gab, löste Theresa sich aus seiner Umarmung und eilte durch den Flur. Ihr Bauchgefühl sagte ihr, dass irgendetwas ganz und gar nicht in Ordnung war, und es hatte sie in den letzten drei Jahrzehnten noch nie getäuscht. Hastig und völlig außer Atem riss sie die schwere Tür auf und blickte in das alarmierte, hochrote Gesicht eines jungen Mannes.

*Harry.*

»Es tut mir wirklich leid, wenn ich störe«, keuchte er und hielt sich die rechte Hand, mit der er auf das massive Türblatt eingedroschen hatte. »Aber ich brauche dringend Ihre Hilfe!«

*Dieses verflixte Bauchgefühl*, dachte Theresa. Harry hätte längst auf einem Schiff in Richtung Großbritannien sein sollen, und doch stand er hier, auf ihrer Schwelle. Sie ahnte bereits, was der junge Engländer als Nächstes sagen würde.

»Es geht um Lena«. Harry war bleich. Er schien wenig geschlafen zu haben, und aus seinen weit aufgerissenen Augen sprachen Sorge und Verzweiflung. »Ich kann sie einfach nirgendwo finden.«

# 19.

»Nun mal langsam«, sagte Theresa, während sie eine große dampfende Tasse Tee vor Harry abstellte. »Wann haben Sie Lena zum letzten Mal gesehen?« Der junge Mann war so aufgeregt, dass sie Mühe gehabt hatte, ihn dazu zu überreden, sich wenigstens kurz auf das Sofa im Wohnzimmer zu setzen.

»Gestern«, sagte er. »Bevor ich zum Hafen gefahren bin, um meine Heimreise anzutreten.«

»Apropos Heimreise«, mischte sich Georg ein, der hinzugekommen war und nun neben Harry stand, die Hände in den Hosentaschen, und den Engländer mit einem prüfenden Blick musterte. »Warum sind Sie nicht auf dem Schiff?« Er reckte den Hals etwas, als würde er aus dem Fenster schauen. »Bei Lena war es das letzte Mal das Wetter, aber mittlerweile können wir uns wieder über feinsten Sonnenschein freuen. Sind Sie plötzlich seekrank geworden?«

»Nein«, entgegnete Harry und nahm vorsichtig einen Schluck Tee. »Ich habe es mir im letzten Moment anders überlegt mit der Reise, wegen Lena. Als ich schon kurz davor war, an Bord zu gehen, da …« Er schüttelte den Kopf. »Ich hatte ein schlechtes Gefühl dabei. Irgendwie habe ich gespürt, dass etwas nicht in Ordnung war.«

»Sie machen sich Sorgen«, stellte Theresa fest und betete gleichzeitig, dass Harrys Intuition nicht so verlässlich war wie ihre eigene. »Das kann ich verstehen. Aber das heißt doch noch lange nicht, dass mit ihr wirklich etwas nicht stimmt.«

»Nein.« Harry wippte nervös mit dem Fuß auf und ab. »Aber … ich weiß, dass es so ist, weil …«

»Haben Sie sich mit ihr gestritten?«, unterbrach Georg ihn, nahm die Hände aus den Taschen und verschränkte die Arme vor der Brust. Als Harry zu ihrem Mann hochschaute, konnte Theresa in Harrys Augen sehen, dass Georg mit seiner Frage ins Schwarze getroffen hatte. »Ich will Ihnen mal eine Frage stellen, mein Junge«, fuhr Georg fort. »Eine Frage, die schon viel zu lange im Raum steht. Welche Absichten haben Sie meiner Tochter gegenüber?«

»Georg«, zischte Theresa und sah, wie Harrys Kopf innerhalb von Sekunden seine Farbe von blassem Weiß zu einem kräftigen Rot änderte. Es war unmöglich, zu sagen, ob ihr Mann sich einfach nur über die abrupte Störung der trauten Zweisamkeit ärgerte oder tatsächlich der Meinung war, nun sei der geeignete Augenblick, um Lenas Freund auf den Zahn zu fühlen.

»Wie …«, stammelte Harry, »Wie meinen Sie das, Herr Albers?«

»Das wissen Sie sehr gut!«, entgegnete Georg. Er sprach leise, aber in seiner Stimme schwang ein fordernder, fast bedrohlicher Unterton mit. »Also raus damit.«

Harry nippte wieder an seiner Tasse und warf Theresa einen hilfesuchenden Seitenblick zu, die jedoch nur mit den Schultern zuckte. Sie würde sich vorerst nicht in dieses Thema einmischen. Lena mochte zwar erwachsen sein, aber Georg war immer noch ihr Vater. Und deshalb war es durchaus verständlich, dass er Harry in Bezug auf seine Intentionen zur Rede stellte. Schließlich war es alles andere als gewöhnlich, dass eine unverheiratete junge Frau einfach so gemeinsam mit einem Mann durch die Lande reiste. In London sah man das vielleicht liberaler, aber das hier war immer noch Hamburg. Theresa und Georg waren bereit gewesen, Lena gewähren zu lassen, weil sie eine kluge und verantwortungsvolle junge Dame war, aber es ging nicht an, dass Harry ihr nun derart nachstellte.

»Ja«, sagte Harry, und Theresa entging nicht, dass er der eigentlichen Frage bewusst auswich. »Wir haben uns gestritten. Wobei es eigentlich kein *richtiger* Streit war. Ich habe sie doch einfach nur vor diesem Blender warnen wollen, diesem Berger.«

»Harry«, sagte Georg, und sein Ton klang nun etwas verständnisvoller. Theresa wusste, dass auch er starke Vorbehalte gegen den ominösen Musikproduzenten hegte, der seine Tochter umschwärmte. »Ich dachte, Sie und Lena hätten das alles schon längst besprochen. Sie will sich noch einmal mit diesem Berger treffen, um zu sehen, ob er ihr mit ihrer Karriere als Sängerin weiterhelfen kann.

Sie können unbesorgt sein und schon mal nach London reisen. Ich bin mir sicher, dass Lena recht bald ...«

»Ich habe sie gesucht!« Jetzt war es Harry, der Georg ins Wort fiel, was dieser mit einem erstaunten Blick quittierte. »Den ganzen Abend lang habe ich in dem Café gewartet, wo Lena sich mit Berger treffen wollte, in der Hoffnung, dass sie dorthin zurückkehren würde. Ich habe an die Tür ihres Hotelzimmers geklopft und dann die ganze Nacht lang davor gewartet. Nicht eine Sekunde lang habe ich geschlafen.« Harry fuhr sich mit den Fingern durch die kurzen braunen Haare und kratzte sich dann am Kinn, bevor er zu Georg hochsah. »Sie ist nicht aufgetaucht, Herr Albers. Ich saß die ganze Nacht dort bis heute Morgen um kurz vor acht, und sie ist nicht heimgekommen.«

»Ich mache mir trotzdem keine Sorgen«, brummte Georg. Eine Lüge, erkannte Theresa an der tiefen Falte, die sich über Georgs Nase zwischen seine Augen grub. »Wenn sie nicht dort ist, dann hat sie sich wahrscheinlich in einem anderen Hotel eingemietet. Vielleicht wollte sie einfach etwas für sich sein. Haben Sie daran schon mal gedacht?«

»Nein«, antwortete Harry. »Aber es erscheint mir auch nicht besonders wahrscheinlich. Lena hätte es mir sicherlich gesagt, wenn ...«

»Ich glaube, Sie gehen jetzt besser«. Georg ging schnellen Schrittes zur Tür und öffnete sie, wobei er weder Harry noch Theresa eines Blickes würdigte. »Ich wünsche Ihnen eine gute Heimreise, Harry. Und ich hoffe für Sie, dass mir nicht noch einmal zu Ohren kommt, dass sie hinter meiner Tochter herschleichen.«

»Ich ...«, stammelte Harry und erhob sich ruckartig von seinem Platz auf dem Sofa.

Sein Blick wanderte erneut zu Theresa, doch sie nickte nur dezent in Richtung der Tür. »Auf Wiedersehen, Harry. Es war schön, Sie hier bei uns zu haben. Bitte schreiben Sie uns, damit wir wissen, dass sie wohlbehalten in Ihrer Heimat angekommen sind.«

Wie er so dort stand, völlig zerknirscht und mit hängenden Schultern, tat der junge Musiker Theresa leid. Wahrscheinlich hatte das Treffen mit Berger Lena nicht weitergebracht, und sie hatte sich dazu entschieden, selbst so schnell wie möglich nach London zurückzukehren. Vielleicht stieg sie dort jetzt gerade vom Schiff. Schließlich hatte sie nicht wissen können, dass Harry seine Reise in letzter Sekunde noch absagen würde. Und was Theresas unbehagliches Bauchgefühl anging: Wer hätte das nicht, wenn aus heiterem Himmel jemand auftaucht, der laut rufend gegen die Eingangstür des eigenen Hauses hämmert? Oder war an der Sache am Ende doch mehr dran, als Georg und sie wahrhaben wollten?

# 20.

*Irgendwo nördlich von Hamburg, Mittwoch, 14. Mai 1930*

Das Erste, was Lena fühlte, als sie langsam zu sich kam, waren die lähmenden Kopfschmerzen. Sie lag auf einem weichen Untergrund, unfähig, sich auch nur einen einzigen Zentimeter zu bewegen. Um sie herum war nichts als feuchte, modrig riechende Luft und Dunkelheit, sodass sie keine Ahnung hatte, ob es noch Tag oder schon Nacht war. Wie lange war sie wohl weggetreten gewesen, und was war überhaupt passiert? Obwohl ihr Verstand nur langsam und unter größter Anstrengung arbeitete, setzte Lena vor ihrem geistigen Auge die letzten Eindrücke zusammen, an die sie sich erinnern konnte. Sie wusste noch, dass sie den Bahnhof gesehen hatte. Ja, sie hatte ihre Koffer dabeigehabt und wollte irgendwo hinfahren. Aus diesem Grund war sie am Bahnhof gewesen.

*Nein*, dachte Lena, *irgendetwas passt da nicht zusammen.*

Ihr Reiseziel war London. Zurück zu ihrer Musik, zu ihren Kollegen, zu Harry. Dazu hatte sie doch ein Schiff besteigen wollen und keinen Zug. Lena stöhnte. Ihr Kopf fühlte sich an, als wäre er mit heißem, flüssigem Blei gefüllt, und sie hatte Mühe, ihre Augen wenigstens einen kleinen Spalt zu öffnen. Ihr war schwindelig, und sie war einfach nur müde. Schrecklich müde. Mit letzter Kraft zwang sie sich, nochmals ihren letzten Gedankengang aufzunehmen. Ein Automobil. Ja, sie hatte auf dem Beifahrersitz eines Fahrzeugs gesessen, als sie den Bahnhof an sich hatte vorüberziehen sehen. Aber wer hatte den Wagen gefahren? Sie hatte mit einem Taxi fahren wollen, aber es war aus irgendeinem Grund anders gekommen. Jemand hatte sie mitgenommen und sie war in sein Fahrzeug eingestiegen.

*Siegfried Berger*

Lena war es, als hätte sich der dichte, lähmende Nebel, der ihr Hirn umgab, für einen kleinen Moment gelichtet und diesen Namen freigegeben. Und plötzlich fügten sich die wirren, verzerrten Bilder tatsächlich zu einer halbwegs nachvollziehbaren Erinnerung zusammen. Lena sah ihr eigenes Spiegelbild in den Gläsern der Sonnenbrille. Hörte ihre eigene Stimme, die aufgeregt klang, laut rief, protestierte. Ihr Ziel war der Hafen gewesen. Berger hatte angeboten, sie dorthin zu fahren, aber das hatte er nicht getan. Er …

*Er hat dich entführt,* flüsterte eine leise Stimme in ihrem Kopf. *Und dann hat er dich hierhergebracht.*

*Entführt,* der Gedanke traf Lena wie ein Schock. War das wirklich möglich? Welchen Grund sollte Berger haben, sie in seine Gewalt zu bringen?

Immer noch von Schwindel und bleierner Müdigkeit geplagt, versuchte Lena, sich auf ihrem Lager aufzusetzen. Obwohl sie offensichtlich nicht gefesselt oder sonst wie fixiert war, gelang ihr selbst diese geringe Bewegung nicht. Irgendetwas lähmte ihren Körper bis in den letzten Muskelstrang. War das ebenfalls Bergers Werk?

*Oh Gott,* dachte Lena, und sie spürte, wie sich eine nagende Angst zu dem Gefühl der Machtlosigkeit gesellte, das ihr Herz wie einen Dampfhammer schlagen ließ. Aber was könnte Siegfried Berger bloß von ihr wollen? Sie dachte an den regnerischen, stürmischen Tag am Hafen zurück, als der charmante ältere Herr sie angesprochen hatte. War er zu diesem Zeitpunkt schon entschlossen gewesen, sie irgendwann zu entführen, oder hatte er das erst später entschieden? Ein schmerzhaftes Ziehen fuhr plötzlich von ihren Schläfen bis in den Oberkiefer. Ihr Kopf fühlte sich an, als sei er in einen Schraubstock gespannt.

*Ganz egal, was Berger von mir will,* dachte Lena, und ihre Hände krallten sich in das klamme Laken unter ihr, *ich sollte auf keinen Fall lange genug hierbleiben, um es herauszufinden.*

# 21.

»Der Bursche hat vielleicht Nerven«, stöhnte Georg, nachdem die Tür sich hinter Harry geschlossen hatte. »Ich hatte gleich ein seltsames Gefühl, als Lena ihn angeschleppt hat.«

»Ist das so?« Theresa warf ihrem Mann einen tadelnden Blick zu. »Als er dir noch im Laden zur Hand gehen konnte, schien er dich nicht so schlimm zu stören.«

»Stimmt«, sagte Georg, zuckte jedoch gleichgültig mit den Schultern. Dann trat er einen Schritt auf Theresa zu und legte sanft eine Hand auf ihre Hüfte. »Wo waren wir eben?«

Theresa drehte ihren Körper kaum merklich zu Seite und wich Georgs eindringlichem Blick aus. Wie konnte er jetzt nur daran denken, als wäre gerade überhaupt nichts geschehen?

»Machst du dir denn gar keine Sorgen um Lena?«, fragte sie.

Georg zog abrupt seine Hand zurück und verdrehte die Augen. »Warum sollte ich? Weil sie nicht jede freie Sekunde an diesem Harry klebt? Nein, im Gegenteil, das beruhigt mich eher. Wenigstens weiß ich so, dass sie nach London zurückgeht, weil sie es selbst so will und weil es ihrer Karriere nutzt.«

»Wäre es denn wirklich so schlimm, wenn sie verliebt wäre?«

»Nein, aber es wäre schlimm, wenn sie ihr volles Potenzial niemals ausschöpfen würde, weil sie mit dem Kopf in den Wolken hängt, statt sich auf das zu konzentrieren, was wirklich wichtig ist.«

Theresa trat ans Fenster und sah zu, wie die Krone der großen Weide ganz leicht im Wind schwankte. Der Baum, der ungefähr zwanzig Schritte südlich des Musikhauses stand, war bestimmt schon über hundert Jahre alt und hatte viele Menschen und selbst Häuser oder ganze Stadtteile kommen und gehen gesehen. Georg hatte im Grunde recht, Lena sollte sich in ihrem Alter noch nicht an irgendjemanden gebunden fühlen müssen. Anders als Theresa selbst hatte ihre Tochter keinen Bruder, der Tag und Nacht darüber grübelte, wie er es anstellen sollte, sie möglichst schnell mit einem schwerreichen Mann zu verheiraten. Zudem konnte Lena sich glücklich schätzen, dass auch ihr Vater modernen Ansichten durchaus offen gegenüberstand. Georg hätte seine Tochter ohnehin lieber noch ein paar Jahre im Musikhaus der Familie gesehen als in den Armen eines Ehemanns.

Theresa schloss die Augen und dachte an Harrys alarmierten Blick. Vielleicht hätte Georg den jungen Mann wenigstens ausreden lassen sollen. Konnte sie dessen eindringliche Warnung wirklich einfach so ignorieren? »Ich werde gleich selbst zu diesem Hotel laufen und nachsehen, ob Lena wirklich ausgezogen ist«, sagte sie.

»Theresa«, Georg trat hinter sie und holte tief Luft. »Warum willst du dir das antun? Und wenn es stimmt, was Harry erzählt hat? Wenn Sie wirklich nicht mehr dort wohnt, was beweist das?« Er versuchte immer noch, völlig rational zu wirken und jegliche Zweifel abzublocken, aber Theresa konnte förmlich spüren, wie sein vermeintlich in Stein gemeißelter Standpunkt zu bröckeln begann.

»Was ist mit diesem Musikproduzenten?«, fragte sie in der Hoffnung, die Sache von einer anderen Perspektive zu beleuchten. »Lena hat sich doch gestern mit ihm getroffen. Wahrscheinlich hat er sie danach irgendwo abgesetzt, oder sie hat ihm zumindest gesagt, wo sie in den nächsten Tagen zu erreichen sein wird. Dieses Studio, das Lena erwähnt hat, muss ja irgendwie zu erreichen sein. Wie hieß der Mann noch mal?«

»Berger«, antwortete Georg tonlos. »Siegfried Berger.«

»Siegfried Berger«, wiederholte Theresa. »Jetzt gerade könnte ich schwören, dass ich diesen Namen doch schon mal gehört habe.«

»Ich nicht«, stellte Georg fest. »Ich kenne den Mann nicht und habe auch keine Ahnung, wo dieses Tonstudio sein soll. Dafür weiß ich etwas anderes: Es wird Zeit, dass ich mich auch noch etwas ans Klavier setze. Wer weiß, wann sich die nächste Gelegenheit bietet, um etwas zu üben und zu komponieren.«

»Tu das«, entgegnete Theresa, ging zu ihm und küsste ihn sanft auf die Wange. »Ich gehe zu diesem Hotel. Frag mich nicht, wieso, aber ich will einfach wissen, ob Lena noch dort ist oder nicht. Und sollte mir Harry über den Weg laufen, dann werde ich ihm ins Gewissen reden, damit er sich endlich an Bord des nächsten Schiffs Richtung Großbritannien schwingt. In Ordnung?«

»Ich kenne dich seit über zwanzig Jahren, Theresa«, erwiderte Georg und strich ihr zärtlich übers Haar, »und weiß, dass es keinen Sinn hat, dir irgendetwas ausreden zu wollen, sobald du es dir in deinen hübschen Kopf gesetzt hast. Wir sehen uns dann heute Abend, wenn du zurückkommst.«

Theresa nickte. Während sie den Mantel anzog, dachte sie daran, wie sie ihre Tochter das letzte Mal gesehen hatte. Sie hatten nicht darüber gesprochen, ob Lena nach dem Treffen mit Berger nochmals zum Musikhaus kommen würde, bevor sie nach London abreiste. Bevor sie aufgebrochen war, hatten sich alle jedenfalls bereits ausgiebig verabschiedet. Aber hätte ihre Tochter nicht trotzdem auf dem Weg zum Hafen noch einen kurzen Abstecher für eine letzte Umarmung ihrer Mutter unternommen? Oder hatte das Treffen sie vielleicht irgendwie aufgewühlt, weil es nicht so verlaufen war, wie Lena es sich erhofft hatte?

Wieder meldete sich Theresas Bauchgefühl. *Siegfried Berger*, dachte sie. Sie hatte diesen Namen schon einmal gehört, da war sie sich sicher.

# 22.

Dieses Mal war es das gleißend helle Sonnenlicht, das Lena aus ihrem Dämmerzustand riss, als es den kleinen, kargen Raum flutete. Sie fühlte sich etwas besser, auch wenn die Kopfschmerzen im Grunde nur einem heftigen Schwindel gewichen waren, der ihr den Eindruck vermittelte, die niedrige holzvertäfelte Decke würde wie auf hoher See schwanken. Sie schloss für einen Moment die Augen, konzentrierte sich auf ihren Körper, der fest auf ihrem Lager ruhte, und öffnete sie dann wieder. Besser.

Nachdem ihre Muskeln und Sehnen sich etwas erholt hatten, gelang es Lena, sich so weit aufzusetzen, dass sie, auf ihre Ellenbogen gestützt, das Zimmer um sich herum in Augenschein nehmen konnte. Es maß vielleicht fünf mal fünf Schritte, und außer dem schmalen hölzernen Bett, auf dem sie lag, gab es keine Möbel. Die Bodendielen waren wellig und lösten sich teilweise von dem Untergrund, während Staub und Spinnenweben die einzigen Verzierungen an den ansonsten nackten Backsteinwänden bildeten. Das Fenster, das Lena nun Licht spendete, lag ungefähr einen Meter oberhalb ihres Bettes und war außen wie innen mit schmiedeeisernen Gittern versehen. Die massive Tür zu ihrer Linken war geschlossen, und zumindest auf der ihr zugewandten Innenseite steckte kein Schlüssel. Gerade als sie überlegte, wie schwer es wohl sein würde, mit reiner Körperkraft ein Türblatt aus den Angeln zu brechen, schwang dieses auf, und Siegfried Berger spazierte herein. Er war wie immer elegant gekleidet, trug die typische Sonnenbrille und lächelte, als er Lena ansah.

»Guten Morgen«, sagte er im Plauderton. »Wie schön, dass Sie wach sind. Ich hoffe, die Übelkeit hält sich in Grenzen?«

Lena starrte ihren mutmaßlichen Entführer an. Was für ein krankes Spiel spielte dieser Mann?

»Hat es Ihnen die Sprache verschlagen?«, fragte er.

Lena presste die Lippen zusammen und ballte ihre rechte Faust. Egal, was Bergers Plan war, sicher wäre es besser, ihm möglichst wenige Informationen zu geben und ihn erst einmal reden zu lassen. Bei jemandem, der so von sich selbst eingenommen war wie er, sollte das nicht allzu schwer sein.

»Nun gut«, fuhr Berger fort. »Ich weiß, dass Sie eine überaus intelligente junge Dame sind, Lena. Ich darf Sie doch Lena nennen?«

»Nein«, fauchte sie.

»Oh.« Bergers Gesichtsausdruck nach zu urteilen, schien er tatsächlich enttäuscht darüber zu sein, dass sein unfreiwilliger Gast nicht bereit war, lockere, zwanglose Konversation mit ihm zu machen. »Tja, jedenfalls ist mir klar, dass Sie sich mittlerweile viele Fragen stellen werden. Und die wichtigsten möchte ich Ihnen vorab beantworten.« Er trat einen Schritt näher an sie heran und streckte den Daumen seiner rechten Hand in die Luft. »Erstens: Wir sind hier in meinem Haus. In *einem* meiner Häuser, um genauer zu sein. Es liegt nur ein paar Kilometer nördlich von Hamburg, sodass sie nicht allzu weit weg von ihren geliebten Eltern sind. Eigentlich ist es ganz wohnlich, etwas rustikal zwar, und dieser Raum hier …« Er sah sich um, legte die Stirn in Falten, zuckte dann gleichgültig mit den Schultern und fuhr fort, indem er zusätzlich auch den Zeigefinger ausstreckte: »Zweitens bin ich kein Unmensch. Also keine Angst. Wie Sie sicher schon festgestellt haben, sind Sie weder gefesselt noch geknebelt.«

»Und was ist mit meinem Kopf?«, rief Lena und rieb mit dem Handballen über ihre Schläfe, während sie versuchte, sich zu erinnern, ob Berger die Tür hatte aufschließen müssen, bevor er hereingekommen war. »Haben Sie mich vergiftet?«

»Oh nein, ganz sicher nicht.« Er schien fast amüsiert von dieser Frage zu sein. »Lediglich eine ganz leichte Betäubung. Eine Prise Chloroform, weil ich damit rechnen musste, dass Sie sich ansonsten zu Wehr setzen würden. Und damit hätten Sie sich selbst vielleicht geschadet, was ich nicht riskieren wollte. Sie hatten es ja plötzlich schrecklich eilig damit, nach London abzureisen.«

»Ganz richtig«, knurrte Lena. »Und das werde ich auch tun. Sie können mich hier nicht einfach festhalten! Lassen sie mich sofort gehen.« Lena hatte sich bemüht, forsch und furchtlos zu klingen, doch sie konnte selbst hören, dass ihre Stimme zitterte. Was für ein seltsamer Mensch verbarg sich hinter der Fassade dieses angeblichen Musikproduzenten?

»Ich fürchte, das ist im Moment noch nicht möglich«, entgegnete Berger. Sein Ton war ruhig, aber bestimmt. »Aber Sie werden auch nicht allzu lange hier ausharren müssen, keine Angst. Zunächst werde ich Ihnen jetzt mal alles holen, was Sie zum Waschen benötigen, ein paar frische Kleider und ein nahrhaftes Frühstück. Mein Ziel ist es, dass Sie sich hier bei mir so wohl wie möglich fühlen.«

»Was wollen Sie von mir?« Lena hatte sich mittlerweile vollständig aufgesetzt und versuchte, ihrem Gegenüber direkt in die Augen zu sehen, auch wenn sie diese hinter seinen verspiegelten Brillengläsern nur erahnen konnte.

»Nun«, Berger trat noch einen Schritt näher. Dann hielt er kurz inne und streckte seine Hand zaghaft nach Lenas Kopf aus, als wolle er über ihre Wange streichen. »Ich möchte Ihnen einfach nahe sein.«

Lena zuckte zusammen und zog sich die Decke bis zum Kinn, während sie ihren Rücken gegen die nackte, kalte Wand hinter ihr presste und erschrocken die Luft anhielt.

»Nein, um Himmels willen, doch nicht so!«, entfuhr es Berger. »Das könnte ich doch niemals. Es wäre …« Er machte einen Schritt zurück und schüttelte heftig den Kopf. »Davor müssen Sie keine Angst haben, Fräulein Albers. Ich gebe Ihnen mein Ehrenwort. Wie ich bereits sagte: Ich bin kein Unmensch.« Wie als Zeichen dafür, dass er seine Fassung wiedererlangt hatte, rückte Berger den Kragen seines gestärkten, makellos weißen Hemdes zurecht und hob dann erneut die Hand. Dieses Mal waren drei Finger ausgestreckt. »Drittens …«

»Vergessen Sie es«, schrie Lena. »Ich will das überhaupt nicht hören. Was auch immer Sie für einen kranken Mist mit mir vorhaben, ich werde keine Sekunde lang so tun, als würde ich Ihnen Ihr gespielt höfliches Getue abkaufen. Sie haben mich betäubt und entführt, Sie Schwein!«

Lena konnte sehen, wie für den Bruchteil einer Sekunde ein Schatten über Bergers Gesicht huschte. Um ein Haar wäre seine aalglatte und anscheinend so ruhige Fassade zerbrochen. Aber was war dieser Ausdruck gewesen? Überraschung? Bestürzung? Vielleicht sogar verletzter Stolz? Egal, wenn sie Berger aus der Reserve locken konnte, würde er vielleicht einen Fehler machen, der ihr eine Fluchtmöglichkeit eröffnete. Daher setzte sie sofort nach:

»Ich habe kein Interesse daran, mit Ihnen zu reden oder auch nur in einem Raum mit Ihnen zu sein. Sparen Sie sich die Kleider und das Essen auch. Ich will nur eins: Lassen Sie mich sofort frei!«

»Gut, Fräulein Albers, ich respektiere Ihre Wünsche«. Berger war wieder zu seinem betont zuvorkommenden Ton zurückgekehrt und verzog ansonsten keine Miene. »Überlegen Sie es sich noch einen Tag lang. Dann sehen wir weiter.«

»Meine Eltern werden merken, dass etwas nicht stimmt«, schrie Lena und hämmerte mit beiden Fäusten auf die Matratze. »Und dann werden sie ganz Hamburg nach mir absuchen, bis sie mich finden!«

»Das hoffe ich doch, Fräulein Albers.« Zu Lenas Überraschung zeigte sich ein breites Lächeln auf seinem Gesicht. »Aber wie Sie ja sicher wissen, ist Hamburg eine sehr große Stadt. Es könnte also ein Weilchen dauern.« Er deutete eine Verbeugung an, machte auf dem Absatz kehrt und zog die Tür auf, um den Raum zu verlassen.

»Halt!«, rief Lena. »Einen Moment … bitte.«

»Ja?«, säuselte Berger, immer noch lächelnd, und neigte leicht den Kopf zur Seite.

»Sie wollten noch eine Sache aufzählen. Einen dritten Punkt. Wie lautet der?«

»Ah.« Berger hob die Hände. »Das stimmt, Fräulein Albers, gut aufgepasst.« Er klang wie ein Lehrer, der eine seiner Schülerinnen für ihren Fleiß im Unterricht lobt. »Drittens und letztens«, verkündete er laut und hielt seine rechte Hand mit drei ausgestreckten Fingern in die Luft. »Sie können sich in diesem Raum frei bewegen, meine Liebe. Mein Angebot bezüglich Garderobe und Verpflegung steht selbstverständlich immer noch. Vielleicht, wenn Sie brav sind, dürfen Sie auch bald den Rest des Hauses kennenlernen. Aber ...« Er machte eine bedeutungsvolle Pause, und Lena konnte sehen, wie sich die Muskeln in seinem Kiefer anspannten, während sein Lächeln schlagartig verschwand. »Versuchen Sie niemals, wirklich *niemals*, mich zu täuschen. Sonst werde ich zu ein paar *sehr* unangenehmen Mitteln greifen müssen, um ihr Verhalten zu korrigieren. Ist das klar?«

Lena sog scharf die Luft ein und starrte Berger mit weit geöffneten Augen an. Er hatte jedoch offenbar gar nicht die Absicht, ihre Antwort abzuwarten. »Gut«, sagte er knapp. »Bis morgen.« Damit schloss sich die Zimmertür hinter ihm.

Dieses Mal konnte Lena deutlich hören, wie sich der Schlüssel außen mit einem metallischen Klicken im Schloss drehte. Müde und erschöpft streckte sie ihren Körper aus und schloss für einen Moment die Augen. Sie hatte immer noch keine Ahnung, wie lange sie sich schon in dieser Kammer befand. Das Knurren ihres Magens durchbrach die Stille. Sie hatte Hunger. Und noch viel schlimmer: Jetzt, wo Kopfschmerz und Übelkeit sich langsam gelegt hatten, brannte ihr der Durst in der Kehle. Wer war dieser Mann, den sie als Siegfried Berger kennengelernt hatte? Und aus welchem Grund könnte er sie entführt haben? Ging es vielleicht um Lösegeld? Plötzlich dachte Lena an die seltsamen Briefe, die ihre Eltern zunächst vor ihr geheim gehalten hatten. Die ganze Sache war furchtbar verwirrend, und sie war immer noch so unglaublich müde.

*Mama*, dachte Lena, und sie spürte eine kleine Träne in ihrem Augenwinkel, *Papa, ich hoffe so sehr, dass ihr wirklich nach mir sucht!*

# 23.

*Hamburg-Uhlenhorst, Mittwoch, 14. Mai 1930*

Mit zitternden Händen zog Theresa ihren alten Mantel enger um ihren Körper, während sie an der Außenalster entlang Richtung Süden ging. Der Himmel war nun grau und wolkenverhangen, was die Temperatur innerhalb von kürzester Zeit hatte sinken lassen. Der schneidende Wind, der feine, gekräuselte Muster auf der grünlichen Wasseroberfläche hinterließ, um dann unbarmherzig über das Ufer zu fegen, tat sein Übriges dazu, dass der Nachmittag zunehmend ungemütlicher für die wenigen Spaziergänger wurde, die noch draußen unterwegs waren.

*Siegfried Berger*, dachte Theresa nochmals und versuchte, sich zu konzentrieren. Weshalb wollte ihr bloß nicht einfallen, wo sie diesen Namen schon einmal gehört hatte? War es falsch gewesen, dass Georg und sie zugelassen hatten, dass Lena sich allein mit dem Musikproduzenten traf? Oder würde er am Ende derjenige sein, der ihre Bedenken zerstreuen konnte, weil er ihre Tochter persönlich auf ein Schiff Richtung London steigen sehen hatte? Theresa knabberte an ihrer Unterlippe. Obwohl sie ohnehin schon ein erhebliches Tempo vorlegte, beschleunigte sie ihren Schritt noch weiter. Im Moment blieb ihr nichts als reine Spekulation. Das musste sich dringend ändern, damit sie heute Nacht ruhig schlafen könnte. Während sie über den Fluss sah, den kalten Wind in ihrem Gesicht spürte und nichts hörte als dessen leises Rauschen und den stetigen Rhythmus ihrer Schuhe auf dem schlammigen Pfad, musste Theresa an die unzähligen Male denken, bei denen sie die kleine Helena in ihrem Kinderwagen diesen Weg entlanggeschoben hatte.

Nur war sie damals noch nicht Lena oder Helen Albers gewesen, die charismatische, selbstbewusste Sängerin, die in London lebte, sondern ein kleiner, kränklicher Säugling, der von chronischem

Husten geplagt wurde. In den ersten Tagen mit ihr waren Georg und Theresa vor Sorge schier verzweifelt, bis sie entdeckt hatten, dass ausgedehnte Spaziergänge am Abend der Kleinen dabei helfen konnten, zumindest ab und an ein paar Stunden durchzuschlafen. In den nachfolgenden Monaten waren diese kurzen Ausflüge zu einer Art Ritual geworden, das auch Theresa oft geholfen hatte, für einen Moment den Strapazen des Alltags zu entfliehen und so einen klaren Kopf zu bewahren. Wieder und wieder hatte sie dann vorsichtig die Decke im Kinderwagen ein kleines Stück zurückgeschlagen und ihre kleine Tochter einfach nur angesehen. Was für ein Glück es gewesen war, sie zu haben und sich um sie zu kümmern. Viel zu schnell war das alles vorbei gewesen, und nun war das Kind plötzlich kein Kind mehr, sondern eine erwachsene Frau, die ein aufregendes Leben lebte, in das Theresa immer weniger Einblick hatte.

»Theresa!«

Das laute Rufen hinter ihr riss sie abrupt aus ihren Gedanken, und sie wandte sich um. Georg kam mit großen Schritten auf sie zu gelaufen. Was um Himmels willen hatte das nun wieder zu bedeuten?

»Theresa!« Sein Gesicht war rot vor Anstrengung und Kälte. Offenbar war er den gesamten Weg vom Musikhaus bis hierher gerannt. »Warte, ich muss …« Er beugte sich vorn und stützte die Hände auf seine Knie auf, während er stoßweise atmete.

»Georg«, sagte Theresa und warf ihm einen halb besorgten und halb misstrauischen Blick zu. »Ich dachte, du wolltest am Klavier sitzen und komponieren?«

»Nein«, keuchte er. Er war immer noch außer Atem. »Zuerst muss ich dringend mit dir reden.«

»Hat das nicht bis heute Abend Zeit?«, fragte sie und wandte sich schon wieder zum Gehen. »Erst muss ich nach Lena suchen. Bitte, auch wenn du es nicht verstehst, ich muss einfach wissen, wo sie ist.«

»Darum geht es ja!«, entgegnete Georg, und der angsterfüllte Ausdruck in seinen Augen bescherte Theresa eine Gänsehaut. »Der Brief hier war in unserer Post. Er lag in einem Stapel auf meinem Schreibtisch, zwischen der Zeitung und einigen Rechnungen, deshalb habe ich ihn eben erst entdeckt.« Mit einer hastigen Bewegung streckte er Theresa einen dünnen, weißen Umschlag entgegen, und sie hätte in diesem Moment nicht sagen können, ob seine Hand vor Kälte oder vor Aufregung zitterte. »Hier, lies das.«

Sie nahm den bereits geöffneten Umschlag entgegen und zog ein einzelnes Blatt Papier heraus. Während sie die handgeschriebenen Zeilen überflog, hörte sie in der Ferne leises Donnergrollen. Ein paar feine Regentropfen landeten in ihrem Gesicht, doch sie nahm es gar nicht wahr.

Liebe Theresa,
es tut mir leid, dass ich mich erst jetzt wieder melde. In letzter Zeit war ich ziemlich beschäftigt, musst Du wissen. Da Georg und Du scheinbar entschieden habt, mich nicht ernst zu nehmen, möchte ich Euch nun zeigen, dass ich zu meinem Wort stehe. Ich habe Euch gesagt, dass ich Euch alles nehmen werde, was Euch lieb und teuer ist und daher fange ich mit dem Wertvollsten an:
Ich habe Eure liebe Tochter. Was für ein hübsches Kind! Hat sie nicht die Nase ihres Vaters? Keine Sorge, es geht ihr gut. Aber wenn Ihr sie in einem Stück zurückhaben wollt, lasst Ihr lieber die Polizei aus dem Spiel.
Kommt zu AD20, dort wartet eine Überraschung auf Euch.

»Was zum Teufel?«, brachte Theresa mühsam hervor. »Ist das irgendein schlechter Scherz? Ich dachte, wir hätten die Briefe hinter uns. Und wer auch immer diesen hier geschrieben hat, falls Lena wirklich bei ihm ist …«

»Lies weiter«, unterbrach Georg sie und legte ihr eine Hand auf die Schulter. Seine Stimme klang seltsam gepresst. »Das, was du mit deinem Daumen verdeckt hast.«

Theresa warf ihm einen verwirrten Blick zu, während sie spürte, wie sich ihr Magen zusammenzog und ein eiskalter Schauer ihren gesamten Oberkörper überzog. Das Donnergrollen war jetzt näher, und der Regen nahm zu, doch es war nicht das kalte Wetter, das Theresa fühlte. Ganz langsam nahm sie ihre zitternde Hand ein kleines Stück zur Seite. Der unterste Teil des Briefs war von entscheidender Wichtigkeit, denn anders als die vorherigen war er unterzeichnet. Die großen, in einem selbstbewussten Bogen geschwungenen Letter waren unverkennbar:

Franz Mayer

»Nein«, stöhnte Theresa. »Nein, nein!« Mehr brachte sie nicht hervor.

»Das ist echt, oder?«, fragte Georg und sah Theresa fassungslos an. »Es ist wirklich *seine* Unterschrift, nicht wahr?«

Theresa schloss die Augen und hielt sich mit beiden Händen an den Schultern ihres Mannes fest, da sie spürte, dass ihre Beine kurz davor standen, unter ihr nachzugeben. Es war ihr, als laste mit einem Mal ein gigantisches Gewicht auf ihren Schultern. Schließlich nickte sie schwach und lehnte ihren Kopf an Georgs Brust.

»Oh Gott«, flüsterte er, den Blick mittlerweile starr in die Ferne gerichtet. »Dann ist unser schlimmster Albtraum wohl gerade Realität geworden.«

»Aber dieses Dokument …«, schluchzte Theresa zwischen flachen, abgehackten Atemzügen. »Du hast es mir doch selbst gezeigt. Mayer, er … er ist tot. Er *muss* tot sein.«

»Offensichtlich nicht«, erwiderte Georg heiser und schüttelte den Kopf. Es regnete immer stärker, und sein Haar war bereits so nass, dass einige Tropfen sich von den Strähnen lösten. »Ich weiß nicht, wie, aber irgendwie ist er am Leben geblieben, sonst hätte er uns diesen Brief nicht schicken können.« Theresa fühlte, wie seine Arme sie umschlossen und er sie eng an sich heranzog. »Ich hätte von Anfang an auf dich hören sollen. Du hast es gespürt. Du *wusstest*, dass er noch irgendwo dort draußen ist!«

Wieder nickte Theresa. Ja, so unwirklich das sogar für sie selbst klang, irgendeine Art von Instinkt oder vielleicht eine dunkle Vorahnung hatten ihr verraten, dass dieser Mann noch am Leben war und auf Rache sann.

Auch wenn sie niemals gedacht hätte, dass es tatsächlich wahr sein könnte.

»Der Brief muss gestern Abend oder heute Morgen angekommen sein«, überlegte Georg laut, »also passt alles zusammen. Er hat Lena in seiner Gewalt …« Wieder richtete sich sein Blick in die Weite hinter Theresa, fast so als könnten der anschwellende Fluss oder die im Wind rauschenden Sträucher am Ufer ihm eine Antwort auf die Frage geben, die er als Nächstes stellte: »Aber aus welchem Grund? Wenn er für das Einstürzen der Bühne bei unserem Fest verantwortlich war, wenn er diese Briefe bei uns abgegeben hat, dann war er doch nah genug, um einen von uns beiden anzugreifen. Falls er sich also an mir oder an dir rächen wollte, hätte er jede Gelegenheit dazu gehabt. Warum um alles in der Welt entführt er dann Lena, die einzige Person im Haus, die rein gar nichts mit ihm zu schaffen hat?«

Theresa war es, als würde ihr Herz stehen bleiben. Ohne es zu wissen, hatte Georg sie an eine andere, düstere Ahnung erinnert. Eine Befürchtung, die sie vor sehr langer Zeit, ganz tief in ihrem Inneren begraben hatte. Ein Gedanke, der zu schrecklich war, um ihn zu denken, zu gefährlich, um ihm auch nur den geringsten Raum zu geben. Und doch war die Büchse der Pandora nun geöffnet, das Siegel der Verdrängung, welches die letzten beiden Jahrzehnte gehalten hatte, gebrochen.

»Theresa?«, flüsterte Georg und suchte ihre Augen. »Du siehst sehr bleich aus. Musst du dich setzen? Bitte sag doch was.«

Sie öffnete den Mund, der sich plötzlich staubtrocken anfühlte, doch ihre Zunge gehorchte ihr nicht. Wie sollte sie das, was ihr durch den Kopf schoss, in Worte fassen? Wie könnte sie zulassen, den Schrecken, der nun in ihr emporkroch, auf Georg zu übertragen?

»Bitte sag etwas«, wiederholte er. »Sprich mit mir!«

Es hatte keinen Sinn. Theresa hatte über zwanzig Jahre lang geschwiegen. Sie hatte ihre Angst und ihre Beklemmung für sich behalten und irgendwie weitergelebt. Doch in all dieser Zeit war dieser schwarze Fleck auf ihrer Seele nicht verschwunden. Nein, er war gewachsen und hatte sich dabei immer tiefer in ihr Innerstes hineingefressen, raubte ihr immer öfter nachts den Schlaf und ließ sie tagsüber gedankenverloren in den Fluren des Musikhauses umherschweifen. Theresa spürte, dass sie nun nicht mehr in der Lage war, diese Bürde zu tragen. Das Auftauchen von Franz Mayer hatte eine alte Wunde aufgerissen, die nie richtig verheilt war.

»Bitte!« Georg sprach ruhig, aber sein Ton war eindringlich. »Sag mir, was los ist.« Eine graue Wolkenwand hatte sich vor die Sonne geschoben, sodass die gesamte Welt nun in einem seltsam bedrohlichen Dämmerlicht erschien. Ein Blitz zuckte über den Himmel. »Theresa …«

»Ich weiß, warum Franz Mayer Lena entführt hat«, brachte sie schließlich hervor. Sie hatte das Gefühl, außerhalb ihres Körpers zu stehen und zwei Fremde zu beobachten, die sich im strömenden Regen gegenüberstanden. Der Klang ihrer eigenen Stimme kam ihr seltsam blechern und weit entfernt vor. »Es wäre möglich …« Sie zögerte noch eine Sekunde und bereitete sich darauf vor, ihr ganzes Leben in Scherben zerfallen zu sehen. »Es wäre möglich, dass sie seine Tochter ist.«

# 24.

Es konnten nur wenige Sekunde vergangen sein, aber sie kamen Theresa wie eine halbe Ewigkeit vor. In der Stille hörte sie nichts anderes als das Prasseln des Regens und ihrem eigenen hämmernden Herzschlag. Georg war einen Schritt zurückgewichen und starrte sie mit weit aufgerissenen Augen an. Sein Kopf war gesenkt, und seine Schultern hingen schlaff nach unten. Das nasse Hemd klebte ihm am Leib, und Theresa sah, wie sich sein Brustkorb unter schweren Atemzügen hob und senkte. Ein weiterer Blitz erhellte für einen Moment die Umgebung, unmittelbar gefolgt von bedrohlichem Donnergrollen. Nun war es Theresa, die sich wünschte, ihr Mann würde etwas sagen. So bitter es auch sein würde, dieses unvermeidliche Gespräch zu führen – die bleierne Stille zwischen ihnen war noch weniger auszuhalten.

»Seine Tochter ...«, wiederholte Georg schließlich. Er hatte seine Stimme wiedergefunden, aber sie klang dünn und brüchig. »Ein kleiner Teil von mir hat es immer geahnt.«

»Georg, ich ...«, setzte Theresa an.

»Lass es«, fiel ihr Georg ins Wort. »Bitte lass es sein.« Er verschränkte die Arme und sah hinauf in den dunkelgrauen Himmel. Sie sah, wie dicke Tropfen an seinen Wangen hinunterliefen. Waren es Tränen, oder war es nur der Regen? »Du hast mich belogen, Theresa.« Dieser Satz klang wie ein vernichtendes Urteil. »Nach allem, was wir durchgemacht haben, was *ich* für *dich* durchgemacht habe, hast du mich einfach belogen. Und mit dieser Lüge leben wir nun seit zwanzig Jahren.«

Sie sah zu Boden. Sie spürte jedes Wort von ihm wie einen Dolchstoß in ihrem Herzen. Er atmete tief ein, steckte die Hände in seine Hosentaschen und drehte ihr den Rücken zu. Es fiel ihm sichtlich schwer, sie anzusehen, während er weitersprach.

»Als Lena damals zu Welt kam, waren wir erst knapp acht Monate verheiratet. Nachdem ich mich so über deine Schwangerschaft gefreut hatte, über unser bevorstehendes Glück, hatte ich vor der Geburt schreckliche Angst.« Er hustete und fuhr sich mit einer Hand durchs nasse Haar. »Meine Mutter hatte zwei Kinder, die zu früh kamen. Ich war damals noch ein kleiner Junge und habe keine wirkliche Erinnerung mehr daran, aber ich weiß, dass keines von beiden älter als ein paar Wochen wurde.« Georg hielt inne und stieß ein kurzes, hartes Lachen aus. »Aber unsere kleine Helena überlebte! Was für ein Glück, nicht wahr? Allerdings war das kein medizinisches Wunder, sondern völlig logisch. Die älteste Geschichte der Welt: Der stolze Vater ist in Wahrheit einfach nur ein Idiot, und das Kind ist von einem anderen.«

»So war das nicht«, schluchzte Theresa. Obwohl sie Georgs Ärger und Enttäuschung nachvollziehen konnte, war sie nun nicht mehr bereit zu schweigen, denn seine Worte waren zu schmerzhaft. »Ich habe mich für *dich* entschieden, Georg. Und das weißt du. Wir haben uns ineinander verliebt, wir haben geheiratet, und dann kam unsere Tochter zu Welt. So haben wir es uns gewünscht. *Ich* habe es mir gewünscht, und es gab nichts auf der Welt, was ich mehr wollte.«

»Und doch warst du Franz Mayer versprochen«, stellte Georg fest. »Ihr wart verlobt, und du hast mich in dieser Pension sitzen lassen und bist zu ihm gerannt, zurück in seine Arme.«

»Das stimmt nicht!« Theresa schrie nun fast. »Nicht *ich* habe mich mit Franz Mayer verlobt. Ich hatte ja noch nicht einmal ein Mitspracherecht, verflixt noch mal. Das war alles auf Wilhelms Mist gewachsen. Du warst doch dabei! Du hast den Brief meines Bruders gelesen, den er mir vor seinem Tod geschrieben hat.« Sie seufzte tief. Wie konnte Georg nur alles so verdrehen? Hatte er vergessen, wie glücklich sie damals gewesen waren? Bedeuteten ihm die letzten beiden Jahrzehnte plötzlich gar nichts mehr? »Es ging immer um uns beide«, sagte sie und machte einen zaghaften Schritt auf ihren Mann zu. »Du bist die Liebe meines Lebens. Meine erste Wahl.«

»Wieder gelogen«, blaffte Georg und drehte sich derart ruckartig um, dass Theresa vor ihm zurückschreckte. Seine Augen blitzten vor Wut und verletztem Stolz. »Jakob Hansen war deine erste Wahl! Versuch bloß nicht, mir irgendetwas anderes weiszumachen. Franz Mayer war die zweite, und ich ...«, er schnaubte verächtlich, »ich war eben da. Dumm, blind und bedauerlicherweise bis über beide Ohren verliebt in dich.« Er öffnete den Mund, um noch etwas zu sagen, überlegte es sich jedoch anders und wandte sich zum Gehen.

»Wo willst du hin?«, fragte Theresa.

»Das weiß ich nicht. Jedenfalls weg von hier.«

Theresa trat wieder einen Schritt vor. »Lena ist verschwunden!«, sagte sie fest. »Wir müssen etwas tun, Georg, und zwar sofort. Egal, was zwischen uns beiden ist und was du nun für mich empfindest. Es geht hier um die Familie!«

»Die Familie«, murmelte er. Es klang eher müde als wütend. »Ja, das verstehe ich. Das Problem ist nur, dass ich offenbar nicht zu dieser Familie gehöre.«

»Ich habe nur gesagt, dass Mayer Lenas Vater sein *könnte*«, erinnerte ihn Theresa. »Rein theoretisch besteht die Möglichkeit. Aber sie könnte auch von dir sein, Georg. Und ich glaube fest, dass es so ist. Ihr beide habt diese Verbindung. Ihr seid euch in vielen Dingen so ähnlich, dass ich in meinem Herzen nie daran gezweifelt habe. Im Gegenteil, ich habe es gefühlt, als sie in mir gewachsen ist, und ich fühle es immer noch, aber ...«, sie seufzte, »aber ich kann es nicht mit Sicherheit wissen.«

»Und genau da liegt unser Problem«, sagte Georg. Theresa wollte etwas erwidern, doch er hob beschwichtigend die Hand. »Schon gut. Ich will Lena auch finden, und zwar so schnell wie möglich. Geh du zu diesem Hotel. Vielleicht lässt sich ihre Spur irgendwie verfolgen. Ich nehme den Brief und versuche herauszufinden, wo Franz Mayer steckt. Und falls ich diesen Bastard in die Finger bekomme ...« Er brach ab und steckte das Blatt ein, das Theresa ihm reichte. Es war schon durchnässt, aber seinen Inhalt würden wohl beide ohnehin nicht so schnell vergessen. *AD20*, schoss es Theresa durch den Kopf, als sie an die Worte dachte. *Wer oder was soll das bloß sein?*

»Auf Wiedersehen«, flüsterte Georg. »Pass auf dich auf, Theresa.« Mit diesen Worten ging er davon.

Sie blieb allein in der aufziehenden Dunkelheit und dem unbarmherzigen, kalten Regen zurück. Nun war das Geheimnis, das sie all die Jahre gehütet hatte, gelüftet, und es hatte sie innerhalb weniger Augenblicke sowohl ihre Tochter als auch ihren Ehemann gekostet.

# 25.

*Hamburg-St. Georg, Mittwoch, 14. Mai 1930*

Erschöpft, niedergeschlagen und nass bis auf die Haut erreichte Theresa nach ungefähr einer Dreiviertelstunde das kleine Hotel, das Lena ihr ein paar Tage zuvor als ihre momentane Unterkunft genannt hatte. Mittlerweile waren die Gewitterwolken Stück für Stück der Dunkelheit des aufziehenden Nachthimmels gewichen, sodass die weiße Fassade des Gebäudes sich düster und grau vor ihr erhob. Drinnen herrschte Leben. Zahlreiche Gäste tummelten sich in dem recht kleinen, aber gemütlichen Raum, der im Erdgeschoss des Hauses wohl als Café und Restaurant diente. Beim Anblick eines jungen Paars, das sich vergnügt ein üppiges Abendessen und zwei Gläser Rotwein schmecken ließ, wurde Theresa das Herz schwer. Konnte das alles vielleicht nicht doch nur ein böser Albtraum sein? Noch vor drei Tagen hatte sie mit ihrer Lena vor dem Kamin gesessen und nicht geahnt, was schon kurz darauf passieren würde. Was hätte sie in diesem Moment darum gegeben, wenn Lena einfach in dieses Restaurant marschiert wäre, völlig arglos und mit ihrem hübschen unvergleichlichen Lächeln. Doch sie kam nicht.

Stattdessen irrten Georg und sie nun planlos durch die Stadt und versuchten, Hinweise auf den Aufenthaltsort ihrer einzigen Tochter zu finden. Damit war genau das passiert, was Theresa seit dem Ersten der seltsamen Briefe befürchtet hatte: Die kleine Familie war auseinandergerissen worden. Sie schluckte und wischte sich eine Träne aus dem Augenwinkel, während sie an Georgs Worte dachte: *Das Problem ist nur, dass ich offenbar gar nicht zu dieser Familie gehöre.*

Konnte er das tatsächlich ernst gemeint haben? Hatte er sich damit von ihr losgesagt und die Beziehung nach über zwanzig Jahren auf einen Streich beendet? Theresa wusste nicht, wo Georg jetzt gerade war, was er tat oder was er dachte. Ebenso wenig wusste sie, ob und wann sie ihn jemals wiedersehen würde. Natürlich hatte sie damit rechnen müssen, dass er auf ihre Enthüllung heftig reagieren würde, aber dennoch war sie auf diesen abrupten Bruch nicht vorbereitet gewesen, hatte nicht mit derart viel Zorn und Zurückweisung gerechnet. Immerhin war es doch sehr gut möglich, dass alles genau so war, wie sie es immer gedacht hatten. Weshalb tat Georg so, als könne er wissen, dass er nicht Lenas leiblicher Vater war? Und selbst wenn das zutreffen sollte, zählten denn die letzten beiden Jahrzehnte plötzlich gar nicht mehr? Die ganze Zeit, in der die drei als Familie zusammengelebt, gemeinsam gelacht und geweint hatten, wie konnte all das bloß innerhalb eines Moments wie durch einen Donnerschlag weggewischt sein?

»Frau Albers?« Theresa war dermaßen in Gedanken versunken gewesen, dass sie beim Klang der Stimme unmittelbar neben ihr zusammenzuckte. Als sie den Kopf wandte, sah sie in das sorgenvolle, bleiche Gesicht eines groß gewachsenen Mannes mit tiefgrünen Augen.

»Harry«, keuchte sie. »Sie haben mich erschreckt!«

»Oh«, sagte er. »Das tut mir leid. Ich bitte um Verzeihung, Frau Albers.« Harry, der im Gegensatz zu ihr mit seinem langen Regenmantel inklusive Kapuze passend für die Witterung gekleidet war, warf einen kurzen Blick auf Theresas dünnen Mantel. »Geht es Ihnen gut?«, fragte er. »Sie müssen doch schrecklich frieren.«

»Ach, es geht schon«, winkte Theresa ab. All die Aufregung und das Adrenalin in ihrem Körper hatten dafür gesorgt, dass sie bisher noch gar nicht dazu gekommen war, sich um ihre körperliche Verfassung zu kümmern. Nun, da Harry es erwähnte, spürte sie jedoch, wie die abendliche Kälte in ihre durchgeweichten Schuhe, ihren Mantel und die Kleider kroch und sich von dort aus auf ihren müden Körper legte. Sie begann zu zittern.

»Soll ich Sie vielleicht nach Hause bringen?«, bot Harry an, und sein besorgter Blick sprach Bände darüber, wie elend sie mittlerweile aussehen musste. »Ich könnte versuchen, irgendwoher ein Taxi zu bekommen.«

»Nein«, entgegnete Theresa. »Nein, das geht nicht. Wir müssen

Lena finden, und zwar so schnell wie möglich.« Harrys überraschter Gesichtsausdruck erinnerte sie plötzlich daran, dass er noch nicht über die neusten Ereignisse und Erkenntnisse im Bilde war. »Sie hatten völlig recht«, sagte sie knapp und spürte bei jedem Wort, wie ihre Zähne vor Kälte aufeinander klapperten. »Lena hat nicht einfach das Hotel gewechselt, und sie ist auch nicht allein zurück nach London gereist. Meine Tochter wurde entführt!«

»Oh Gott«, presste Harry hervor und rieb sich nervös über die stoppeligen Wangen. »Das darf doch nicht wahr sein! Aber wer würde ihr so etwas antun?«

»Es ist …«, setzte Theresa an, hielt jedoch sofort wieder inne. Wie viel von dem, was heute ans Licht gekommen war, konnte sie diesem jungen Mann erzählen? Nach allem, was Theresa wusste, genoss Harry Lenas volles Vertrauen, aber sie selbst kannte ihn im Grunde kaum. »Ich bin mir noch nicht sicher«, wich sie der Frage aus. »Deshalb will ich nachvollziehen, wo sie war. Ihren Spuren folgen, bis zu dem Punkt, an dem sie verschwunden ist.«

»Dabei kann ich helfen«, erklärte Harry. »Nachdem ich bei Ihnen und Herrn Albers war, bin ich sofort wieder hergekommen und habe ein paar Gäste und Angestellte nach Lena gefragt.« Er sah wieder auf Theresas triefend nasse Kleidung. Mit einer schnellen Bewegung streifte er seinen Mantel ab und legte ihn über ihre Schultern.

»Danke, Harry«, flüsterte Theresa. »Es tut mir so leid, was passiert ist. Sie hatten recht, und wir waren dumm, Ihnen nicht zuzuhören.«

»Oh«, entgegnete er, und seine Wangen wurden leicht rot. »Nein … schon gut, Frau Albers. Das ist doch gar nicht mehr wichtig«. Er räusperte sich und rieb sich die Nase. »Jedenfalls hat einer der Angestellten Lena tatsächlich gesehen. Er konnte sich daran erinnern, dass sie im Café war.«

Theresa nickte, womit sie Harry ermuntern wollte, weiterzusprechen. Gleichzeitig spürte sie, wie sich vor Aufregung ihre Kehle zuzog. Ihr Gefühl sagte ihr, dass Lena es nicht einmal bis zum Hafen geschafft hatte.

»Sie hatte ihre beiden Koffer bei sich«, fuhr Harry fort. Seine Miene wurde düster, und er sprach gepresst weiter. »Sie war mit diesem Berger zusammen. Siegfried Berger. Er hat Lena in seinem Wagen mitgenommen.« Harry trat einen Schritt auf Theresa zu und senkte seine Stimme noch weiter. »Frau Albers, ich denke, dass dieser Mann etwas mit Lenas Verschwinden zu tun hat. Er kam mir gleich irgendwie sonderbar vor. Ich habe Lena vor ihm gewarnt, aber sie wollte nicht auf mich hören.« Er ließ den Kopf hängen. »Der Angestellte des Cafés hat gesehen, wie Lena mit ihrem ganzen Gepäck zu Berger in dessen Automobil gestiegen ist. Dann sind die beiden in Richtung Westen davongefahren.«

Theresa versuchte, sich zusammenzunehmen, während sie spürte, dass Erschöpfung und Angst ihrem Kreislauf langsam zusetzten. »Das ist eine Spur, der wir nachgehen können.« Sie überlegte einen Moment lang, dann kam ihr ein weiterer Gedanke. »Harry, sind Sie diesem Herrn selbst schon einmal begegnet?«

»Ja, ein Mal. Das war hier, gleich da vorne.« Er deutete auf eine kleine Tischgruppe im Inneren des Erdgeschosses des Hotels.

»Wie sieht er aus?«

»Nun ja«, sagte Harry und kratzte sich am Kopf. »Er ist nicht besonders groß und eher ein bisschen rundlich. Auf dem Kopf hat er keine Haare, dafür trägt er so einen komischen Kinnbart. Ach ja, und er hatte eine dieser großen verspiegelten Sonnenbrillen auf. Die hat er überhaupt nicht abgesetzt. Ich fand das irgendwie unhöflich, schließlich will man seinem Gegenüber doch in die Augen sehen, oder?«

»Hm«, machte Theresa nur, während sie fieberhaft überlegte. Diese Beschreibung klang nicht nach dem Mann, den sie erwartet hatte. »Und wie alt ist Berger, Harry? Etwa in meinem Alter vielleicht?«

»Schwer zu sagen.« Er kratzte sich erneut am Kopf und zog die Stirn in Falten. »Aber für mich sah er deutlich älter aus. Seine faltigen Hände, sein grauer Bart … nein, definitiv älter.«

»Verstehe«, seufzte Theresa. Ihre Beine fühlten sich mit einem Mal taub an, und ihr wurde schwindelig. »Damit werden wir arbeiten müssen, wenn wir Lena finden wollen.«

»Es gibt noch etwas«, sagte Harry. »Dem Angestellten ist Bergers Wagen in Erinnerung geblieben. Er sagte, es sei eine große silberne

Luxuskarosse gewesen. So eine hätte er noch nie gesehen. Ein derart auffälliges Automobil müsste doch zu finden sein, oder?«

»Ja«, murmelte Theresa, »das müsste es …« Sie wollte etwas hinzufügen, aber in diesem Moment versagten ihre Beine ihren Dienst und sie wäre gestürzt, wenn Harry sie nicht geistesgegenwärtig aufgefangen hätte. Erst nach einigen Sekunden öffnete sie wieder ihre Augen und musste alle ihre verbleibenden Kräfte bündeln, um sich etwas zu sammeln.

»Sie sind ja völlig erledigt«, sagte Harry und klang mittlerweile wirklich besorgt. »Kein Wunder bei dem Regen und der Kälte.« Er sah sich um und zögerte einen Moment, bevor er weitersprach. »Ihr Mann ist nicht zufällig in der Nähe, oder?«

»Nein«, hauchte Theresa. Jedes Wort und jeder Gedanke strengten sie an. »Er … ich meine, wir …« Sie hustete. »Er ist woanders und sucht dort.«

»Ich verstehe«, sagte Harry und sah sich abermals um, als würde er nach etwas Ausschau halten. »Sie müssen sich jedenfalls ausruhen, Frau Albers. Und zwar dringend. Ich besorge Ihnen ein Zimmer, und dann reden wir morgen früh weiter.«

»Nein!«, krächzte Theresa und musste so stark husten, dass ihr ganzer Oberkörper erzitterte. »Lena ist weg. Ich muss sie sofort suchen. Es wird schon irgendwie gehen, Harry. Los, lassen Sie uns aufbrechen. Jetzt gleich!«

»Es geht nicht«, erwiderte Harry und schüttelte energisch den Kopf. »Ich bewundere Ihren Kampfgeist, aber Sie können vor Erschöpfung kaum noch stehen, geschweige denn durch halb Hamburg marschieren. Und ich selbst habe auch seit zwei Tagen kaum geschlafen. Wir brechen morgen, so früh es geht, auf. Versprochen.«

»Lena«, flüsterte Theresa nur. Sie konnte spüren, dass ihr bald erneut schwarz vor Augen werden würde. »Wir *müssen* sie finden, Harry!«

Harry nickte, und die folgenden Worte waren die letzten, die Theresa noch hörte, bevor sie in seinen Armen ohnmächtig wurde: »Und wir *werden* sie finden. So wahr ich hier stehe. Selbst wenn ich dafür an jede Tür in ganz Hamburg klopfen muss!«

# 26.

*Irgendwo nördlich von Hamburg, Donnerstag, 15. Mai 1930*

Als Lena an diesem Morgen in ihrem kargen Verlies erwachte, spürte sie sofort den brennenden Durst. Sie hustete, fühlte, wie sich ihr Brustkorb verkrampfte, und musste würgen. Sicher waren auch nur Spuren dieses ekelhaften Gifts in ihrem Körper. Wie hatte Berger es genannt? *Chloroform?* Egal, Lenas schmerzender Kopf ließ ohnehin nur noch einen einzigen Gedanken zu: Wasser! Sie musste dringend etwas zu trinken bekommen, und zwar bald. So schnell es ihr geschwächter Körper zuließ, schwang sie sich aus dem Bett und stellte ihre bloßen Füße auf den rauen Dielenboden. Ihre Schuhe standen ordentlich nebeneinander vor dem Bett. Ansonsten trug sie die Sachen, in denen sie in Bergers Automobil gestiegen war. Bei dem Gedanken biss Lena die Zähne zusammen. Sie wollte rein gar nichts von diesem Mann annehmen, was immer er ihr auch in seiner gespielt freundlichen Art anbot. Aber leider ging es nicht mehr um ihren Willen, sondern ums Überleben. Als sie aufstand, spürte sie, dass der Durst bereits dazu führte, dass der Schwindel zurückkehrte und ihre Beine ihr kaum noch gehorchten. Lange würde sie in diesem Zustand nicht mehr durchhalten, bevor sie vollständig ans Bett gefesselt wäre. Von einem erneuten Hustenanfall geschüttelt, griff sie sich an die Brust und fühlte dort etwas Kleines, aber Hartes. Es dauerte einen Moment, bis sie sich erinnerte: Die goldene Stimmgabel, die ihr Vater ihr zum Abschied geschenkt hatte, hing immer noch um ihren Hals. Lena schloss die Augen, schloss die Finger um das Schmuckstück und atmete tief ein. Mit einem Mal war sie sich absolut sicher, dass ihre Eltern schon dabei waren, nach ihr zu suchen. Irgendwie würden sie merken, dass etwas nicht stimmte. Jetzt, da Lena an die beiden dachte, fiel ihr ein, was ihr Vater in schwierigen Situationen zu sagen pflegte: *Es gibt Kämpfe, denen man sich stellen muss, und solche, denen man aus dem Weg geht. Niemand hat die Kraft, alle Schlachten im Leben auszutragen.* Wie recht er damit hatte! Aus dem Kampf gegen ihren ureigenen Überlebenstrieb konnte sie nur als Verliererin hervorgehen. Und der Einzige, der ihr im Moment helfen konnte, war Siegfried Berger, ob es ihr nun gefiel oder nicht. Also schluckte Lena ihren Stolz hinunter, trat an die Tür und klopfte fest dagegen. Es dauerte nur ein paar Sekunden, bis die Tür sich langsam öffnete und Berger erschien.

»Braves Mädchen«, sagte er ohne Begrüßung und zeigte dabei wieder sein breites Lächeln. »Bereit für ein kräftiges Frühstück und ein paar frische Kleider?«

Lena erschrak, als sie ihr eigenes Spiegelbild in Bergers Brillengläsern sah. Sie war kreidebleich, hatte dunkle Ringe um ihre Augen, und ihr Haar hing in fettigen Strähnen herab. »Ja«, erwiderte sie schlicht. »Ich bin bereit.«

Kurz darauf erschien Berger mit einem großen Tablett, auf dem ein üppiges Frühstück aus Brot, Käse, Wurst, Marmelade und verschiedenen Früchten angerichtet war, und stellte es zu Lenas Füßen auf dem Bett ab. Er verließ das Zimmer und kehrte mit einem Krug mit kühlem Wasser und einem mit Apfelsaft zurück. Gierig griff Lena nach dem Glas, das er ihr reichte, und leerte beide Gefäße. Nachdem eine große Waschschüssel neben ihr auf den Boden gestellt hatte, verschwand Mayer wieder und kam mit ein paar Tüchern und einem Kleid über den Armen zurück.

»Ich lasse Sie jetzt einen Moment allein, damit Sie sich frisch machen und umziehen können. Klopfen Sie, wenn Sie so weit sind«, sagte er, bevor er die Tür hinter sich schloss.

Lena schlüpfte aus ihren Sachen und säuberte sich, so gut es ging. Dann streifte sie das Kleid über. Es war aus himmelblauer Seide und hatte erstaunlicherweise genau ihre Größe. Ihr langes Haar flocht sie notdürftig zu einem Zopf.

Gesättigt, gewaschen und in frischen Sachen fühlte sich Lena fast wie ein neuer Mensch. Sie fasste sich ein Herz und klopfte an die Tür.

»Ah«, rief Berger, als er eintrat. »Sehr schön! So fühlen Sie sich doch sicher viel wohler, nicht wahr, Fräulein Albers?«

Lena starrte ihn trotzig an. »Von Wohlfühlen kann hier kaum ernsthaft die Rede sein, oder? Sie haben mich entführt und bedroht!«

»Nun«, sagte Berger. »Ersteres tut mir außerordentlich leid. Aber wie ich bereits sagte, gibt es einiges, was wir vor Ihrer Abreise unbedingt noch besprechen müssen, Lena. Es ist wirklich überaus wichtig.« Er ließ die Hände sinken und steckte sie in seine Hosentaschen. »Und was Letzteres angeht: Ich bin mir sicher, dass wir beide in der Lage sein werden, trotz der Umstände zivilisiert miteinander umzugehen. Schließlich hat das vorher auch funktioniert, oder?«

Lena nickte. »Dann los«, sagte sie und schwor sich innerlich nochmals, sich keine Sekunde von dem vermeintlich freundlichen Getue ihres Entführers täuschen zu lassen. »Sagen Sie, was Sie zu sagen haben.«

Berger nickte. »Wo soll ich anfangen?«

»Vielleicht damit, wer Sie wirklich sind, *Herr Berger*«. Lena spie ihm die letzten beiden Worte regelrecht entgegen. »Oder wollen Sie mir immer noch erzählen, Sie wären Musikproduzent?«

»Nein«, sagte er und schüttelte langsam den kahlen Kopf. Nach einer Pause fragte er: »Hat ihre Mutter jemals den Namen Franz Mayer erwähnt?«

»Franz Mayer ist tot«, erwiderte Lena im Brustton der Überzeugung.

Ihre Mutter hatte ihr vor ein paar Jahren von diesem Mann erzählt. Sie wusste allerdings nicht viel, nur dass ihre Mutter sich gegen ihren Willen mit ihm hatte verloben müssen, weil Lenas verstorbener Onkel Wilhelm es so gewollt hatte. Später war Mayer dann jedoch wegen irgendwelcher krummen Geschäfte ins Gefängnis gewandert und dort gestorben.

»Tot?« Berger legte den Kopf schief. »Da wäre ich mir an Ihrer Stelle nicht ganz so sicher, meine Liebe. Obwohl das der allgemein verbreiteten Meinung entspricht, fürchte ich.«

Lena sah ihn verständnislos an. Da sie nichts entgegnete, sprach er weiter: »Wenn Sie von Mayers angeblichem Tod gehört haben, dann kennen Sie wahrscheinlich auch das Märchen davon, wie Ihre arme, arme Mutter *gezwungen* wurde, sich mit ihm zu verloben.«

Berger legte theatralisch beide Hände an sein Herz. Sein Tonfall triefte vor Sarkasmus. »Auch mir ist diese Geschichte zu Ohren gekommen, und Ihnen haben sie sicher ihre Eltern erzählt, nicht wahr?«

»Ich bin nicht in Stimmung für dieses Theater, Herr Berger.« Lena versuchte, kalt und hart zu klingen, und hoffte, dass Berger ihre aufkeimende Verunsicherung nicht spürte. Was hatte er mit diesem Mayer zu schaffen? Und warum wusste er so viel über ihre Eltern? »Wenn Sie mir so dringend etwas sagen müssen, dann tun Sie es doch einfach.«

Ganz langsam nahm Berger seine Sonnenbrille ab und steckte sie in die Brusttasche seines Jacketts. Dann musterte er Lena von Kopf bis Fuß. Sein Blick war wach und lauernd. Die außergewöhnliche Farbe seiner von Krähenfüßen umgebenen Augen changierte zwischen Stahlgrau und Eisblau. Lena schauderte.

»Nun«, sagte er schließlich. »Lassen Sie mich Ihnen eine Geschichte erzählen. Eine *wahre* Geschichte. Sie hat sich vor Ihrer Geburt zugetragen.« Berger schloss kurz die Augen, als müsse er sich für einen Moment sammeln, dann fuhr er fort: »Vor etwas über zwanzig Jahren lernte Franz Mayer den jungen Grafen Wilhelm von Eiben und seine Schwester Theresa kennen. Es war zunächst eine rein berufliche Sache. Die Geschäfte der Familien liefen schlecht, und Mayer, ein aufstrebender Bankier, hatte die Aufgabe, dies wieder geradezurücken. Kein einfacher Auftrag, aber es gelang ihm in recht kurzer Zeit, die Finanzen der von Eibens wieder auf Kurs zu bringen. Allerdings hielt dieser Zustand nicht lange an, denn die beiden hatten Probleme: Wilhelm verbrachte die meisten seiner Tage umnebelt von Alkohol, sodass er kaum je ansprechbar war. Theresa dagegen war der Verschwendungssucht anheimgefallen. Kleider, Schuhe oder Schmuck, sie gab das Geld der von Eibens Tag für Tag mit vollen Händen aus. Als dann auch noch ihr Verlobter verstarb, fiel die junge Frau in ein tiefes Loch.«

Berger machte eine Pause und sah Lena an, als wolle er prüfen, wie sie auf seine Schilderungen reagierte. Sie hielt seinem Blick stand, grübelte jedoch fieberhaft über seine Worte nach und versuchte vergeblich, sie mit den Erzählungen ihrer Mutter in Einklang zu bringen. Lena wusste, dass diese vor der Ehe mit ihrem Vater schon einmal verlobt gewesen war und dass der betreffende Mann gestorben war. Alles andere war völlig neu für sie. Lena beschloss, sich vorerst Bergers Geschichte anzuhören, sich jedoch kein Urteil darüber zu bilden, da sie nicht wusste, was dieser Mann im Schilde führte und in welcher Beziehung er zu Franz Mayer und ihren Eltern stand.

»Jedenfalls«, fuhr Berger fort, »war es ungefähr zu dieser Zeit, als Mayer einen folgenschweren Fehler machte.« Er seufzte und räusperte sich, bevor er mit rauer Stimme weitersprach. »Da sonst niemand da war, um Theresa zu trösten, sah er immer mal wieder nach der Dame und verliebte sich in sie. Mayer war unerfahren, was die Liebe anging, und Theresa umwerfend schön. Im Grunde vereinte die beiden wahrscheinlich ihre jeweilige Einsamkeit. Jedenfalls waren sie schon bald darauf verlobt. Blind vor Verliebtheit ließ Mayer zu, dass Theresa auch noch sein eigenes Privatvermögen verjubelte. Danach wurde es der hübschen Grafentochter allerdings bald langweilig, und sie ließ ihren neuen Verlobten für einen gewissen Georg Albers sitzen. Einen Kirchenmusiker, der am Tag durch seine Frömmigkeit beeindruckte und in der Nacht die Frauen anderer Männer in sein Bett zog.«

»Genug!«, rief Lena aus. »Diesen Quatsch höre ich mir nicht länger an. Ich werde nicht zulassen, dass sie so über meine Eltern sprechen.«

»Weil die Wahrheit wehtut?« Bergers Blick fixierte Lena.

»Weil das alles Lügen sind!« Wütend stampfte Lena mit dem Fuß auf. »Ich kenne meine Eltern, und es mag sein, dass die beiden nicht perfekt sind. Aber meine Mutter hätte so etwas nie getan.« Sie legte eine Hand auf ihre Brust und tastete nach der kleinen Stimmgabel. »Und mein Vater auch nicht. Er ist ein guter, anständiger Mann.«

»Oh ja«, entgegnete Berger. »Da bin ich mir ganz sicher.« Er nickte und verschränkte die Arme hinter seinem Rücken. »Ein wichtiges Detail bei der Sache habe ich Ihnen nämlich noch nicht erzählt.« Er lächelte schwach. »Georg Albers hat damals wohl ein bisschen mehr bekommen, als er sich erhofft hatte, denn eines wussten weder er noch seine neue Geliebte: Als Theresa Mayer den Rücken zukehrte, war sie bereits schwanger.«

Lena hielt vor Schreck die Luft an.

*Schwanger?*, dachte sie. *Nein, das ist unmöglich. Mama hat mir zwar nicht gerade jedes Detail aus der Vergangenheit erzählt, aber wenn sie aus der Beziehung mit Mayer schon ein Kind erwartet hätte, dann...*

Lena hatte das Gefühl, ihr Herz hätte für einen Schlag ausgesetzt, als sie die Erkenntnis plötzlich wie ein Blitzschlag traf. *Nein*, dachte sie, während sie auf das schmale Bett hinter ihr sank. *Nein, das ist einfach nicht möglich!*

»Ganz recht«, sagte Berger, als hätte er ihre Gedanken gelesen. Sein Lächeln wurde breiter. »Ich wusste, dass du es sofort verstehst. Und damit komme ich auch auf deine Ausgangsfrage zurück. Ich werde dir sagen, wer ich wirklich bin, Lena.« Er richtete sich zu voller Größe auf, hob leicht das Kinn und rückte sorgsam sein Jackett zurecht. »Mein Name ist Franz Mayer, und ich bin dein Vater.«

# 27.

Der Regen hatte aufgehört und wieder angefangen, genauso wie die Dunkelheit gekommen und irgendwann durch die Morgensonne vertrieben worden war. Doch all das hatte Georg ebenso wenig bemerkt wie seine schmerzenden Beine oder seine vor Müdigkeit brennenden Augen. Als er Theresa stehen gelassen hatte, war er nur kurz im Musikhaus gewesen, um sich seinen Mantel zu holen und dann einfach weitergegangen, immer weiter durch Hamburg marschiert, ohne Richtung und ohne Ziel. Wie in Trance hatte er wahrgenommen, dass er irgendwann durch die Siedlungen von Langenhorn kam, wo die nächtliche Luft kühl war und erfrischend nach Regen und blühenden Wiesen roch. Georg hatte kehrtgemacht und war bis hinunter zu den Fabrikgebäuden und Lagerhallen in Billbrook gelaufen, wo die Kanäle im Licht der ersten Sonnenstrahlen glitzerten. Wohin er wollte, hätte er selbst nicht sagen können. Hauptsächlich wollte er allein sein, fernab von allem, was ihm vierundzwanzig Stunden zuvor noch schrecklich wichtig erschienen war. Nichts davon zählte jetzt noch.

*Wo ist Lena?*

Das war der einzige Gedanke, zu dem er fähig war. Er sah ihr Gesicht vor sich, erinnerte sich an ihr Lächeln und an den gemeinsamen glücklichen Moment noch vor wenigen Tagen, als er ihr zum Abschied die Stimmgabel geschenkt hatte.

*Lena!*

Die Vorstellung, dass ihr irgendetwas zustoßen könnte, machte Georg gleichzeitig fast ohnmächtig vor Angst und rasend vor Wut. Wie in aller Welt war Franz Mayer, dieses miese Schwein, nur dem sicheren Tod durch das Fallbeil entkommen? Wo hatte er sich all die Jahre versteckt, nur um jetzt zurückzukehren, damit er Theresa weiter schikanieren und foltern konnte?

*Theresa*, ja, auf sie war Georg ebenfalls wütend. Schrecklich wütend sogar. Wie hatte sie zulassen können, dass er über zwei Jahrzehnte lang in einer heilen Scheinwelt gelebt hatte, ohne eine Ahnung von dem Damoklesschwert, das über ihm hing? Wie konnte sie Helena aufwachsen und selbst zu einer jungen Frau werden sehen, ohne an der ungeklärten Vaterschaft zu verzweifeln? In Georgs Herzen war Lena seine Tochter, keine Frage, aber er konnte sich selbst nicht vormachen, dass die Blutsverwandtschaft überhaupt keine Rolle spielte. Und falls er jemals herausfinden sollte, dass Lena tatsächlich von diesem Ungeheuer namens Franz Mayer abstammte, wie sollte er damit leben? All diese Fragen stellte sich Georg wieder und wieder und kam doch nie zu einer auch nur halbwegs befriedigenden Antwort.

Mittlerweile war es früher Vormittag, und er hatte seit der vorletzten Nacht keine einzige Minute geschlafen, sodass sein Körper sich anfühlte, als hätte man ihn durch die Mangel gedreht. Als er am Rand eines kleinen, gepflasterten Platzes im Schatten der umstehenden Gebäude eine Bank entdeckte, ließ er sich darauf fallen, lehnte sich zurück und schloss für einen Moment die Augen.

*Lena*, dachte er nochmals. Es musste irgendeine Möglichkeit geben, sie aufzuspüren und sie aus Mayers Klauen zu befreien. Aber welche? Georg biss sich auf die Zähne und massierte sich mit den Zeigefingern die Schläfen. Er erinnert sich an den Hinweis in Mayers Brief: *AD20.* Doch egal, wie oft er dieses Kürzel innerlich wiederholte, es ergab keinen Sinn. Georg war schlicht zu müde, um weiterzumachen. Zu müde zum Gehen, zu müde zum Denken. Er war derart erschöpft, dass ihm selbst die harte Bank, die gegen seine Wirbelsäule drückte, für den Augenblick wie ein wunderbares gemütliches Lager erschien, auf dem er gern ein paar Momente verweilen wollte. Nur kurz, ein paar Minuten vielleicht, um seine Augen auszuruhen und seinen schmerzenden Fußsohlen eine Pause zu gönnen. Dann würde er wieder aufbrechen und einen Plan schmieden, um Mayers Rätsel zu lösen. Er stöhnte leise, während er sich

auf der Bank ausstreckte und dabei jeden einzelnen Muskel in seinem Rücken spürte.

*Lena.*

Ihr Bild war das Letzte, was er im Geiste vor sich sah, bevor der
Schlaf ihn übermannte.

# 28.

Lena war wieder allein in der Kammer. Sie hockte mit verschränkten Armen und mit angezogenen Beinen auf dem Bett und sah zur Decke hinauf, während sie ununterbrochen vor sich hin grübelte. Das, was Franz Meier ihr erzählt hatte, konnte unmöglich wahr sein. Lena war über seine unverschämten Lügen so wütend geworden, dass sie ihn wutentbrannt angeschrien hatte und sogar fast handgreiflich geworden war. Daraufhin hatte er sich zurückgezogen. Dennoch hatten seine Worte seltsame verzerrte Bilder in Lenas Geist hinterlassen: ihre Mutter, die in einem großen Herrenhaus residierte und sich Tag und Nacht im Spiegel betrachtete, behängt mit Gold und Silber, für das die letzten finanziellen Reserven der einst so stolzen von Eibens herhalten mussten. Und dann ihr Vater, der zwar im Herzen Komponist war, aber seine Zeit mit Klavierstunden zubrachte, die er ausschließlich an junge Frauen vergab.

»Nein«, brach es aus Lena heraus, und sie war selbst erstaunt darüber, dass sie ihren Gedanken, der nun schwach von den blanken Wänden widerhallte, laut ausgesprochen hatte. »Nein, das ist Unsinn«, flüsterte sie. Doch ihre Stimme klang weniger überzeugt, als sie es gern gehabt hätte. Sie atmete tief durch und wie, dass ihr Herz pochte und ihre Fingerspitzen vor lauter Aufregung kribbelten.

*Ruhig bleiben*, sagte ihre innere Stimme, *du weißt, dass diese Geschichte nicht wahr sein kann. Nie und nimmer haben sich die Dinge damals so zugetragen, und dieser Kerl ist auch nicht dein Vater. Hör auf dein Herz, Lena. Du weißt es, tief in dir drin.* Sie versuchte, langsamer und kontrollierter zu atmen, doch es gelang ihr kaum. Sie konnte diese Bilder nicht ignorieren, genauso wenig wie die Worte, die Mayer in ihren Verstand eingepflanzt hatte.

*Na gut*, sagte die Stimme, *dann versuchen wir es eben mit kalten, harten Fakten. Geh alles durch, was du über die Vergangenheit deiner Eltern weißt und auch über deine eigene, dann wirst du etwas finden, was dir die Wahrheit verrät.*

Lena presste ihre Oberarme noch fester gegen ihre Rippen, grub die Fingernägel in ihre Armbeugen und schloss die Augen, während sie fieberhaft nachdachte. Ihre Mutter war mit Mayer verlobt gewesen, bevor sie sich in ihren Vater verliebt hatte. So weit stimmte das, was Mayer ihr erzählt hatte. Wenn er allerdings ins Gefängnis gekommen war, wie hatte die junge Theresa die Verlobung dann offiziell lösen können? Wie viel Zeit lag zwischen Franz Mayer und Georg Albers? Lena dachte an ihr Geburtsjahr: 1910. Ihr Geburtstag war der 5. Oktober, der Todestag des berühmten deutsch-französischen Komponisten Jacques Offenbach, den ihre Mutter so faszinierend fand. Theresa und Georg Albers hatten wiederum am 15. Februar desselben Jahres geheiratet. Dazwischen lagen also nicht einmal acht Monate. Zwar war Lena nicht so naiv zu denken, dass alle Paare stets bis zu ihrer Hochzeitsnacht warteten, um das erste Mal das Bett miteinander zu teilen, aber dennoch verspürte sie ein nagendes Gefühl des Zweifels. Es waren weniger als acht Monate, und Theresa war im Jahr zuvor noch mit Franz Mayer verlobt gewesen, sei es nun freiwillig oder unfreiwillig. Was, wenn diese Verbindung bis zum Ende des Jahres 1909 gehalten hatte oder vielleicht sogar bis Januar 1910?

*Unmöglich*, dachte Lena und ihre Finger gruben sich noch tiefer in die Haut ihrer Arme. *Ich wüsste es, wenn es so wäre. Mama hat mir von damals erzählt. Sie hat mir von Franz Mayer erzählt und von ihrer ersten Verlobung mit Jakob Hansen, dem tödlich verunglückten Geigenbauer. Sicher hätte sie mir auch dieses Geheimnis anvertraut.*

Doch noch während Lena den Gedanken innerlich vollendete, kamen ihr Zweifel daran. Falls Mayer tatsächlich ihr wahrer Vater sein sollte, wäre das sicherlich ein überaus dunkles Geheimnis. Wie hätte irgendeine Mutter jemals so etwas mit dem eigenen Kind besprechen können? Ahnte Georg Albers irgendetwas davon? Hätte er jemals das Kind eines anderen aufziehen können? Die letzte Frage versetzte Lena einen Stich ins Herz. Er war ihr ein Leben lang ein guter Vater gewesen: liebevoll, aufmerksam und voller Güte. Von ihrer Mutter wusste Lena, dass sie als Kind oft krank gewesen war. Hauptsächlich war sie in ihrem ersten Lebensjahr von einem schrecklichen Husten geplagt worden, der hier und da sogar zu Atemnot geführt hatte. Als ihre Mutter feststellte, dass frische Luft diesen Zustand lindern konnte, hatte sie Lena manchmal stundenlang in ihrem Kinderwagen an der Alster entlanggeschoben.

Doch sie hatte ihr auch erzählt, dass es ihr Vater gewesen war, der viele Nächte lang neben ihrem Bettchen ausgeharrt und ihre winzige Hand gehalten hatte, stets besorgt um das Liebste und Teuerste, was er im Leben hatte: sein einziges Kind. Außerdem war da immer diese spezielle Verbindung zwischen den beiden gewesen. Lena liebte ihre beiden Eltern in gleichem Maß, aber es war Georg, bei dem manchmal nur ein kurzer Blick reichte, ein Zucken der Augenbrauen oder ein kaum merkliches Blinzeln, damit die beiden sich ohne Worte verstanden, fast so, als könne der eine in den Gedanken des anderen lesen. So war es schon, seit Lena denken konnte.

Mit einem Mal kam ihr der Streit mit ihren Eltern in den Sinn, in dem es darum ging, dass sie so schnell wie möglich nach London zurückkehren wollte. Wie dumm und kindisch ihr das nun auf einmal vorkam und wie sehr sie sich wünschte, die Zeit zurückdrehen zu können! In diesem Moment wünschte sie sich nichts mehr, als die Treppen zu dem alten Musikhaus an der Alster hinaufzurennen und ihre Eltern in die Arme zu schließen.

Zwei Tränen fielen auf das weiße Betttuch, als Lena die Augen wieder aufschlug, doch es waren Tränen der Erleichterung. Bei dem Gedanken an ihr Elternhaus, den großen Garten und die vielen glücklichen Tage ihrer Kindheit, wurde ihr wieder leichter ums Herz. Georg Albers war für immer und ohne jeden Zweifel ihr Vater, genauso wie Theresa ihre Mutter war. Sie waren ihre Familie, ihr Leben, ihre Identität, und niemand würde ihr das jemals wegnehmen können. Schon gar nicht Franz Mayer. Und plötzlich wusste Lena auch genau, was sie zu tun hatte.

Sie stand auf und zog das Kleid aus himmelblauer Seide zurecht. Vielleicht hatte es einmal ihrer Mutter gehört. Und bestimmt hatte der edle Stoff auch in dieser Zeit schon die eine oder andere Träne aufsaugen müssen.

Mit festem Schritt ging sie auf die Tür der Kammer zu und klopfte zwei Mal kräftig dagegen. Kurz darauf tat sich ein schmaler Spalt auf und das Gesicht des Mannes, den Lena nun als Franz Mayer kannte, erschien.

»Ja?«, fragte er mit sanfter Stimme. »Kann ich etwas für dich tun, Lena? Es tut mir ehrlich leid, wenn dich unser Gespräch eben zu sehr aufgewühlt hat. Sicher würde dir noch etwas Ruhe guttun.«

Es war ihr zuwider, dass er sie nun duzte, aber es gab Wichtigeres. »Nein«, entgegnete sie entschlossen und erntete einen erstaunten Blick ihres Gegenübers. »Tun Sie das, was Sie von Anfang an tun wollten, Herr Mayer. Erzählen Sie mir die ganze Geschichte. Vom Anfang bis Ende.«

# 29.

*Irgendwo nördlich von Hamburg, Donnerstag, 15. Mai 1930*

Lena verschlug es fast die Sprache, als sie gemeinsam mit Mayer durch die schmale Terrassentür im hinteren Teil des Hauses schritt. Wie sie nun festgestellt hatte, befand sie sich in einer Art altem Herrenhaus, das zwar hier und da etwas baufällig war, aber dennoch den Glanz seiner früheren Tage erahnen ließ. Nachdem er Lena aus der winzigen Kammer herausgeführt hatte, waren die beiden durch einen breiten hellen Flur über Marmorboden und edle Teppiche geschritten. Beim Anblick der goldgerahmten verstaubten Ölgemälde an den Wänden hatte Lena im Stillen gemutmaßt, dass hier einmal eine sehr wohlhabende Familie gewohnt hatte, vielleicht die eines wichtigen Politikers oder eines Mitglieds des Adelsstands. Selbst an den exquisiten Tapeten ließ sich, auch wenn diese langsam von Feuchtigkeit und Schimmel verzehrt wurden, noch deutlich erkennen, dass Geld bei der Einrichtung dieses prunkvollen Gebäudes kaum eine Rolle gespielt hatte.

Das Innere war jedoch nichts im Vergleich zu dem, was nun vor Lena lag: Von einer breiten Steinterrasse mit zahlreichen kunstvoll gearbeiteten Statuen führten drei Stufen zu einem Schotterweg hinab, der in eine Parkanlage mündete, die so weitläufig wirkte, dass Lena deren Ausmaße nicht einmal ansatzweise abschätzen konnte.

»Wunderschön, nicht wahr?«, fragte Mayer, als hätte er Lenas Gedanken gelesen. »Wollen wir ein Stück spazieren gehen?« Sie nickte stumm, woraufhin er sich bei ihr unterhakte und sie über die Terrasse auf den Weg führte, der auf beiden Seiten von hüfthohen Hecken gesäumt wurde.

»Danke, dass du diesen Spaziergang mit mir machst«, sagte er nach einigen Minuten. »Und danke, dass du bereit bist, mir zuzuhören. Beides habe ich mir schon seit langer Zeit gewünscht.«

»Wenn ich mich hier so umsehe, habe ich den Eindruck, dass Sie ein Mann sind, für den schon viele Wünsche in Erfüllung gegangen sind«, entgegnete Lena. Zu gern hätte sie mehr über dieses eindrucksvolle Anwesen erfahren, aber sie hatte sich vorgenommen, Mayer über die Vergangenheit reden zu lassen, um sich ganz auf ihren Fluchtplan konzentrieren zu können.

»Nun ja«, antwortete er und lächelte geschmeichelt. »Das war nicht immer so. Außerdem sind Geld oder Ländereien nicht viel wert, wenn man gleichzeitig auf viel wichtigere Dinge im Leben verzichten muss.«

»Zum Beispiel?«

»Zum Beispiel, die eigene Tochter in den Armen halten zu können.« Mayers Miene wurde mit einem Mal ernst, und Lena konnte an ihrem Arm spüren, wie sich sein Oberkörper anspannte. »Dich aufwachsen zu sehen und Teil deiner Welt zu sein. Wenn man einem Mann das nimmt, nimmt man ihm im Grunde alles.«

»Und wer hat Ihnen die Gelegenheit dazu genommen, Herr Mayer?«, fragte Lena. »Meine Mutter?«

»Was denkst du, Lena?«

»Ich denke, dass Sie im Gefängnis waren, als ich geboren wurde. Zumindest hat meine Mutter mir das erzählt.«

»Aha«, rief Mayer, löste sich von Lena und verschränkte die Arme vor der Brust. »Dann muss es ja wohl der Wahrheit entsprechen, oder? Obwohl …« Hier machte er eine Pause, legte den Kopf schief und sah Lena tief in die Augen. »Deine Mutter hat dir auch erzählt, ich wäre tot, richtig? Und doch stehe ich quicklebendig vor dir.«

Lena schwieg, wich Mayers Blick jedoch nicht aus.

»Ich *war* im Gefängnis«, räumte er schließlich ein. »Doch da hatte Theresa mich schon längst sitzen lassen. Außerdem hatte ich Probleme mit meinen Geschäften, sodass ich mich gezwungen sah, nach England zu gehen, um dort neu anzufangen.«

»Und später? Warum haben Sie fast zwanzig Jahre lang gewartet?«

Mayer ließ die Schultern hängen und schüttelte leicht den Kopf, während er sich wieder in Bewegung setzte.

Erneut nahm er Lenas Arm. Sie hatte den Eindruck, er wolle sie stets in seiner Nähe haben, um jeglichen Fluchtversuch sofort verhindern zu können. Er war ein überaus vorsichtiger, misstrauischer Mann.

»Ich war lange krank«, erwiderte er und strich sich mit einer Hand über seine Glatze. »So lange und so schwer, dass ich mittlerweile aussehe wie ein alter Mann, obwohl ich mich ganz und gar nicht so fühle.«

Mayers Blick schweifte über die Landschaft, die vor den beiden lag. Mittlerweile waren sie auf einer kleinen Terrasse angekommen, die von einer Balustrade gesäumt war und von der aus sich ihnen ein bezaubernder Ausblick auf den etwa drei Meter darunter liegenden halb verwilderten Rosengarten bot, zu dem eine verwitterte Steintreppe hinunterführte. »Als ich endlich wieder halbwegs gesund war, warst du schon vier oder fünf Jahre alt. Zwischen uns lagen ungefähr siebenhundert Kilometer, und du hattest keine Ahnung, wer ich überhaupt war. Außerdem hattest du zwei Eltern, die dich sicher gut behandelten, gleichzeitig aber niemals zulassen würden, dass du mich kennenlernst. Also traf ich eine Entscheidung: Du solltest in Hamburg aufwachsen und ein schönes Leben haben, auch wenn ich niemals ein Teil davon sein könnte. Das war mir wichtiger als mein eigenes Wohlbefinden, und der Gedanke daran, dass es dir gut gehen würde, tröstete mich.«

Lena schluckte. Obwohl sie unmöglich abschätzen konnte, wie viel von Mayers Version der Geschichte der Wahrheit entsprach, sah sie dennoch in seinen Augen deutlich, dass er es zumindest mit seiner Fürsorge für sie wirklich ernst meinte. »Was ist dann passiert?«, flüsterte sie.

»Ich war eines Abends in London unterwegs«, erzählte Mayer. »Das muss vor ungefähr einem halben Jahr gewesen sein. Ich hatte eine anstrengende Woche hinter mir und wollte einfach nur bei einem Glas Cider abschalten. Dann kam ich an diesem Club vorbei und auf dem Schild stand ein Name: *Helen Albers*. Ohne weiter darüber nachzudenken, ging ich hinein, und das Erste, was ich hörte, war deine wundervolle Stimme. Mein Gott, ich kann jetzt noch die Gänsehaut fühlen, die mich in diesem Moment überlief. Und dann sah ich dich, Lena. Die Ähnlichkeit mit deiner Mutter war so groß, dass ich mir in dieser Sekunde sicher war, wen ich vor mir hatte.«

»Und warum dann dieses ganze Getue?«, rief Lena. Die vielen Stunden der Angst und Verwirrung, die sie in der kleinen finsteren Kammer verbracht hatte, steckten ihr noch in den Knochen, und sie glaubte nicht, dass sie jemals in der Lage wäre, das alles zu vergessen. »Warum sind Sie nicht zu mir gekommen? Weshalb haben Sie mich nicht einfach angesprochen, statt mich zu verfolgen und dann zu entführen?«

»Hättest du mir denn zugehört?« Mayer zuckte mit den Schultern. »Mal ehrlich, Lena: Wenn ich einfach zu dir gekommen wäre und dir erzählt hätte, dass ich dein Vater bin, hättest du mir das geglaubt? Oder hättest du mich für irgendeinen alten Säufer gehalten, der nach ein paar Gläsern zu viel nicht mehr klar denken kann?«

*Ich weiß ja noch nicht einmal, ob ich es jetzt glaube*, dachte Lena, sprach es aber nicht aus. Stattdessen trat sie an die niedrige Balustrade und betrachtete den Rosengarten. Das Meer aus roten und gelben Blüten erinnerte sie schmerzlich an die Spaziergänge, die sie mit Harry im Regent's Park unternommen hatte, wann immer sie es in ihrer kleinen Wohnung nicht mehr aushalten konnte. Harry war ebenso gern wie sie an der frischen Luft und hatte sie immer gern begleitet. Oftmals hatten die beiden das sogenannte Outer Circle um den Park herum gleich fünf oder sechs Mal hintereinander umrundet und dabei endlose Gespräche über dies und das geführt. Wehmütig dachte sie an sein strahlendes, unbefangenes Lächeln im Licht der Frühlingssonne. Ob er jetzt wohl gerade in einem Park in London saß und sich fragte, wann sie endlich zurückkommen würde?

»Alles, was ich wollte«, fuhr Mayer fort, während er neben Lena trat, »war, ein bisschen Zeit mit dir zu verbringen. Ein paar Tage vielleicht. Ich möchte so gern alles über dein Leben wissen. Die Jahre, die ich verpasst habe, kann ich nicht nachholen, aber vielleicht gelingt es mir ja wenigstens, dich ein klein wenig kennenzulernen, bevor sich unsere Wege wieder trennen.«

Lena ging zwei Schritte nach rechts, sodass sie nun direkt vor der Treppe stand, die hinunter in die Rosenbeete führte. »Werden Sie mich denn gehen lassen?«, fragte sie. »Einfach so?«

»Natürlich«, entgegnete Mayer sofort. »Und ich werde dir kein Haar krümmen. Das verspreche ich.«

Lena nickte. Auch mit diesem Versprechen schien Mayer es ehrlich zu meinen. Dennoch könnte sie diesem Mann niemals vertrauen, sich niemals auf sein seltsames Spiel einlassen. Hier ging es schließlich um nicht weniger als um ihre Freiheit. Vielleicht sogar um ihr Leben. Lena warf einen schnellen Blick auf die Stufen neben ihr. Es waren sechzehn. Sie wandte sich Franz Mayer zu. »Ich glaube Ihnen, wissen Sie das?«

»Was meinst du damit?«

»Ich meine es genau so, wie ich es sage. Ich glaube, dass das, was sie mir erzählt haben, stimmt. Erst habe ich mich dagegen gewehrt, die Wahrheit anzuerkennen, aber mittlerweile ergibt einfach alles Sinn.«

»Ach ja?« Mayer trat einen Schritt näher, und Lena konnte eine Mischung aus Neugier und Hoffnung in seinen Augen aufleuchten sehen.

»Ja«, sagte sie. »Ich denke … irgendwie wusste ich schon immer, dass da etwas ist. Oder eher jemand. Jemand, zu dem ich eine Verbindung habe, der aber aus irgendeinem Grund nicht bei mir ist. Schon als Kind wurde ich dieses unbestimmte Gefühl nicht los, aber erst jetzt kann ich es benennen.«

Mayer faltete die Hände vor seiner Brust und presste die Lippen zusammen. »Ach Lena«, hauchte er. »Wie lange habe ich mich danach gesehnt, dass du die Wahrheit erkennst!«

»Das tue ich«, bekräftigte sie. »Und ich hoffe, dass ich nun endlich meinen richtigen Vater kennenlernen kann.«

»Das kannst du«, flüsterte Mayer, und in seinen Augenwinkeln zeigte sich ein feuchtes Glitzern. »Komm her, mein Schatz.«

Mayer breitete die Arme aus. Erschreckt registrierte sie, dass er eine Pistole am Gürtel trug. Sein Jackett war ein Stück nach oben gerutscht und der Griff der Waffe zu sehen. Dieser Mann überließ wirklich nichts dem Zufall.

*Egal*, dachte Lena, denn sie war wild entschlossen, ihre einzige Chance auf Freiheit zu ergreifen. *Jetzt oder nie.*

Blitzschnell machte sie einen Ausfallschritt nach links, duckte sich unter Mayers Arm hindurch und versetzte dem Mann mit aller Kraft, die sie aufbringen konnte, einen Stoß gegen die rechte Schulter. Er drehte sich im Fallen noch halb zu ihr um, sodass Lena seine weit aufgerissenen Augen sehen konnte. Haltsuchend streckte er die Hand aus, griff jedoch ins Leere und stürzte die steinernen Stufen hinab.

Dann war es plötzlich still. Lena hörte nur noch ihren eigenen pochenden Herzschlag und ihre flache, hektische Atmung. *Es ist geschafft*, dachte sie und bemerkte erst in diesem Moment, wie sehr ihre Hände zitterten. *Und jetzt nichts wie weg hier.*

Sie zögerte. Dieser Blick in Mayers Augen hatte irgendetwas in ihrem Inneren berührt. Zwar hasste sie den Mann immer noch dafür, dass er sie entführt und eingesperrt hatte und würde ihn niemals, wirklich niemals, als ihren Vater anerkennen, selbst wenn er dies rein biologisch sein sollte. Dennoch hatte sie sehen können, dass er sie auf seine kranke, verschrobene Weise ernsthaft liebte, so wie eben ein Vater seine Tochter liebt. Offenbar hatte er tatsächlich nur nach einem Weg gesucht, ihr nahezukommen und ihr seine Version der Vergangenheit zu erzählen.

Und jetzt lag er dort unten. Lena biss sich auf die Unterlippe. Von ihrem Standpunkt aus konnte sie nur die ersten beiden Stufen der Treppe sehen. Hoffentlich war Mayer nicht mit dem Kopf auf den steinernen Untergrund aufgeschlagen. Sie hatte ihn außer Gefecht setzen wollen, ihn ausschalten, damit sie fliehen konnte, aber niemals vorgehabt, ihn ernsthaft zu verletzen oder gar zu töten. Würde sie es mit ihrem Gewissen vereinbaren können, wenn sie nicht wenigstens nachsah, ob er noch atmete? Vorsichtig machte sie einen Schritt und beugte sich nach vorn, um die unteren Stufen einsehen zu können.

Eine Sekunde später entdeckte sie ihn, und ihr stockte der Atem, als ihre Blicke sich trafen. Mayer lag ungefähr in der Mitte der Treppe und starrte sie derart intensiv an, dass ihr ein eisiger Schauer über den Rücken lief. Er hatte den Oberkörper halb aufgerichtet und stützte sich mit dem linken Arm auf einer der Stufen ab, während er in der rechten Hand seine Pistole hielt, mit der er auf Lena zielte. Sie öffnete den Mund, aber es drang kein Laut heraus.

»Das war wirklich dumm, Mädchen«, sagte Mayer. Seine Augen waren weit geöffnet, und er fixierte Lena wie ein Raubtier seine Beute. Dennoch klang seine Stimme ruhig und gefasst. »Und jetzt hübsch langsam, damit nicht noch ein Unfall passiert, den wir beide bereuen. Hilf mir auf, dann gehen wir zurück, und wenn du bis morgen Abend brav in deinem Zimmer bleibst, vergesse ich diesen Vorfall vielleicht.«

Lenas Gedanken rasten, während sie auf ihn hinuntersah. Durch ihr Zögern hatte sie selbst ihre vermutlich einzige Chance auf eine erfolgreiche Flucht vereitelt. Weshalb war sie nicht einfach losgelaufen und hatte dieses Scheusal seinem Schicksal überlassen? Jetzt zielte er mit einer Pistole auf sie, und sie war wieder das wehrlose Opfer. Doch sie hatte genug davon, sich ohne Widerstand in ihr Schicksal zu ergeben. So wie sie eine Minute zuvor alles auf eine Karte gesetzt hatte, musste sie es nun wieder tun.

»Nein«, erwiderte sie und verschränkte die Arme vor der Brust, damit er das Zittern ihrer Hände nicht sehen konnte. »Ich werde jetzt gehen, Herr Mayer. Und sie werden mich nicht daran hindern.«

Ein kurzer Moment der Überraschung flackerte in seinem Blick auf, bevor er es schaffte, diesen zu überspielen, indem er betont selbstsicher das Kinn hob und die Mundwinkel leicht nach unten zog. »Ganz sicher werde ich dich daran hindern, Lena. Und meine Freundin hier wird mir dabei helfen.« Er nickte in Richtung seiner Waffe und legte einen kleinen Hebel an deren Seite um, sodass ein leises, metallisches Klicken ertönte. »Ich habe die Kontrolle. Also los, hilf mir auf, und wir gehen zurück.«

»Nein«, wiederholte Lena, dieses Mal lauter. »Auf keinen Fall!« Sie ging die ersten beiden Treppenstufen hinab auf Mayer zu und breitete die Arme aus. »Sie haben die Kontrolle. Aber Ihre Auswahlmöglichkeiten sind äußerst beschränkt: Sie können mich jetzt ziehen lassen, und zwar in dem Wissen, dass ich Sie kennengelernt und Ihre Geschichte gehört habe. Sie können sicher sein, dass ich Sie in respektvoller Erinnerung behalten werde.« Lena machte eine Pause und atmete tief ein. Ihr Hals war derart zugeschnürt, dass sie glaubte, ihre Stimme müsse jeden Moment versagen. »Oder Sie erschießen mich und sehen zu, wie Sie für den Rest Ihrer Tage mit der Schuld leben, Ihr einziges Kind getötet zu haben. Ihre Entscheidung.«

Ein paar schier endlos scheinende Sekunden vergingen, in denen sich die beiden gegenseitig stumm anstarrten. Dann senkte Mayer den Blick und legte die Pistole vor sich ab. »Geh mir aus den Augen«, brachte er hervor. Es war kaum mehr als ein gepresstes Flüstern.

Lena atmete erleichtert auf. Sie hatte nicht vor, zu warten, ob Mayer es sich noch einmal anders überlegen würde. Sie raffte ihr Kleid und lief, so schnell sie konnte, den Weg entlang zurück zu der alten Villa. *So weit, so gut*, dachte sie, *jetzt muss ich nur noch herausfinden, wo um aller Welt ich hier bin und wie ich nach Hause komme.*

# 30.

Obwohl die Strahlen der Morgensonne warm und gleißend hell durch das breite Fenster zu ihrer Linken brachen, kam Theresa an diesem Morgen nur sehr langsam zu sich. Ihre brennenden Augenlider fühlten sich bleischwer an, und sie spürte, dass sie trotz der Daunendecke, unter der sie lag, am ganzen Körper zitterte. Sie befühlte den glatten hölzernen Rahmen des Bettes und roch den vertrauten Geruch des alten Hauses, den sie seit nunmehr zwei Jahrzehnten gewohnt war. Offensichtlich war sie zu Hause in ihrem eigenen Schlafzimmer. Aber wie konnte das sein?

Das Letzte, woran sie sich erinnern konnte, war, dass sie im strömenden Regen zu Lenas Hotel gelaufen und dort auf Harry getroffen war. Theresa hatte sofort nach ihrer Tochter suchen wollen, aber …

Hier versagte ihr Gedächtnis. Mühsam hob sie ihre rechte Hand und fasste sich an die Stirn. Schweißnasse Haarsträhnen klebten an ihrer glühend heißen Haut. Ihr war schwindelig, und sie war immer noch nicht in der Lage, ihre Augen mehr als einen winzigen Spalt zu öffnen. Entfernt nahm sie ein dumpfes Klopfen an der Zimmertür wahr.

»Herein«, krächzte sie und spürte ein schmerzhaftes Brennen, das von ihrem Gaumen bis hinunter in ihre Lungen reichte. Eine große Gestalt betrat das Zimmer und blieb am Fußende des Bettes stehen. Theresa konnte sie nur schemenhaft erkennen. »Georg?«, flüsterte sie. »Georg, es geht mir nicht gut, und ich habe schrecklichen Durst.«

»Ich bin es, Harry. Ich wollte mal nach Ihnen sehen, Frau Albers.«

»Wer?«, fragte Theresa. Nicht nur ihre Sicht war getrübt, sondern ihr Kopf fühlte sich an, als wäre er mit Watte gefüllt. So sehr sie es auch versuchte, sie war kaum in der Lage, einen klaren Gedanken zu fassen.

»Ich habe Ihnen etwas zu trinken mitgebracht«, sagte Harry und trat an ihr Bett.

Theresa griff nach der Tasse, die er ihr hinhielt, und umfasste sie mit beiden Händen. In tiefen Zügen trank sie das warme Gebräu ohne abzusetzen aus. Es war ein kräftiger Kräutertee, der ihr tatsächlich ein wenig Linderung verschaffte. Theresa versuchte nochmals, ihre Augen zu öffnen, und dieses Mal gelang es.

»Guten Morgen«, brachte sie mit etwas festerer Stimme hervor.

»Eher guten *Tag*«, erwiderte Harry, während er sie sorgenvoll ansah. »Verzeihen Sie bitte, dass ich das so offen sage, Frau Albers, aber ich habe keine Zeit, um noch länger hierzubleiben. Jetzt, wo ich weiß, dass Sie versorgt sind, muss ich sofort los, um weiter nach Lena zu suchen.«

»Gut«, antwortete Theresa. »Geben Sie mir nur einen Moment, dann werde ich …« Weiter kam sie nicht, bevor sie so heftig husten musste, dass ihr schwarz vor Augen wurde. Dabei spürte sie, wie ihre Beine zitterten und ihr kalter Schweiß die Wange hinablief.

»Bitte, Frau Albers«, sagte Harry. »Sie müssen sich jetzt unbedingt ausruhen. Das hat Dr. Finke auch gesagt, erinnern Sie sich?«

Theresa blinzelte ihn verständnislos an, doch dann kam die Erinnerung an die vorangegangene Nacht plötzlich Stück für Stück zurück. Gestützt von Harry hatte sie völlig erschöpft irgendwie den Weg nach Hause geschafft und sich hier in ihrem Schlafzimmer mit letzter Kraft von ihren durchgeweichten Kleidern befreit, bevor sie ins Bett gekrochen und auf der Stelle eingeschlafen war. Irgendwann in der Nacht hatte sie im Dämmerzustand Stimmen gehört und eine Hand gespürt, die ihre Stirn befühlt und an ihrem Handgelenk ihren Puls ertastet hatte. Das musste der alte Dr. Finke gewesen sein.

»Bitte entschuldigen Sie, dass ich Sie einfach hier in Ihrem Schlafzimmer aufsuche«, sagte Harry und sah zu Boden. Verlegen knetete er die Finger. »Ich weiß, das schickt sich nicht. Aber ich musste doch nachsehen, wie es Ihnen geht.«

»Schon in Ordnung«, antwortete Theresa. Sie war ohnehin weder gesund noch wach genug, um auf die Einhaltung der Etikette zu pochen.

»Sie haben nur eine Erkältung, Frau Albers«, fuhr Harry fort und sah Theresa ernst an. »Aber der Arzt meint, wenn Sie nicht wenigstens zwei oder drei Tage lang das Bett hüten, wird daraus vielleicht eine Lungenentzündung, und das wäre sehr gefährlich.«

»Ich habe keine zwei Tage und erst recht nicht drei!«, rief Theresa aus. »Wir *müssen* Lena finden. Egal, was Dr. Finke sagt! Egal, was mir vielleicht danach passiert oder auch nicht.« Sie war kurz davor, ihre Bettdecke von sich zu werfen, erinnerte sich jedoch dann daran, dass sie nur ein leichtes Nachthemd trug. »Geben Sie mir zwei Minuten. Ich mache mich nur ganz kurz frisch, ziehe mich an, und dann brechen wir sofort auf.«

»*No way*«, erwiderte Harry bestimmt und verschränkte die Arme vor seiner Brust. »Es geht nicht, Frau Albers. Bitte, das müssen sie doch einsehen.«

Theresa schüttelte entschieden den Kopf. Wenn sie nur ihr Zittern und dieses elende Schwindelgefühl unter Kontrolle bringen könnte, dann würde sie es schon irgendwie schaffen. Vielleicht sollte sie noch eine Tasse Tee trinken oder einen starken Kaffee. »Ich komme auf jeden Fall mit Ihnen. Das funktioniert schon, ganz sicher. Wenn ich erst mal an der frischen Luft bin, wird es mir besser gehen, und dann sehen wir als Erstes zu, dass …«

»*Enough for God's sake!*«, brach es aus Harry heraus. »Wenn ich Lena finden will, muss ich sofort los. Und wenn ich Sie dabei den ganzen Weg lang fast tragen muss, so wie gestern Abend, dann komme ich überhaupt nicht voran. Davon hat doch wirklich niemand etwas!«

Theresa sah ihn mit großen Augen an. Dies war das erste Mal, dass der sonst so zurückhaltende junge Mann in ihrer Gegenwart seine Stimme erhoben hatte. Mittlerweile schaute er wieder zu Boden und strich sich nervös über seine kurzen braunen Haare.

»Entschuldigung … Ich weiß nicht, was in mich gefahren ist. Bitte verzeihen Sie mir.«

»Schon gut«, seufzte Theresa und fühlte sich noch kraftloser als zuvor. »Sie haben ja recht. Leider.«

Harry schwieg, nickte jedoch pflichtbewusst, dann räusperte er sich und wandte sich zum Gehen.

»Einen Moment noch«, sagte Theresa. Er blieb stehen und drehte sich wieder in ihre Richtung. »Danke, Harry. Danke für alles, was Sie für mich getan haben. Und für das, was Sie für meine Familie tun. Für meine Tochter.« Theresa senkte ihre Stimme und sah ihm in die Augen. »Sie haben Lena sehr gern, oder?«

»Oh, also das …«, stammelte Harry. »Bitte denken Sie nicht, ich würde Lena nachstellen. So ist es nicht. Ganz ehrlich. Ich wollte es Herrn Albers gestern ja auch schon sagen, doch dann ging alles so schnell. Zwischen Lena und mir, da …« Harry verstummte kurz, wobei er scheinbar seine nächsten Worte abwog und sich dann für eine andere Formulierung entschied. »Wir sind kein Paar, falls Sie darauf hinauswollen. Ich schwöre es, Frau Albers.«

»Ich verstehe«, entgegnete Theresa. Sie wollte ihn nicht länger aufhalten als nötig, aber wenn er schon an ihrer Stelle nach ihrer Tochter suchen sollte, während sie zum Nichtstun verdammt war, dann musste sie zumindest genau wissen, wie die beiden zueinanderstanden. Daher würde sie ihn noch etwas mehr aus der Reserve locken. »Also weiß Lena noch nichts von Ihren Gefühlen? Ist es das, was Sie damit sagen wollen, Harry?«

»Meine … meine Gefühle?« Eine tiefe Röte breitete sich auf seinem Gesicht aus und stieg ihm bis zu den Ohren. Nervös trat er von einem Fuß auf den anderen.

»Ganz richtig«, fuhr Theresa fort. »Deshalb sind Sie auch nicht auf dieses Schiff gestiegen. Obwohl Sie unbedingt zurück nach London wollten, geplagt von Heimweh und getrieben von dem Wunsch, endlich wieder zu Ihren Freunden, Ihrer Familie und Ihrer Musik zurückzukehren. Trotzdem haben Sie es einfach nicht fertiggebracht, Lena zurückzulassen. So ist es doch, Harry.«

Er atmete tief ein, schloss die Augen und flüsterte: »Ja, Frau Albers. So ist es.«

»Gut«, sagte Theresa schlicht, worauf er kurz zusammenzuckte und sie dann mit aufgewühltem Blick ansah. »Ich möchte, dass Sie meine Tochter finden und ihr dann genau das sagen. Werden Sie das für mich tun, Harry?«

»Ja«. Seine Antwort kam wie aus der Pistole geschossen. »Das werde ich, Frau Albers.«

»Gut«, sagte Theresa wieder. »Sehr gut. Dann nichts wie los.«

# 31.

»He, du da! Aufstehen, aber 'n bisschen plötzlich!«

Widerwillig öffnete Georg die Augen einen Spaltbreit und wurde sofort vom unbarmherzigen Glühen der Mittagssonne geblendet. Zunächst konnte er die Stimme, die unaufhörlich auf ihn einredete, nicht zuordnen. Erst als ein äußerst unsanftes Klopfen auf seine rechte Schulter hinzukam, sah er, dass ein junger Bursche vor ihm stand. *So ein Mist,* dachte Georg und blinzelte benommen nach oben. War er etwa auf dieser verflixten Bank eingeschlafen?

»Hörst du schlecht? Hier ist kein Platz für dich, also zieh gefälligst weiter!«

Mittlerweile konnte Georg sein Gegenüber etwas genauer erkennen. Der junge Mann mochte kaum sechzehn oder siebzehn Jahre alt sein. Er trug aus grobem Stoff gefertigte, mausgraue Arbeitskleidung, die mit demselben Schmutz und Staub überzogen war, die auch sein schmales, spitzes Kinn bedeckten. Sein hellblonder Haarschopf stand in alle Himmelsrichtungen ab, und darunter blickten Georg zwei wache blaue Augen auf überaus energische Weise an.

»Ich sage es nicht noch einmal«, drohte der Jüngling. »Wir wollen solche wie dich hier nicht. Das ist schlecht fürs Geschäft. Also weg jetzt!«

»Solche wie mich?«, wiederholte Georg und setzte sich halb auf, wobei er den Halbstarken, der vor ihm stand, von oben bis unten taxierte. »Was soll das heißen, Junge?«

»Landstreicher. Taugenichtse. Solche halt, die irgendwo in der Öffentlichkeit auf Holzbänken ihren Rausch ausschlafen, während anständige Leuten für ihr Geld arbeiten gehen.«

Georg rappelte sich ruckartig auf, rieb sich sein schmerzendes

Genick. »Na, hör mal, Bengel«, protestierte er. »Was bildest du dir ein? Ich schlafe hier keinen Rausch aus, ich …«

Er brach ab. Wie sollte er beschreiben, was er hier machte? So wie der Junge ihn vorgefunden hatte, von Wind und Wetter gebeutelt, unrasiert und ungewaschen, konnte er diesem wohl keinen Vorwurf machen, weil er ihn auf den ersten Blick für einen Landstreicher gehalten hatte. Jetzt galt es jedenfalls, Haltung zu bewahren.

»Ich bin kein Taugenichts und muss mir solche Unterstellungen nicht anhören. Seit mehr als zwanzig Jahren bin ich in Hamburg als Unternehmer bekannt und ein geschätzter Bürger dieser Stadt.«

»Ach ja?« Der Bursche schaute ihn ungläubig an. »Und mit wem habe ich das Vergnügen, wenn ich fragen darf?«

Für das freche Grinsen in seinem sommersprossigen Gesicht und den Sarkasmus in seiner Stimme hätte Georg ihm am liebsten eine kräftige Backpfeife verpasst. Dann jedoch gewannen jedoch seine guten Manieren die Oberhand über Ärger und verletzten Stolz. »Mein Name ist Albers«, sagte er und zog dabei sein zerknittertes Hemd glatt, das er unter seinem immer noch etwas klammen Mantel trug. »Georg Albers vom Musikhaus Albers an der Alster. Und wer bist du?«

»Das is' ja 'n Ding!«, gab der Jüngling mit großen Augen zurück. Dann überlegte er einen Moment, wobei er sich gedankenverloren am Ohrläppchen zupfte. »Wollen Sie vielleicht … äh … doch mal mit dem Meister reden? Er hat mir gesagt, ich soll dafür sorgen, dass Sie verschwinden, aber da dachten wir ja noch …«, er warf einen schnellen Blick über die Schulter zu dem etwas baufälligen Haus, das keine zehn Schritte entfernt stand. »Ach, kommen Sie doch am besten gleich mit.«

Damit marschierte er los, und Georg spielte einen Augenblick lang mit dem Gedanken, sofort in die entgegengesetzte Richtung zu verschwinden. Schließlich war er seinem Ziel, Mayers rätselhaften Hinweis zu entschlüsseln, noch nicht näher gekommen. Doch sein Instinkt gebot ihm, dem jungen Mann zu folgen, der ihn zu seinem Meister führen wollte.

Jetzt, im Tageslicht, wirkte der Platz um Georg herum viel lebendiger. Auch wenn er immer noch nicht wusste, wo in Hamburg er sich genau befand, schätzte er, dass es von hier aus nicht weit bis zum Stadtzentrum war. Schulterzuckend setzte Georg sich in Bewegung und erreichte wenige Sekunden später eine schmale Treppe, an der Südseite des Gebäudes. Vorsichtig stieg er die ausgetretenen Stufen hinab und duckte sich unter einem steinernen Torbogen hindurch, durch den der freche Bursche kurz zuvor verschwunden war. Dies war offenbar der Eingang zu einer Art Werkstatt. Der schmale, längliche Raum dahinter wirkte düster, da kaum Tageslicht von außen hineindringen konnte. Die Wände waren übersäht mit verschiedensten Gegenständen und Werkzeugen. Hier hingen abgetragene, lederne Schuhe, die gerade neu besohlt wurden, dort lagen haufenweise löchrige Kessel und Töpfe, die auf ihre Reparatur warteten. Gerade, als Georg fasziniert die hölzerne Wanduhr betrachtete, die in Einzelteilen auf einer staubigen Werkbank zu seiner Rechten ausgebreitet lag, vernahm er auf einmal Schritte, und schon stand ein großer, drahtiger Mann vor ihm. Im Halbdunkel konnte Georg erkennen, dass auch er Arbeitskleidung trug. Sein buschiger schneeweißer Bart reichte vom Hals bis zu den Schläfen.

»Guten Tag«, sagte er und nickte dem Mann, der wahrscheinlich der Inhaber dieser ungewöhnlichen Unternehmung war, knapp zu. »Mein Name ist Georg Albers.«

Der Mann im Schatten erwiderte zunächst nichts, sondern trat einen Schritt zurück, als wolle er einen genaueren Blick auf seinen Besucher werfen. Einige Sekunden vergingen.

»Tatsächlich«, brummte der Meister schließlich und verschränkte seine sehnigen Unterarme vor der Brust. »Du bist alt geworden Bruder, hat dir das schon mal jemand gesagt?«

# 32.

Georg kniff die Augen zusammen und starrte ungläubig in das Zwielicht. Trotz aller Anstrengung konnte er immer noch nicht mehr erkennen, als die Umrisse eines großen, bärtigen Mannes, der sich vor ihm aufgebaut hatte. Hatte er sich verhört oder hatte der Alte ihn gerade *Bruder* genannt? Er blinzelte und verspürte dabei eine schwere Müdigkeit, die ihm immer noch in den Knochen und in seinem Geist saß. Vielleicht träumte er das alles bloß?

»Hat es dir jetzt die Sprache verschlagen?«, polterte der Werkstattmeister und stellte sich noch breitbeiniger auf, wobei er die Arme verschränkt ließ.

»Woher …«, setzte Georg an, doch die Frage blieb ihm im Hals stecken, denn er kannte die Antwort bereits. Auch wenn sich sein Verstand noch dagegen wehrte, so sagten ihm sein Herz und all seine Instinkte deutlich, wen er hier vor sich hatte. »Peter«, flüsterte er. »Mensch, du bist es wirklich!«

»Sieht so aus«, sagte sein Gegenüber und trat nun endlich vor ins Licht. Peter Albers hatte ganz offensichtlich ein hartes, entbehrungsreiches Leben geführt. Seine Züge über dem weißen Bart waren zerfurcht, und sein müder Blick wirkte, als habe er seit Jahrzehnten nicht mehr gelächelt. Die Fingerkuppen seiner schwieligen Hände waren mit Schmutz und Öl überzogen.

»Was willst du von mir, Bruder?«, fragte er barsch und musterte Georg mit seinen fast grauen, wachsamen Augen.

»Nichts«, erwiderte Georg. Diese direkte Frage überrumpelt ihn, hatte er doch bis vor einigen Sekunden noch gar nicht gewusst, wer da vor ihm stand. »Ich bin zufällig hier vorbeigekommen, und dieser Junge, dein Geselle …«

»Dieser Geselle ist mein Sohn Karl«, unterbrach Peter ihn. »Was ihn wohl zu deinem Neffen macht, falls es dich interessiert.« Er wischte sich die Hände an seiner fleckigen Hose ab und zog geräuschvoll die Nase hoch. »Jedenfalls liegt hier ein ganzer Haufen Arbeit rum, wie du siehst. Ich muss also weitermachen, wenn ich fertig werden will. Bis irgendwann, Bruder.«

»Warte«, sagte Georg, als Peter sich schon halb zum Gehen wandte. »Natürlich interessiert es mich, dass ich einen Neffen habe. Es freut mich sogar.«

Peter sah ihn misstrauisch an. Er schwieg, aber seine Miene blieb unverändert hart und abweisend.

»Ich habe auch Familie«, setzte Georg hinzu. »Eine Frau und eine erwachsene Tochter. Deine Nichte. Sie heißt Helena, aber alle nennen sie Lena.«

»Glückwunsch. Dann sag meiner Nichte, dass ich ihr alles Gute wünsche. Trotzdem muss ich …«

»Sie wurde entführt!« Die Worte waren einfach so aus Georg herausgeplatzt. Dabei hatte er gerade im Geiste erwogen, ob und wie viel er seinem Bruder über seiner misslichen Lage berichten sollte. Er kniff die Lippen zusammen und spürte, wie sein Puls sich beschleunigte.

»Entführt?«, wiederholte Peter. Seine borstigen weißen Augenbrauen schnellten nach oben, und seine Stimme hatte plötzlich etwas von ihrem brummenden, abweisenden Ton verloren. »Was soll das heißen? Ist das vielleicht irgendein seltsamer Scherz?«

»Nein«, stöhnte Georg. »Es ist genau so, wie ich es sage. Leider.« *Entführt.*

Jetzt, wo er dieses Wort erneut laut ausgesprochen hatte, traf es ihn wie ein Blitzschlag. Lena war irgendwo an einem fremden Ort, in der Gewalt dieses Monsters Franz Mayer, und er selbst irrte ziellos durch die Stadt und hatte nicht die geringste Ahnung, wo er anfangen sollte, nach ihr zu suchen. Was, wenn er seine geliebte Tochter niemals wiedersehen würde? Ohne, dass er etwas dagegen tun konnte, sackte sein Oberkörper förmlich zusammen. Mit hängenden Schultern und gesenktem Kopf stand er im Halbdunkel der Werkstatt und spürte, wie Tränen der Verzweiflung in seine Augen schossen. *Nein*, dachte er, *nicht hier und nicht jetzt.* Nach all den Jahren sollte Peter nicht denken, sein Bruder wäre ein weinerlicher, armer Tropf. Georg schluckte mehrmals und atmete tief ein.

»Vielleicht sollte ich jetzt wirklich gehen«, brachte er mit brüchiger Stimme hervor. »Tut mir leid, Bruder. Ich wünschte, wir hätten uns nach der langen Zeit unter anderen Umständen getroffen.«

»Warte!« Peter räusperte sich und trommelte hektisch mit den Fingern auf die Außenseite seines Oberschenkels. Georg konnte an seinem mahlenden Kiefer sehen, wie es in diesem arbeitete. »Weißt du noch, als wir Kinder waren, Georg? Da haben wir uns etwas geschworen. Paul, du und ich. Immer wieder haben wir es uns gegenseitig versprochen, vor allem, wenn die Zeiten hart waren, und das waren sie ja eigentlich immer.«

Georg nickte nur stumm. Sowohl Peters Haltung als auch seine Mimik hatten sich mit einem Mal verändert. Es war, als hätte der raubeinige alte Mann eine unsichtbare Panzerung abgelegt, die er sonst wahrscheinlich ständig vor sich hertrug, um alles und jeden auf Distanz halten zu können, der versuchte, in seine kleine Welt einzudringen.

»Familie ist Familie«, sagte Peter. »Und wir sind immer füreinander da. Egal wann und egal wo.«

»Ich habe diesen Schwur gebrochen«, flüsterte Georg und konnte seinem Bruder dabei nicht in die Augen sehen.

»Mag sein«, entgegnete Peter, und seine Stimme klang zu Georgs Überraschung weder enttäuscht noch wütend, sondern völlig gefasst. »Aber *ich* werde das nicht tun. Komm, ich lasse die Arbeit noch eine kleine Weile liegen, und wir setzen uns nach hinten in die Stube. Ich mache uns einen Tee, und dann erzählst du mir, was verflixt noch mal los ist.«

Es dauerte ungefähr eine Stunde, bis Georg seinem Bruder die wichtigsten Ereignisse seines Lebens in den letzten dreißig Jahren geschildert hatte. Er begann damit, wie er mit Unterstützung seines Gönners, eines jungen Priesters, der sein Talent entdeckt hatte, Musik studierte, um dann Pianist und Organist zu werden. Dadurch hatte er schon als junger Mann seinen Lebensunterhalt verdienen können. Dann hatte er eine sehr spezielle Klavierschülerin namens

Theresa von Eiben kennengelernt. Peter hörte Georg stumm nickend und mit tiefen Sorgenfalten in seiner Stirn zu, während dieser sämtliche Schicksalsschläge der altehrwürdigen Adelsfamilie schilderte, die schließlich dazu geführt hatten, dass die noch trauernde Tochter sich mit dem zwielichtigen Franz Mayer verloben musste. Schließlich erzählte Georg von seiner Hochzeit mit Theresa, der Gründung des Musikhauses an der Alster und Lenas Geburt. Georg spürte, wie gut es ihm tat, sich dies alles von der Seele zu reden und dabei nochmals die Höhen und Tiefen dieser turbulenten Zeiten zu durchleben. Gleichzeitig vermisste er Lena jedoch von Sekunde zu Sekunde mehr.

»Mmh«, brummte Peter, als Georg seine Geschichte mit der Schilderung der Erpresserbriefe und dem kryptischen Hinweis beendet hatte. Dann nahm er einen Schluck von dem inzwischen kalten Tee und sah lange durch das kleine angelaufene Fenster in seiner Stube hinaus auf die Straße, während er sich gedankenverloren mit einer Hand durch den Bart strich. Endlich wandte er sich wieder zu Georg. »Herrje, du bist vielleicht ein Dösbaddel, Bruder!«

»Was?« Georgs Augen weiteten sich, und er setzte sich in dem alten Sessel, in den er halb eingesunken war, schlagartig auf. »Was soll das heißen?«

Peter gab einen lang gezogenen Seufzer von sich, schüttelte seinen kahlen Kopf und zündete sich eine dünne, ziemlich schief gedrehte Zigarette an. »Soweit ich mich erinnere, sind wir beide auf demselben elenden Bauernhof am Ende der Welt aufgewachsen, oder?«

Georg sah ihn an. Er wusste, dass dies eine rhetorische Frage war, hatte aber nicht die leiseste Ahnung, worauf Peter hinauswollte.

»Na ja, also, ich will nicht sagen, dass ich mich *gar nicht* verbessert hätte, aber ich bin immer noch ziemlich weit unten in der Nahrungskette, wenn du weißt, was ich meine.«

Georg sah sich in der bescheidenen Stube um, die unmittelbar in die davorliegende Werkstatt mündete. Sein Bruder lebte mit seinem Sohn auf engstem Raum in einem schmuddeligen, staubigen Keller, der mehr ein Verschlag war als eine richtige Wohnung. Sämtliche Möbel waren derart abgewetzt, dass es aussah, als müssten sie jeden

Moment von selbst zusammenbrechen. Sowohl in diesem Raum als auch in der Werkstatt roch es nach einer seltsamen Mischung aus altem Eisen und feuchtem Holz. Sicher hielten sich die beiden durch ihr Handwerk nur gerade so über Wasser.

»Du dagegen«, fuhr Peter fort, »wohnst in so 'nem piekfeinen Haus an der Alster. Bist gesund, hast Geld und jeden Tag 'ne warme Mahlzeit auf dem Teller.« Er nahm einen tiefen Zug von seiner Zigarette, atmete eine Wolke aus blauem Dunst aus und lächelte bitter. »Und dann beschwerst du dich auch noch!«

»Geld ist nicht alles«, erwiderte Georg rasch und wurde sich erst dann bewusst, wie überheblich diese Feststellung angesichts Peters Situation klingen musste. Er schluckte und spürte, wie ihm das Blut ins Gesicht schoss.

»Stimmt schon«, raunte Peter. »Glück im Spiel, Pech in der Liebe. Das is' auf Dauer auch nix.« Er lehnte sich ein Stück nach vorne und kniff sein linkes Auge zusammen, während er Georg fixierte. »Aber du hast 'ne Gräfin geheiratet, Mann. Oder haben meine alten Ohren da eben was nicht richtig mitgekriegt? Ich schätze mal, du hast 'ne ziemlich gut Partie gemacht.«

»Theresa ist nicht *reich*. Das war sie schon damals bei unserer Hochzeit nicht.«

»Aber sie liebt dich, oder etwa nicht?«

»Ja«, flüsterte Georg. »Ja, das tut sie, aber …«

»Aber was?«

»Aber es ist kompliziert.« Georg stand auf und schritt nervös auf dem staubigen Fußboden der beengten Stube hin und her. »Theresa und ich gehören schon seit ewigen Zeiten zusammen und natürlich liebe ich sie auch, aber …« Er fuhr sich immer wieder durch die Haare, während er verzweifelt nach den richtigen Worten suchte. »Aber sie hätte diese Sache doch nicht so lange für sich behalten dürfen. All die Jahre hat sie kein einziges Wort darüber verloren. Warum nicht? Warum konnte sie mir nicht einfach die Wahrheit sagen, statt zuzulassen, dass ihr Geheimnis unsere Ehe vergiftet?« Er blieb stehen und verschränkte die Arme vor der Brust. »Ich … ich fühle mich einfach von ihr betrogen, verstehst du?«

»*Betrogen*«, polterte Peter, und seine heftige Reaktion ließ Georg zusammenzucken. »Was für ein kolossaler Idiot du doch bist, Mann! Hast du dir mal eine Sekunde lang überlegt, wie die Geschichte aus der Sicht von deiner Theresa aussieht?«

Georg sah ihn mit offenem Mund an, aber für den Moment hatte es ihm die Sprache verschlagen.

»Das hab ich mir gedacht!«, fuhr der ältere Bruder fort und drückte seine Zigarette in einer kleinen, metallenen Schale aus, die bereits voller Asche und Kippen war. »Je mehr Kohle einer hat, desto schwerer fällt es ihm anscheinend, mal etwas wahrzunehmen, was sich jenseits seiner eigenen Nasenspitze abspielt.« Peter zündete sich einen neuen, ebenso erbärmlich aussehenden Glimmstängel an und fuhr in deutlich ruhigerem Ton fort. »Denk doch mal nach, Georg. Nach allem, was du mir eben erzählt hast, hättest du schon damit rechnen müssen, dass nicht alles so abläuft wie im Märchen. Ich meine, ihr beide habt euch unter ziemlich seltsamen Umständen kennengelernt.«

»Ich habe Theresa geholfen, als sie in einer wirklich schlimmen Situation war«, verteidigte Georg sich, während er wieder auf dem Stuhl Platz nahm. »Ihr ursprünglicher Verlobter wurde ermordet, und ihr Bruder …«

»Du hast dich mit 'ner *verlobten* Frau eingelassen. Und noch dazu mit deiner Klavierschülerin. Wie alt war sie damals? Achtzehn, neunzehn?«

»Zweiundzwanzig«, korrigierte Georg. »Und nichts davon ändert etwas an dem, um was es hier wirklich geht: Sie hätte ehrlich zu mir sein müssen.«

Als würde er plötzlich von einer tiefen Müdigkeit erfasst, legte Peter langsam seine massigen Hände auf seine Wangen und Augen. »Ist es das, was du tun willst, Bruder? Deine Ehe wegwerfen wegen einer Sache, die vor mehr als zwanzig Jahren passiert ist?«

»Niemand hat etwas von *wegwerfen* gesagt«, antwortete Georg. »Aber ich muss mir jetzt erst einmal klar darüber werden, wie es zwischen Theresa und mir weitergehen soll. Und dafür brauche ich Zeit.«

»Zeit«, raunte Peter. »Tja, Georg, dann lass mich dir mal was über die Zeit erzählen: Meine Lisbeth und ich, wir waren fünfzehn

Jahre lang zusammen, durch gute und durch schlechte Zeiten hindurch. Wir haben zusammen gelacht und geweint, den Schmerz geteilt und die Freude, Feste gefeiert und am Hungertuch genagt. Sie war mein Leben, und ich war ihres. Dann, vor ungefähr acht Jahren, hab ich in so 'ner Werkstatt angefangen, drüben in Hammerbrook. Musste schuften wie ein Irrer. Tag und Nacht. Hab manchmal sogar einfach dort übernachtet, weil ich dachte, es lohnt sich nicht, für die paar Stunden heimzulaufen. Das ging zwei Jahre lang so, aber ich hab's durchgezogen. Dachte mir immer: Was soll's, ich hab ja später noch genug Zeit.« Peter hatte seine Hände wieder auf den Schoß gelegt und starrte abwesend auf seine schwarz von Öl und Ruß verschmutzten Handrücken. »Irrtum, Bruder. Ich hatte sie nicht.« Er griff in eine seiner Hosentaschen und holte einen dünnen, unscheinbaren Ring heraus, den er wohl ständig bei sich trug. »Nächsten Monat ist es sechs Jahre her, dass sie gestorben ist, die gute Lisbeth. Und ich vermisse sie immer noch jeden verflixten Tag!« Er steckte den Ring wieder weg, nachdem er ihn ein paarmal zwischen Daumen und Zeigefinger gedreht hatte, als müsse er sich vergewissern, dass es noch dasselbe Schmuckstück war, das ihm offensichtlich sehr viel bedeutete. »Wir haben in so 'ner Absteige gewohnt, meine Frau, Karl und ich. Richtig schlimm. Manchmal hab ich gedacht, wir wurden nur deshalb nachts nicht von den Ratten geholt, weil selbst die sich vor dem ganzen Dreck und dem Schimmel in dem Laden geekelt haben. Sechzehn Zimmer gab es in dem Haus, sechzehn einzelne kleine Räume auf vier Etagen, und in jedem hat 'ne ganze Familie gehaust. Einige hatten vier, fünf kleine Kinder.« Peter ruckte mit den Schultern, als wollte er noch immer die Enge der Mietbaracke von sich abschütteln. »Jedenfalls hat es dort irgendwann gebrannt. Es ging ganz früh am Morgen los, als die meisten noch tief geschlafen haben. Ich war zu dem Zeitpunkt nicht da, sondern bei der Arbeit.« Peter hielt kurz inne und ballte seine Fäuste, als müsse er sich innerlich dafür wappnen, was nun folgte. »Lisbeth hat den Lütten noch rausbringen können. Hat ihn an den Straßenrand gesetzt und ihm gesagt, er soll da warten. Dann hat sie wohl mitbekommen, dass die Nachbarin wie am Spieß geschrien hat, weil ihr Säugling noch oben war. So haben die Leute es mir später erzählt. Jedenfalls ist Lisbeth wieder rein und …«

An dieser Stelle versagte Peter die Stimme, und er schluckte so hart, dass sein wallender Bart sich hob und senkte.

»Oje«, stieß Georg aus. »Das tut mir schrecklich leid. Ich hatte ja keine Ahnung. Mein aufrichtiges Beileid!«

»Danke«, flüsterte Peter. »Und bitte versteh das jetzt nicht falsch, aber von Beileid kann man sich nichts kaufen. Genauso wenig wie von Schuldgefühlen oder dem ewigen Was-wäre-wenn. Die Zeit, die ich mit Lisbeth vielleicht noch gehabt hätte, ist für immer verloren. Weg. Ich wusste sie nicht zu schätzen, und jetzt ist es zu spät. Und weißt du, wie man seine kostbare Zeit noch verschwenden kann? Damit, dass man in der Vergangenheit festhängt und über Dinge nachgrübelt, die kein Mensch mehr ändern kann.«

»Das stimmt«, sagte Georg kleinlaut und berührte seinen goldenen Ehering, den er Tag und Nacht an seiner rechten Hand trug. »Aber selbst wenn ich jetzt auf der Stelle wieder zu Theresa zurückgehen würde, und wenn dann alles einfach vergeben und vergessen wäre, dann wäre da trotzdem noch etwas, das zwischen uns steht. Denn abgesehen von der Sache mit der Vaterschaft treibt mich eine Frage um, und die kann ich einfach nicht ignorieren: Warum hat Theresa nie den Mund aufgemacht? Wie soll ich ihr in Zukunft vertrauen, nachdem sie mir so etwas verschwiegen hat?«

»Du kapierst es immer noch nicht!« Peter hob die gesprungene Keramiktasse hoch, die vor ihm stand, und stürzte den letzten Rest kalten Tee hinunter. Mittlerweile hatte er sich wieder gefasst. »Deine Theresa muss doch furchtbare Angst gehabt haben, als sie gemerkt hat, dass ihr selbst in Berlin noch verfolgt wurdet. Dann taucht auch noch ihr Verlobter dort auf, holt sie zu sich und …«

»Halt!«, rief Georg. »Ich will es nicht hören.« Wieder raufte er sich die Haare. »Das ist es doch. Genau *das*. Wenn ich auch nur eine Sekunde an dieses Bild denken muss, wie Theresa und dieser Mayer zusammen sind, wie sie in seinen Armen liegt, dann werde ich auf der Stelle verrückt!«

»Ach, Georg«, seufzte Peter. »Als Organist bist du wohl ganz der Kirchenknabe. *Selig die Armen im Geist, denn ihr ist das Reich der*

*Himmel.* Versuch es doch mal mit etwas mehr gesundem Menschenverstand.«

»Wie meinst du das?«, fragte Georg.

»Ich meine«, antwortete Peter, und seine Miene verfinsterte sich, »dass dieser Mayer ein fieses Schwein zu sein scheint. Ein Ganove, der sicher nicht darauf wartet, dass seine Verlobte freiwillig zu ihm zurückkommt. Oder sonst irgendetwas freiwillig tut.«

»Willst du damit sagen, dass er …« Georg war aufgesprungen. »Dass er Theresa damals …«

»Ich will gar nichts sagen.« Peter erhob die Hände, und ein kleines Häufchen Glut von seiner Zigarette fiel auf sein Hosenbein, wo es zu Asche verglühte. »Schließlich war ich nicht dabei. Aber müsstest du nicht zumindest die Möglichkeit in Betracht ziehen, dass es so war, Bruder? Dann hättest du auch deine Erklärung dafür, dass sie nicht mit dir darüber sprechen wollte. Und wahrscheinlich auch mit sonst niemandem.«

Georg schluckte und spürte, wie sein Herz raste. Was Peter da andeutete, war ungeheuer abscheulich. Andererseits ging es hier um Franz Mayer, einen verurteilten Mörder ohne jegliche Skrupel. Selbst wenn er wirklich etwas für Theresa empfunden hatte, war ihm selbst eine solch schändliche Tat dennoch zuzutrauen.

»Oh Gott«, flüsterte Georg. »Und ich habe ihr noch nicht einmal zugehört, als sie es mir erklären wollte. Stattdessen habe ich sie buchstäblich im Regen stehen lassen und bin abgehauen wie ein feiger Hund.«

»Wir machen alle Fehler«, erinnerte Peter seinen jüngeren Bruder. »Und bei dir ist es noch nicht zu spät, alles wieder hinzubiegen.«

»Vielleicht«, sagte Georg. »Aber zuerst muss ich Lena finden. Das ist das Wichtigste. Theresa würde es auch so wollen.«

Peter warf den winzigen Stummel, der dabei war, zwischen seinen Fingern zu verglühen, in die Metallschale und hustete. Es klang so, als wären seine Lungen ebenso schwarz und verrußt wie sein Äußeres. Mittlerweile war der gesamte Raum in den Geruch von kaltem Tabak eingehüllt. »Was das angeht«, sagte er schließlich, »solltest du auch noch mal gründlich nachdenken, finde ich.« Langsam schob er seinen Oberkörper nach vorne und angelte sich den zerknitterten Brief, den Georg dort hingelegt hatte, von dem niedrigen hölzernen Tisch zwischen ihnen. »*AD20*«, las er. »Kannst du damit irgendwas anfangen?«

»Nein«, gab Georg zu. »Überhaupt nichts. Ich meine, das sind einfach nur zwei Buchstaben und zwei Ziffern. Wie soll irgendjemand dahinterkommen, was damit gemeint ist?«

»Ganz genau«, sagte Peter und streckte einen schwieligen, schmutzigen Zeigefinger in die Luft. »Niemand würde das schaffen. Und ich denke, genau das ist der Punkt.«

»Ein Hinweis, der keiner ist? Aber warum sollte er dann überhaupt diesen Brief schreiben?«

»Kannst du dich noch daran erinnern, als der alte Carstens gestorben ist«, fragte Peter. »Er hatte einen Hof ungefähr zwei Kilometer östlich von unserem. Das muss so ungefähr 1882 oder '83 gewesen sein.«

Georg sah seinen Bruder aufgrund dieses abrupten Themenwechsels fragend an und kratzte sich am Kopf. »Ja«, antwortete er dann. »Kann sein. Ich war jedenfalls noch sehr jung. War das nicht das Land, das nachher von diesem windigen Kerl aus Stade aufgekauft wurde?«

»Ganz genau«, nickte Peter und lehnte sich in seinem Stuhl zurück. »Der Kerl war wirklich ein Drecksack. Aber einer von der ausgekochten Sorte. Weißt du, wie er an das Land gekommen ist?«

»Na ja.« Georg überlegte. »Da Carstens zwei erwachsene Söhne hatte, muss er es denen wohl abgekauft haben, oder nicht?«

»Ja schon«, erwiderte Peter und wischte sich einen kleinen Tabakkrümel von der Unterlippe. »Aber das war nicht so einfach. Schließlich waren die beiden fest entschlossen, den Hof fortzuführen. Sie lebten ja davon. Dieser Kerl musste sich also was Kluges einfallen lassen, damit er das Land mitsamt dem Hof trotzdem bekam.«

»Peter«, sagte Georg und wippte nervös mit einem Fuß auf und ab. »Ich habe keine Ahnung, worauf du hinauswillst. Wenn es um Vaters Hof geht und darum, dass …«

»Nein. Darum geht es ganz sicher nicht. Mit diesem Thema bin ich durch, glaub mir.« Peter strich mit einer Hand über den Bart und tippte mit dem Zeigefinger der anderen energisch auf die abgewetzte Oberfläche des Holztischs vor ihm. »Es geht darum, wie solche Leute ihr Ziel erreichen.« Er tippte sich mit dem Finger an die Schläfe. »Durch Manipulation, Bruder. Sobald du sie in deinen Kopf lässt, hast du verloren. Dann spielen sie mit dir wie mit einer verflixten Marionette.«

Georg nickte zaghaft. Allmählich verstand er, worauf Peter hinauswollte, konnte sich jedoch nicht mehr daran erinnern, wie die Sache mit dem Hof der Carstens damals ausgegangen war. Auf jeden Fall war es erstaunlich, wie der ältere Bruder es geschafft hatte, sich seine Gabe zu bewahren, immer den Überblick zu behalten und Situationen messerscharf zu analysieren.

»Dieser Kerl aus Stade«, fuhr Peter fort, »der hat sich die beiden Brüder einzeln vorgenommen. Ganz unauffällig. Hat ihnen ein mittelmäßiges Angebot gemacht und sich dann erst einmal zurückgezogen. Aber nach ein paar Wochen kam er wieder. Und dieses Mal hat er jedem der beiden weisgemacht, der eine hätte jeweils hinter dem Rücken des anderen mit ihm verhandelt. Der Mann hatte Zeit, und er war vorsichtig. Hat nur hier und da ein paar Lügen erzählt und bei den Bauern der umliegenden Höfe Gerüchte gestreut. Aber seine Taktik ging voll und ganz auf: Am Ende waren die Carstens-Brüder dermaßen zerstritten, dass keiner mehr ein Wort mit dem anderen gesprochen hat. Und als sie dann auch noch den gemeinsamen Hof loswerden wollte, da wartete auf sie schon der lächelnde Fremde mit einem Angebot.«

»Ich verstehe, was du sagen willst.« Georg stieß die Luft aus. »Du denkst, dass Mayer ebenso ein Spiel mit Theresa und mir spielt.« Er gähnte schwach und rieb sich mit beiden Händen über die Augen. »Aber wenn dem so ist, dann verstehe ich die Regeln dieses Spiels nicht. Und ich habe auch keine Ahnung, wo das alles hinführen soll.«

»Das ist auch gar nicht nötig«, gab Peter zurück. »Bei den Carstens wäre es auch nicht erforderlich gewesen, jeden einzelnen Schritt des Betrugs zu verstehen. Sie hätten sich nur Folgendes fragen müssen: Was ist das Ziel dieses Kerls? Was will er?«

»Mayer will uns schaden«, entgegnete Georg sofort. »Er gibt

Theresa und mir die Schuld für seine Verhaftung damals, und deshalb will er unsere Familie zerstören.«

»Klingt richtig. Aber was wird er dafür tun?«

»Keine Ahnung!«

»Dann denk nach, Georg!«, fuhr Peter ihn an. »Streng dich an, Herrgott noch mal. Sonst gewinnt er nämlich.«

Georg biss die Zähne zusammen und ballte die Fäuste. Peter hatte recht: Wenn er Mayer ein für alle Mal zur Strecke bringen wollte, musste er dessen nächsten Schritt voraussehen. Georg atmete tief durch und fing an, die Ereignisse der vergangenen Tage und Woche zu ordnen. »Wenn er Theresa oder mich einfach nur verletzen oder umbringen wollte, dann hätte er bereits jede Gelegenheit dazu gehabt«, stellte er fest und musst dabei an die letzte Unterredung mit seiner Frau denken. »Und ich glaube auch nicht, dass er Lena etwas antun wird.«

»Das glaube ich auch nicht«, bekräftigte Peter. »Erstens denkt der selbstgefällige Mistkerl bestimmt, sie wäre seine eigene Tochter. Und zweitens ...« Er zögerte kurz und sah Georg mit gesenktem Kopf unter seinen buschigen Augenbrauen an. »Und zweitens hätte er es längst tun können, falls er es vorgehabt hätte.«

*Oh gütiger Gott*, dachte Georg. *Bitte lass das nicht zu. Alles, wirklich alles, nur das nicht!*

»Außerdem ist eure Lena eine erwachsene Frau, nicht wahr?« Peter klopfte seinem Bruder aufmunternd auf den Oberschenkel. »Bestimmt hätte sie diesem Mayer gezeigt, wo der Hammer hängt, sobald er versucht hätte, ihr auch nur ein einziges Haar zu krümmen.«

»Ja«, sagte Georg, doch es lag wenig Überzeugung in seiner Stimme. »Bestimmt.«

Peter warf einen schnellen Blick hinüber in die Werkstatt, von wo nun ein dumpfes Hämmern und Schaben zu hören war. Scheinbar war Karl dabei, die Arbeit wieder aufzunehmen, nachdem er gemerkt hatte, dass sein Vater erst einmal anderweitig beschäftigt war.

»Wer passt eigentlich auf deinen Grund und Boden auf, wenn du nicht da bist?«, fragte er dann.

»Wie?«

»Na, euer Musikhaus. Wenn ihr unterwegs seid, dann werdet ihr doch sicher jemanden haben, der ab und an nach dem Rechten sieht, oder?«

»Nein«, antwortet Georg. »Niemanden.« Und plötzlich traf ihn die Erkenntnis wie ein Hammerschlag. Der Zwischenfall bei ihrem Fest, Mayers Briefe, seine Drohungen und gemeinen Andeutungen, dieser viel zu vage Hinweis und selbst Lenas Entführung waren alle nur Zwischenschritte auf dem Weg zum wahren Ziel dieses Scheusals. »Das Musikhaus«, flüsterte er. »Darauf hatte Mayer es von Anfang an abgesehen!«

»Weil er euch damit eure Existenzgrundlage zerstört.«

»Ja.« Georg stand auf und begann wieder, gehetzt auf und ab zu gehen. Dann schüttelte er jedoch den Kopf. »Das heißt: Nein. Es ist sogar noch viel mehr. Das Musikhaus war schon vor über zwanzig Jahren Theresas Lebensinhalt, und als wir zusammenfanden, wurde es zu unserem gemeinsamen Traum. Wir haben es gemeinsam erschaffen und durch jede Notlage hindurch gehalten. Es ist unser Leben. Nicht mehr und nicht weniger.«

»Und du bist dir sicher, dass es das ist, worauf Mayer es abgesehen hat?«

»Das bin ich«, erwiderte Georg. Er blieb stehen und sah nun seinerseits durch das schmale Fenster hinaus auf die Straße, wo gerade ein junges Paar Hand in Hand vorbeispazierte. »Mayer hatte damals durch seine krummen Geschäfte wirklich Geld wie Heu. Er hat versucht, Theresa mit Schmuck, schönen Kleidern und allerlei weiteren Geschenken einzuwickeln, aber das hat nicht funktioniert, weil sie einfach ein anderes Leben wollte. Sie wollte frei sein, und ihr Herz schlug voll und ganz für die Musik. Das ist es, was uns letztlich vereint hat und was Mayer ihr nie hätte geben können.«

Peter erhob sich. »*Mich* hast du überzeugt, Bruder. Aber was wirst du jetzt tun?«

»Ich gehe nach Hause«, sagte Georg, und erstmals lag wieder Hoffnung und Zuversicht in seiner Stimme. »Wenn ich Mayer einen Schritt voraus bin, dann kann ich ihn erwischen. Und wenn ich ihn erwische, bekomme ich meine Tochter zurück.«

»Also los«, knurrte Peter. Zu Georgs Überraschung knöpfte er seine Arbeitsjacke zu und stülpte sich eine abgewetzte, braune Kappe über. »Lass uns diesem Bastard zeigen, mit wem er sich angelegt hat!«

# 33.

*Hamburg-Nord, Donnerstag, 15. Mai 1930*

Lena verschnaufte für einen Moment und ließ sich gegen das hüft-
hohe eiserne Brückengeländer sinken. Die Sonne war mittlerweile
merklich in Richtung Westen gerückt, was bedeutete, dass es ungefähr vier oder fünf Uhr am Nachmittag sein musste. Lena schätzte,
dass sie in den vergangenen drei Stunden ungefähr zwölf Kilometer
zurückgelegt hatte. Jetzt schmerzten ihre Füße, und sie hatte
schrecklichen Durst.

*Nicht anhalten*, ermahnte sie sich. *Jetzt ist keine Zeit dafür. Er
könnte sich schon auf den Weg gemacht haben, um dich einzuholen.*

So sehr sie auch versuchte, sich nur auf ihr Ziel zu konzentrieren, hatte sie doch ständig Mayers Gesicht vor Augen. Dieser stechende Blick, den er ihr zugeworfen und dabei seine Waffe auf sie
gerichtet hatte, ließ sie immer noch erschauern. Für den Bruchteil
einer Sekunde hatte sie geglaubt, er würde tatsächlich schießen, aber
dann hatte sich der Ausdruck in seinem Gesicht plötzlich verändert,
und er hatte es zugelassen, dass sie floh. Also war sie losgelaufen,
nur um dann bereits auf der schmalen, halb befestigten Straße vor
dem großen Herrenhaus innezuhalten, da sie keine Ahnung gehabt
hatte, wo sie eigentlich war. Mit nichts als der vagen Erinnerung daran, dass Mayer mit ihr in Richtung Norden gefahren war, hatte
Lena sich schließlich aufgerafft und war, der hochstehenden Mittagssonne entgegen, nach Süden gelaufen. Als sie nun die Hinden-
burgbrücke über die Alster erreichte, sah Lena sich nervös um. Lag
Mayer immer noch bewegungslos auf den Stufen der alten Steintreppe, oder hatte er sich bereits an ihre Fersen geheftet?

*Egal*, dachte sie. *Ich darf nicht an ihn denken, sondern nur daran, endlich nach Hause zu kommen. Im Musikhaus bin ich in Sicherheit.*

Sie hustete, spürte das Kratzen in der Kehle und rieb sich den linken Fuß. Da das lange Seidenkleid sie beim Laufen behinderte, hatte sie mit ein paar kräftigen Handgriffen den Saum aufgerissen und sich den Stoff um die Beine geknotet, sodass es nun aussehen musste, als trüge sie eine ziemlich seltsame weite Stoffhose, die knapp unter den Knien endete. Die unbequemen Schuhe hatte sie zurückgelassen und war auf bloßen Füßen weitergeeilt. Aus Angst vor Mayer hatte sie sich auf ihrer Flucht auf Seitenstraßen und Feldwege beschränkt, wodurch sie noch langsamer vorangekommen war.

*Komm schon*, redete sie sich selbst Mut zu, *nur noch ein kleines Stückchen. Vielleicht vier oder fünf Kilometer, dann bist du da und kannst dich endlich ausruhen.*

Der Anblick ihrer nackten Füße auf den Pflastersteinen versetzte Lena zurück in ihre Kindheit. Wie oft war sie mit ihren Eltern an der Alster entlangspaziert und hatte dabei die Flora und Fauna des Ufers für sich entdeckt. Mehr als einmal war sie voller Freude schnurstracks ins kühle Wasser gewatet, sodass ihr Vater hatte hinzueilen müssen, um Schlimmeres zu verhindern.

*Mein Vater*, dachte Lena. *Jedenfalls der Mann, den ich all die Jahre dafür gehalten habe. Was ist, wenn …*

Sie schüttelte diesen düsteren Gedanken schnell ab und massierte mit den Fingerspitzen ihre angespannte Wadenmuskulatur. Für solche Überlegungen wäre später noch genug Zeit. Dann würde sie sich in Ruhe mit ihrer Mutter zusammensetzen und sich die Geschehnisse in den Jahren 1909 und 1910 im Detail berichten lassen. Jetzt, in diesem Moment, zählte nur, dass sie möglichst bald das Musikhaus erreichte, wo ihre Eltern sie hoffentlich erwarten würden. Höchstwahrscheinlich wussten die beiden noch nicht, dass Franz Mayer am Leben war und sich unter einem falschen Namen in Hamburg herumtrieb. Oder ahnten sie es vielleicht doch?

Mit einem Mal musste Lena an Harry denken. Er hatte Mayer, alias Siegfried Berger, sofort durchschaut. Warum hatte sie nicht auf seine Warnungen hören können und war mit ihm zurück nach London gegangen, als er sie darum gebeten hatte? Sobald sie ihre Augen schloss, sah sie sein Gesicht vor sich. Was hatte er ihr wohl sagen wollen, als sie sich im Garten des Musikhauses voneinander verabschiedet hatten? Und dann dieses Glitzern in seinen Augen … In ihrem Herzen wusste Lena seit diesem Moment, dass zwischen ihnen mehr war als eine platonische Freundschaft. Schon in London hatte sie immer wieder bemerkt, dass Harry es darauf anlegte, so oft wie möglich in ihrer Nähe zu sein, selbst wenn sich der Rest der Band gerade eigenen Projekten widmete oder eine kreative Pause einlegte. Natürlich hatte er sie auch deshalb nach Hamburg begleiten wollen, um einmal in die Nähe seiner familiären Wurzeln in Norddeutschland zu kommen. Aber dennoch war Lena von Anfang an bewusst gewesen, dass da noch mehr war, und jetzt, wo sie die vergangenen Tage vor ihrem geistigen Auge vorbeiziehen ließ, war es auf einmal sonnenklar. Die Art, wie Harry lächelte, wann immer sie miteinander sprachen, wie er ihr stets seine volle Aufmerksamkeit widmete, auch wenn er eigentlich andere Sorgen hatte. Und eben dieser Blick.

Lena fuhr heftig zusammen, als sie plötzlich den Motor eines Automobils hörte. Doch als sie hinübersah, war es nur ein kleiner Lastkraftwagen, der sich langsam in Bewegung setzte. Sie stieß sich von dem Brückengeländer ab und sah über die Alster hinweg Richtung Süden. Wenn sie sich beeilte, könnte sie in einer Stunde da sein. Und jeder Schritt, jeder Meter, den sie zurücklegte, brachte sie weiter weg von Franz Mayer und näher zu dem rettenden Hafen – ihrem Elternhaus.

*Los jetzt*, spornte Lena sich im Stillen an, *dieses letzte Stück schaffst du auch noch. Und dann hat der Albtraum hoffentlich bald ein Ende.*

# 34.

»Entschuldigen Sie bitte …«, setzte Harry an, doch der grauhaarige, dickliche Mann war bereits an ihm vorbeigegangen, ohne ihn eines Blickes zu würdigen.

*Typisch*, dachte Harry, *je nobler das Hotel, desto weniger Manieren legen die Gäste an den Tag.*

Auf seiner Suche nach Lenas Entführer und der Route, die dieser genommen haben könnte, war Harry mittlerweile an einem beeindruckenden Bau angelangt, dessen breite, strahlend weiße Fassade direkt am südlichen Teil der Außenalster entlang verlief. Das Eckgebäude, das nur einen Steinwurf vom Ufer entfernt lag, war prächtig mit Blumen und allerlei bunten Fahnen geschmückt, welche die zahlreichen internationalen Gäste willkommen hießen. Harry räusperte sich, rückte den Kragen seines Hemdes gerade und seufzte leise. Er hatte sicher schon über fünfzig Leute angesprochen, seit er vor ein paar Stunden aus dem Musikhaus geeilt war. Und niemand hatte ihm auch nur das geringste bisschen weitergeholfen. Manche ignorierten ihn schlicht oder warfen ihm argwöhnische Blicke zu, weil sie vermutlich glaubten, er würde ihnen irgendetwas verkaufen oder eine Spende abschwatzen wollen. Andere waren zwar freundlich oder sogar gleich überschwänglich gesprächsbereit, verwickelten ihn dann jedoch in sinnlose Tiraden über das Wetter, die Politik oder den neuesten Unsinn, den sie in der Zeitung gelesen hatte. Und mit jedem Mal, bei dem Harry wieder enttäuscht weiterzog, schwand seine Hoffnung, Lena zu finden. Doch jedes Mal schaffte er es zugleich wieder, sich selbst anzutreiben. Was blieb ihm auch anderes übrig? Er konnte entweder unermüdlich weitermachen und dabei schlicht auf das Glück des Zufalls hoffen oder sich wie ein Häufchen Elend an den Straßenrand setzen und aufgeben. Und Harry war kein

Mann, der einfach so aufgab. Nein, er würde Lena wiedersehen, und wenn es ihn den Rest seines Lebens kostete. Dabei zweifelte er keine Sekunde daran, dass sie dasselbe für ihn getan hätte, wenn es jemals nötig gewesen wäre.

»Na dann, los jetzt«, sagte Harry ganz leise zu sich selbst und sprach den nächsten Passanten an, einen großen, etwas schlaksigen Herrn mit akkurat gestutztem Schnauzbart und Halbglatze. »Guten Tag. Hätten Sie wohl einen Moment Zeit? Ich bin auf der Suche nach jemandem, und vielleicht können Sie mir weiterhelfen.«

Der Mann blieb stehen und sah Harry durch seine dicken Brillengläser an, wobei sich winzige Fältchen um seine Mundwinkel bildeten. Er trug einen eleganten dreiteiligen Anzug und eine goldene Armbanduhr, die äußerst kostspielig aussah. »Das denke ich nicht, junger Mann, *sorry*. Ich kenne in dieser Stadt nämlich so gut wie niemanden.«

»*Please*«, bat Harry und wechselte in seine Muttersprache. »*Just one minute.*«

»*All right*«, antwortete der geschmackvoll gekleidete Brite und warf einen schnellen Blick auf seine Uhr. »*One minute.*«

*Eine Minute*, dachte Harry, *na gut, dann eben die Kurzfassung.* So schnell er konnte, umriss er die Situation, ohne auf konkrete Details einzugehen. Scheinbar beeilte Harry sich dabei genug, denn bevor der Fremde erneut auf seine Uhr sehen konnte, hatte er diesem klargemacht, dass eine junge Frau entführt worden war und dass der Täter am besten an dessen silberner Luxuskarosse zu erkennen war, in der dieser durch die Stadt gefahren sein musste.

»Verstehe«, sagte der ältere Mann. »*I'm really sorry, my friend.* Wenn ich könnte, würde ich Ihnen gern helfen, glauben Sie mir, aber ich habe keinen solchen Wagen gesehen.«

»Sind Sie sich ganz sicher?«, bohrte Harry nach. Mit den feinen Gesichtszügen und großen, wachsamen Augen kam ihm sein Gegenüber wie jemand vor, der einen scharfen Verstand und eine gute Beobachtungsgabe besaß.

»*Absolutely*«, bekräftigte der ältere Herr. »Leider. Wenn Sie mich nun also entschuldigen wollen, es wird höchste Zeit, dass ich …« Plötzlich hielt er mitten im Satz inne und rückte mit dem ausgestreckten Zeigefinger seiner linken Hand seine breite Hornbrille zurecht, während er über Harrys rechte Schulter hinwegsah. »Meinen Sie vielleicht so einen Wagen, mein junger Freund?«

Harry schnellte herum, und sein Blick folgte dem Zeigefinger des Mannes, der nun in Richtung der Kreuzung deutete, die ungefähr zwanzig Schritte hinter ihm lag. Dort warteten gerade mehrere Automobile darauf, sich in den Verkehr auf der langen, geraden Uferstraße einzureihen. Eines davon war tatsächlich von außergewöhnlich ausladender und prächtiger Bauweise, und seine Motorhaube glitzerte im Licht der langsam sinkenden Sonne. Hinter dem Steuer des Fahrzeugs saß ein etwas rundlicher Mann, von dem nicht mehr zu sehen war als ein breitkrempiger Hut und eine Sonnenbrille.

»Nun?«, fragte der hilfsbereite Brite erwartungsvoll, doch Harry setzte sich in diesem Moment schon in Bewegung.

*Dieser Wagen, schoss es ihm durch den Kopf. Er sieht exakt so aus, wie der Hotelangestellte ihn beschrieben hat. Sicher kein gewöhnliches Modell, sondern eher selten. Und dann noch die Sonnenbrille ...*

Als Harry ungefähr die halbe Strecke bis zur Kreuzung zurückgelegt hatte, setzten sich sämtliche Fahrzeuge mit einem Mal in Bewegung. Die silberne Karosse, die sich ganz vorne auf ihrer Spur befand, fuhr zügig an.

»Berger!«, schrie Harry aus voller Lunge. Warum, das wusste er selbst in diesem Moment nicht so genau. Vielleicht wollte er prüfen, ob es sich bei dem Fahrer des Wagens um denjenigen handelte, den er vermutete. Vielleicht wollte er jedoch auch schlicht dem plötzlich aufkeimenden Zorn und der daraus resultierenden Anspannung Luft machen. Schließlich war Berger mit großer Wahrscheinlichkeit derjenige, der ihm Lena genommen hatte. Aber weshalb sollte er dann ohne die junge Frau unterwegs sein? Harry hatte in seiner hitzigen Aufregung keine passende Antwort auf diese Frage.

»Berger!«, brüllte er stattdessen nochmals. »Bleib stehen.«

Harry sprintete mittlerweile und war nur noch ungefähr fünf Schritte von dem wegfahrenden Wagen entfernt. Geradeso, als ob für einen winzigen Moment die Welt in Zeitlupe vor ihm ablaufen würde, nahm er wahr, wie dessen Fahrer den Kopf zur Seite drehte und ihm sein Gesicht zuwandte. Er nickte kaum merklich und auf seinen Lippen lag ein leichtes, aber dennoch geradezu teuflisches Lächeln. Dann war der Moment vorbei, und Harry stand atemlos am Straßenrand, während das silberne Luxusvehikel mit dröhnendem Motor in Richtung Nordosten verschwand. Ein paar Sekunden lang fühlte sich Harry wie versteinert, absolut unfähig, auch nur die geringste Bewegung zu machen.

»Bloody hell«, stieß er zwischen den zusammengebissenen Zähnen hervor. »Dieser verfluchte Schweinehund!«

So schnell, wie sich die ganze, höchst verwirrende Situation abgespielt hatte, war es unmöglich zu sagen, ob er gerade wirklich Siegfried Berger gesehen hatte. Ganz sicher war der angebliche Musikproduzent nicht der einzige Mann in dieser großen Stadt, der einen silbernen Wagen und eine Sonnenbrille besaß. Dennoch war da dieser Augenblick gewesen, indem Harry einen Ausdruck des Wiedererkennens in dem breiten, faltigen Gesicht erahnt zu haben glaubte. Das diabolische Grinsen, das darauf gefolgt war, verursachte ihm immer noch Gänsehaut. Harry atmete tief durch und sah die Außenalster hinauf auf die sich nach Westen biegende Uferpromenade von Uhlenhorst, die bezeichnenderweise *Schöne Aussicht* genannt wurde.

*Wer auch immer in diesem Auto sitzt*, dachte er, *und was auch immer dieser Jemand vorhat, er hält jedenfalls ziemlich genau auf das Musikhaus an der Alster zu.*

Das waren für Harrys Geschmack zu viele Zufälle auf einmal. Ohne auch nur eine weitere Sekunde zu zögern, rannte er los in Richtung Uhlenhorst.

# 35.

Seit Stunden schon wälzte sich Theresa unruhig in ihrem Bett hin und her. Das Fieber war gesunken, und auch die Schwindelgefühle waren zurückgegangen. Dennoch kam ihr der Zustand, in dem sie sich nun befand, vor wie eine Art Fegefeuer: Sie war zu nervös und aufgewühlt, um schlafen zu können, gleichzeitig jedoch noch zu geschwächt, um aufzustehen und etwas Sinnvolles zu tun. Anhand der langen Schatten, die mittlerweile über den weißen Stoff ihrer Bettwäsche krochen, schätzte Theresa, dass es später Nachmittag sein musste. Wo Georg wohl sein mochte? Hatte er es vielleicht doch geschafft, Mayers seltsamen Hinweis zu entschlüsseln und zu Lena zu gelangen?

Mit schwerem Herzen dachte Theresa daran, wie er und sie auseinandergegangen waren. Die Enthüllung des Geheimnisses, das sie seit ihrer Zeit in Berlin mit sich herumtrug, war sogar für sie selbst überraschend gekommen. Und natürlich war zu erwarten gewesen, dass Georg geschockt sein würde, traurig, ja auch mit Recht wütend. Aber dennoch saß der Schmerz über seine abweisende, geradezu zynische Reaktion immer noch tief, wie ein Stachel, der sich in ihr Innerstes gebohrt hatte und nun für immer dort festsitzen würde.

Ein leises Klappern ließ sie aufhorchen. Es hörte sich an, als würde sich draußen vor dem Haus etwas bewegen. Vorsichtig rollte sie sich auf den Rücken, stützte sich auf die Ellbogen, reckte den Kopf vor und sah aus dem Fenster. In der Entfernung konnte sie erkennen, wie sich einige Baumwipfel vor dem Hintergrund des strahlend blauen Himmels sacht hin und her wiegten. Sicher war das, was sie gehört hatte, nur der Wind. In und an diesem alten Haus sowie dem dazugehörigen Grundstück gab es vieles, was locker, lose oder sogar schon halb verfallen war.

Mit einem Mal wurde Theresa bewusst, dass sie mutterseelenallein war. So sehr sie es auch versuchte, sie konnte sich nicht daran erinnern, dass sie in den letzten beiden Jahrzehnten jemals allein in ihrem Zuhause gewesen war. Im Musikhaus an der Alster waren das ganze Jahr über Kunden, Gäste und Freunde ein und aus gegangen. So war es schon seit Lenas Geburt gewesen, und selbst während des Weltkriegs hatten die Türen für die Nachbarschaft immer offen gestanden.

Doch dies war eine andere Zeit. Theresa war älter geworden, ihre Tochter war mittlerweile erwachsen und hatte vor, ihrer Karriere in England nachzugehen. Vielleicht würde sie sich in absehbarer Zukunft ganz dort niederlassen und selbst eine Familie gründen. Und Georg? Theresa schloss die müden Augen und atmete langsam aus, während sie ihre Fingerkuppen in der Daunendecke vergrub. Es war unmöglich zu sagen, wie es zwischen Georg und ihr weitergehen würde. Würde er zu ihr zurückkommen, bereit dazu, endlich offen und ehrlich über die Vergangenheit zu sprechen, oder hatte er bereits mit ihrer Ehe abgeschlossen und wurde nur noch von dem schieren Willen angetrieben, Lena zu finden und seinen Zorn dann an Franz Mayer auszulassen?

Theresa hörte nochmals ein Klappern, dieses Mal jedoch gefolgt von etwas, was wie dumpfe, pochende Schläge klang. Letztere übertrugen ein schwaches, aber dennoch deutlich spürbares Vibrieren über die Wände des Hauses. Das war sicherlich nicht der Wind.

Ein Schauder überlief sie, und sie hüllte sich enger in die schwere Bettdecke, während sie sich zur Tür des Schlafzimmers umwandte. Ohne es zu merken, hielt sie die Luft an und lauschte angestrengt auf jedes noch so kleine Geräusch, das zu ihr drang. Für den Moment war es wieder still, aber Theresas Herzschlag war zu einem lauten Pochen angewachsen. Sie spürte, wie sich die feinen Härchen in ihrem Nacken aufstellten. Was hätte sie in diesem Moment darum gegeben, Georg an ihrer Seite zu wissen oder zumindest Harry vor ihrer Tür!

Wieder dieses Pochen, gefolgt von einem energischen Rütteln, bei dem Metall auf Metall traf. Theresa senkte den Kopf und lauschte angestrengt, um die Quelle des Lärms auszumachen. Er kam von draußen, und das Vibrieren, das jedem Schlag folgte, zog sich von unten entlang der Wände hinauf. Für Theresa, die das Haus bis auf den letzten Stein und den kleinsten Balken kannte, ließ das nur einen einzigen Schluss zu: Jemand machte sie an der schweren Kellertür an der Südseite zu schaffen, die in den unterirdischen Teil des Gebäudes führte.

Theresa schluckte und räusperte sich. Ihr Rücken war von dem ganzen Herumliegen steif und unbeweglich geworden, und sie spürte, dass die Erkältung ihr immer noch in den Lungen und in den Knochen saß. *Egal, dachte sie, es hilft alles nichts. Wenn tatsächlich jemand dabei ist, in mein Zuhause einzubrechen, dann werde ich währenddessen sicherlich nicht im Bett bleiben und nichts tun.*

Ihr Instinkt warnte sie vor einer drohenden Gefahr, und sie überlegte fieberhaft, was sie tun sollte. Plötzlich kam ihr die Pistole in Georgs Schreibtisch in den Sinn. In der untersten Schublade lag, so weit wie möglich nach hinten geschoben und in Wachspapier eingeschlagen, die alte Pistole, die ihm einer seiner Kunden vor vielen Jahren geschenkt hatte. Georg, der ebenso wie Theresa rein gar nichts für Waffen übrig hatte, war schon drauf und dran gewesen, das Geschenk bei Nacht und Nebel in die Alster zu werfen, hatte sich dann im letzten Moment jedoch dagegen entschieden. Das war Anfang der Zwanzigerjahre gewesen, einer turbulenten und unsicheren Zeit, und Georg hatte gedacht, es könnte nicht schaden, für das Äußerste gewappnet zu sein, selbst wenn es hoffentlich niemals dazu käme. Eine Hoffnung, die in Theresas Gedanken mit jedem Rütteln und Pochen und Klopfen an der massiven Kellertür schwächer wurde.

Mittlerweile hatte sie sich aufgesetzt. Und obwohl sie immer noch einen deutlichen Schwindel verspürte, ließ sie sich vorsichtig nach unten gleiten und stellte ihre nackten Füße auf den kühlen, rauen Holzboden auf. Theresa presste die Lippen aufeinander, atmete tief durch die Nase ein und stand auf, bevor sie sich langsam, aber mit festen Schritten in Richtung Tür aufmachte. Das Gefühl, das nun ihren Körper durchströmte, kannte sie noch aus ihrer Zeit nach dem tödlichen Unfall ihres Verlobten Jakob, in der sie sich tagtäglich physischen und psychischen Bedrohungen gegenübergesehen hatte. Es war eine innere Kraft, die sie antrieb. Eine Kraft, die sich aus purer Verzweiflung speiste. Und wer sich ihr in den Weg stellte, würde auf der Hut sein müssen.

# 36.

Als Lena endlich das Musikhaus erreichte, fühlte sich jeder Schritt an, als würde jemand tausend winzige Nadeln in die Rückseite ihrer schlanken Waden stoßen. An den Ballen ihrer schmutzigen Füße hatten sich Blasen gebildet. Der Durst war inzwischen schier unerträglich und ließ, zusammen mit der Erschöpfung, bunte Flecken vor ihren Augen tanzten. Doch das alles war Lena in diesem Moment egal. Sie hatte es bis nach Hause geschafft! Zu guter Letzt war sie an ihrem Zufluchtsort angekommen und würde bei ihren Eltern Schutz suchen können.

Mit letzter Kraft raffte sie die zerrissenen Fetzen ihres Rocks noch einmal zusammen und knotete sie jeweils an ihren Oberschenkeln, direkt oberhalb des Knies fest. Wenn ihre Mutter sie gleich so sehen würde, würde sie wahrscheinlich erst einmal über ihre völlig verlotterte Aufmachung schimpfen. Mit dem Gedanken an die freudigen Gesichter ihrer Eltern und an das Gefühl, die beiden schon bald endlich wieder in ihre Arme schließen zu können, beschleunigte Lena ihre Schritte über den erdigen Uferpfad. Sobald sie erst einmal einen ganzen Krug voll Wasser heruntergestürzt hätte, würde sie die beiden auf den neusten Stand bringen, was Siegfried Berger alias Franz Mayer anging. Und dann würde sie sich ein ausgiebiges Bad gönnen … Mittlerweile hatte sie das Gefühl, dass der Staub der Straßen und Feldwege in jeder Pore ihrer von der Sonne geröteten Haut festsaß.

Als sie auf ungefähr vierzig oder fünfzig Schritte an das Musikhaus herangekommen war, hielt sie plötzlich inne und runzelte die Stirn. Die schwere, mit metallenen Beschlägen verstärkte Eichenholztür des Kellers stand weit offen. Seit Lena denken konnte, war diese Tür noch niemals geöffnet gewesen, da ihre Eltern den Keller ohnehin nur als Abstellraum für allerlei Gerümpel nutzten und man diesen auch von innen durch das Erdgeschoss betreten konnte, falls man es wollte.

Lena wusste selbst nicht, was sie in diesem Moment dazu bewog, aber beim Anblick der Tür bog sie nach links ab und überquerte die leicht ansteigende grüne Wiese, die sie auf dem direkten Weg in deren Richtung führte. Sie befühlte das massive Türblatt und nahm dessen stabilen Rahmen genau in Augenschein. Die feinen Holzsplitter, die auf dem Boden verstreut lagen, verrieten ihr, dass die Tür mit Gewalt aufgebrochen worden war. Entsprechend verbogen war das alte, eiserne Türschloss, das aller Wahrscheinlichkeit nach mit einer Art Stemmeisen aufgehebelt worden war. Langsam und mit zögerlichen Schritten betrat Lena den kleinen länglichen Vorraum, an dessen Stirnseite eine weitere Tür in das eigentliche Kellergewölbe hinunterführte. Sofort spürte sie, wie die Temperatur abfiel, während sie in die kühle, feuchte Luft zwischen den dicken Mauern eintauchte.

Das gedämpfte Licht, das durch ein paar schmale Schlitze in den Wänden hereinfiel, war eine Wohltat für Lenas geschundenen Körper und ihren überreizten Geist.

»Papa?«, rief sie, nachdem sie die Tür einen Spalt breit geöffnet hatte. »Bist du da?«

Doch aus dem dunklen, nach Feuchtigkeit und altem Holz riechenden Gewölbe drang keine Antwort zu ihr herauf. Lena spürte, wie sich eine Gänsehaut auf ihren Unterarmen bildete. Auch wenn sie im Moment noch nicht sagen konnte, was es war, irgendetwas stimmte hier nicht. Dennoch, ihr Antrieb, der Sache sofort auf den Grund zu gehen, überwog bei Weitem sämtliche Bedenken. Schließlich kannte sie das Haus seit frühester Kindheit.

»Hallo?«, rief sie in die Dunkelheit und ging weiter, während jede Stufe der uralten Holztreppe unter ihren Schritten knarrte. »Mama, bist du hier unten? Oder sonst jemand?«

Immer noch keine Antwort. Bis auf die Geräusche, die sie selbst verursachte, war Lena von absoluter Stille umgeben. Als sie näher kam und ihre Augen sich langsam an das fehlende Licht gewöhnt hatten, sah sie, dass auch die Tür geöffnet war, die hinter einem schmalen, niedrigen Flur über eine steinerne Wendeltreppe hinauf ins Erdgeschoss des Musikhauses führte. Zielstrebig bahnte sie sich zwischen dem Gerümpel den Weg darauf zu. Ungefähr in der Mitte des Raums angelangt, hörte Lena ein leises, aber hektisches Knistern, und als sie instinktiv einen Schritt zur Seite tat, legte sich eine eisige Hand auf ihren nackten, rechten Oberarm. Fast hätte sie laut aufgeschrien, konnte sich aber gerade noch beherrschen, sodass ihr lediglich ein ersticktes Keuchen entfuhr. Ihr Herz schlug so schnell, dass ihre Knie für einen Moment weich wurden. Nach einigen Schrecksekunden stellte sie jedoch erleichtert fest, dass das Knistern lediglich von einer kleinen Maus verursacht worden war, die nun aufgebracht piepsend das Weite suchte, und die kalte Hand war keine Hand, sondern der Ärmel eines alten Ledermantels, den Lena gestreift hatte. Beruhigt setzte sie ihren Weg in Richtung der Tür fort, um in das Musikhaus zu gelangen.

*Meine Güte*, schoss es ihr durch den Kopf, *es wird höchste Zeit, in diesem alten Kasten mal ordentlich aufzuräumen. Ich frage mich, wann Mama und Papa wohl das letzte Mal hier unten waren.*

Mit diesem Gedanken kam Lena am gegenüberliegenden Ende des düsteren Gewölbes an. Doch gerade, als sie ihre immer noch leicht zitternden Finger auf die Türklinke legte, überkam sie plötzlich das Gefühl, nicht allein zu sein, und sie drehte sich halb in Richtung des offenen Raumes um.

*Immer mit der Ruhe*, ermahnte sie sich selbst, *du hast es so weit geschafft, da wirst du auf den letzten Metern ja wohl nicht noch kalte Füße kriegen.*

Gleich würde sie auf ihre Eltern treffen, die für dieses ganze Durcheinander sicher eine plausible Erklärung hätten. Just in dem Moment, als sie sich wieder in Richtung der Tür drehte und diese noch ein Stück weiter aufdrückte, nahm sie aus dem Augenwinkel auf einmal ein helles Leuchten wahr, das mit einem plötzlichen Schwall von Wärme einherging, der auf ihre kühlen Wangen traf. Erschrocken fuhr Lena herum und brauchte erneut einen Moment, bis sich ihre Augen an die geänderten Lichtverhältnisse angepasst hatten. Dann stockte ihr der Atem.

Dort, im Schein einer Pechfackel, die er in Händen hielt, stand

Franz Mayer. Das flackernde Licht, das sein Gesicht von unten anleuchtete, verlieh seinem triumphierenden Lächeln etwas durch und durch Infernalisches.

»Hallo, Lena«, raunte er und zündete sich eine dicke Zigarre an der gelb und orange züngelnden Flamme vor ihm an. »Verzeih mir, dass ich so einfach hereinplatze, aber deine liebe Mutter hat wohl vergessen, mich zu eurem kleinen Familientreffen einzuladen.«

# 37.

Als Theresa die Treppe hinunterstieg, war sie selbst überrascht, wie standfest sie sich mittlerweile wieder fühlte. Was eine ordentliche Portion Angst und Entschlossenheit nicht alles im menschlichen Körper auslösen konnten. Der Lärm, den sie von ihrem Schlafzimmer im Obergeschoss aus gehört hatte, war seit einiger Zeit verstummt, sodass wieder völlige Stille herrschte. Theresa traute dieser trügerischen Ruhe keine Sekunde lang. Irgendjemand hatte versucht, sich Zugang zum Keller des Gebäudes zu verschaffen, und wenn die Tatsache, dass es nun keine weiteren Angriffe auf die Tür gab, ihr eines verriet, dann, dass der Eindringling sein Ziel mit hoher Wahrscheinlichkeit erreicht hatte. Zügig, aber mit wachsamen Augen und Ohren wandte sich Theresa im Erdgeschoss nach links, wo eine weitere Treppe hinab in die Gewölbe unter dem alten Anwesen führte. Als sie einen Blick in den großen Wandspiegel warf, an dem sie gerade vorbeikam, hätte sie fast loslachen müssen, so absurd war das Bild, das ihr entgegenblickte. Eine zierliche Frau mittleren Alters, bleich und mit wild in alle Richtungen abstehender Sturmfrisur, die mit nichts als einem Nachthemd und einem kirschroten Bademantel bekleidet war, aus dessen seitlicher Tasche der Griff einer Pistole lugte.

*So weit ist es also schon mit mir gekommen*, dachte Theresa und rang sich ein mattes Lächeln ab. *Na, Gott sei Dank müssen meine stolzen Eltern nicht mehr miterleben, was aus der piekfeinen Gräfin von Eiben geworden ist, sonst würden sie sicher spätestens jetzt vor Schreck tot umfallen.*

Mittlerweile war Theresa an der obersten Stufe der Kellertreppe angelangt und lauschte nochmals angestrengt, während sie den Atem anhielt. Nichts. Kein Geräusch, außer dem Pochen ihres eigenen Pulsschlags in ihrem Kopf. Sie schloss für einen Moment die Augen und ließ zu, dass sich ihre Finger vor Anspannung um den Griff der Waffe in ihrer Tasche verkrampften. Sollte sie wirklich hinuntersteigen? Wäre es nicht klüger, das Haus zu verlassen und Hilfe zu holen, solange sie es noch konnte?

*Nein*, entschied ihre innere Stimme, *auf keinen Fall.*

Das Musikhaus an der Alster gehörte fast ebenso zur Familie wie Georg, Lena oder sie selbst. Ihr halbes Leben hatte sich hier abgespielt. Zwischen diesen Mauern, unter diesem Dach hatte ihr Ehemann um ihre Hand angehalten. Hier waren sie zu einer Familie geworden und hatten Tausende gute sowie Tausende schlechte Tage erlebt. Sogar dem Weltkrieg sowie den zahllosen Krisen und Unruhen, die darauf gefolgt waren, hatten sie getrotzt, während sie in diesem Haus gelebt hatten. Wie ein Kapitän, der selbst im Auge des Sturms noch am Deck seines Schiffes bleibt, fühlte Theresa, dass sie ihren Posten nicht räumen durfte. Im Gegenteil, sie musste die Initiative ergreifen und den Feind stellen, bevor er sie stellte.

Mit etwas mehr Zuversicht, aber dennoch die Hand stetig auf dem beruhigend kühlen Metall der Waffe ruhend, erreichte sie den Fuß der Treppe und drückte die schwergängige Eisentür, die in den dahinterliegenden Flur führte, ein Stück weit auf. Gerade, als sie hindurchtreten wollte, hielt sie plötzlich wie versteinert inne und spitzte die Ohren.

Der schmale Korridor lang in völliger Dunkelheit, doch sie hätte schwören können, für einen Moment Stimmen vernommen zu haben. Würde sie es etwa gleich mit mehreren ungebetenen Besuchern zu tun bekommen? Theresa spähte vorsichtig um die Ecke. Am anderen Ende des Flurs drang ein schwacher, leicht flackernder Lichtschein durch die halb geöffnete Tür. Nun bestand also kein Zweifel mehr: Sie war nicht allein im Haus! Während ihre Gedanken zu rasen begannen, dachte Theresa daran, dass Georg ihr einmal gezeigt hatte, wie man die Pistole abfeuerte. Sie erinnerte sich an einen gewaltigen Knall und einen Rückschlag, der ihr noch Tage später pochende Schmerzen in den Handgelenken und Schultern verursacht hatte. Danach hatte sie beschlossen, dieses teuflische Ding nie wieder anzufassen und sich auch daran gehalten. Bis jetzt.

Wieder vernahm sie die Stimmen. Es klang fast so, als würden sich ein Mann und eine Frau streiten. Was sie sagten, konnte Theresa jedoch nicht verstehen. Ganz langsam und vorsichtig, um ja kein Geräusch zu verursachen, machte sie einige Schritte vorwärts. Konnte es wirklich sein, dass sich eine Frau unter den Eindringlingen befand, oder hatte sie sich vielleicht doch verhört?

»Finger weg. Lassen Sie mich sofort los!«

Dieses Mal hatte Theresa es deutlich gehört und mehr noch, zu ihrem Schrecken erkannte sie auch die Stimme, die schwach von den kahlen Wänden des Kellers widerhallte: Lena! War es denn möglich, dass ihre Tochter hier war, oder spielten Theresas vom Fieber geschwächte Sinne ihr einen grausamen Streich?

»Aua. Nein. Was fällt Ihnen ein, Sie Unmensch!«

Wieder war da diese Stimme, und sie klang zunehmend verzweifelter. Nein, dies war keine Illusion, sondern Helena befand sich ganz offensichtlich in höchster Not. Ohne zu zögern zog Theresa die Pistole hervor und umklammerte diese fest. Dann machte sie einen Schritt nach vorne und versetzte der Tür vor ihr einen harten Tritt, der diese vollständig aufschwingen ließ. Vier große Augen starrten sie aus dem dahinterliegenden Raum, der von einer an der Wand befestigten Fackel ausgeleuchtet war, ungläubig an.

»Mama!«, rief Lena und versuchte, sich mit einer heftigen Bewegung aus dem Griff des Mannes zu winden, der sie von hinten umklammerte.

»Lena«, stieß Theresa hervor. »Gott sei Dank. Du lebst.«

»Meine liebe Theresa!« Beim Klang der Stimme zuckte sie heftig zusammen. Einer Stimme, die sie schon seit mehr als zwanzig Jahren nicht mehr gehört hatte und von der sie bis vor kaum mehr als einem Tag noch fest geglaubt hatte, sie sei schon vor langer Zeit durch das Fallbeil des Henkers für immer zum Schweigen gebracht worden. »Wie schön, dass ich dich endlich wiedersehe!«

Unsicher trat Theresa einen Schritt zurück und ließ die Waffe in ihrer Hand sinken. »Lassen Sie meine Tochter los, und verschwinden Sie von hier. Sofort.«

»Na, hoppla«, sagte der Mann hinter Lena und ließ ein raues, eiskaltes Lachen hören, das von den dicken Mauern des Kellergewölbes zurückgeworfen wurde. »Warum denn gleich so förmlich? Behandelt man so eine verflossene Liebe?«

*Liebe?* Theresa sah vor ihrem inneren Auge das Bild des jungen Franz Mayer. Des Mannes, der sich mit nichts als den schlechtesten Absichten in ihr Leben gedrängt und zuvor, wie sie später erfuhr, sogar ihren Verlobten ermordet hatte. *Ich habe dich keine Sekunde lang geliebt*, wollte sie ihm entgegenschreien. *Und ich hätte es auch niemals gekonnt, so wie du mich behandelt hast.* Doch sie kam nicht dazu, da Mayer hinter Lena hervor und ins Licht trat. Theresa schluckte und spürte, wie ihr Hals sich zuzog. So gut wie alles an ihm hatte sich verändert: Dort wo einst, dichtes blondes Haar gewesen war, spiegelte sich nun der Schein der Fackel in einer sonnengebräunten Glatze. Die einst so frischen, vor Energie strotzenden Züge waren einem verhärmten, harten Gesicht gewichen, durch das sich von der Stirn bis hinunter zum eingefallenen Kinn tiefe Furchen zogen. Außerdem hatte er stark zugenommen. Anhand seines jetzigen Erscheinungsbildes war es kaum zu glauben, dass er nur einige Jahre älter war als sie selbst und demnach ungefähr Mitte vierzig. Nun verstand sie auch, warum Harry ihn als deutlich reiferen Herrn eingeschätzt hatte. Einzig und allein ein Merkmal war von Franz Mayers früherer Erscheinung übrig geblieben, und dieses war ebenso unverkennbar wie Furcht einflößend: seine eisblauen Augen, die Theresa durchbohrten.

»Raus aus meinem Haus«, knurrte sie und hob die Waffe ein Stück weit an. »Ich sage es nicht noch einmal.«

»Oha«, gab Mayer in betont jovialem Ton zurück. »Kratzbürstig wie eh und je, was? Ich dachte, du wärst mit den Jahren etwas milder geworden, Theresa. Aber nein, das Feuer brennt unverändert. Gefällt mir.« Er kam ein kleines Stück auf sie zu und stieß Lena mit einer beiläufigen Handbewegung in Richtung eines verschlissenen Sofas, das hinter ihm stand. Theresa bemerkte, dass er mit einem Bein deutlich humpelte. »Unsere Tochter kommt da auch ganz nach dir.«

»Sie ist nicht *unsere* Tochter«, zischte Theresa. An dem Funkeln in Mayers Augen konnte sie erkennen, dass er es bewusst darauf anlegte, sie zu provozieren, um sie zu einer unüberlegten Handlung zu verleiten. »Mit Ihnen hat Lena nichts zu schaffen, und das wissen Sie genauso gut wie ich.«

»Und Georg? Weiß er das auch?« Mayer grinste und enthüllte dabei seine etwas schiefen, aber erstaunlich gepflegten Zähne. Spielerisch legte er sich einen Finger an die Lippen. »Aber nein. Natürlich nicht. Der gehörnte Ehemann ist ja immer der Letzte, der es erfährt. Gerade darin liegt schließlich die Komik, nicht wahr?«

Theresa biss sich auf die Zunge. Mayer durfte einfach nicht merken, wie sehr seine Worte sie verletzten und gleichzeitig rasend wütend machten. Wie konnte er es nur wagen, so mit ihr zu reden … und das auch noch vor Lena? Sie warf einen schnellen Blick in Richtung ihrer Tochter und sah, dass diese wie angewurzelt dastand und nervös zwischen Mayer und ihrer Mutter hin- und herblickte.

»Leg doch einfach mal dieses schreckliche Ding weg, und wir reden wie zivilisierte Menschen miteinander«, schlug Mayer vor. »Was hältst du davon, Theresa?«

»Nein«, gab sie mit einem heftigen Kopfschütteln zurück. Trotz der eher unvorteilhaften Lichtverhältnisse hatte sie längst bemerkt, dass Mayer selbst eine Schusswaffe bei sich trug, die hinten in seinem Hosenbund steckte. »Auf keinen Fall.«

»Na gut«, gab er sich scheinbar geschlagen und zuckte mit den Schultern. Dann zog er jedoch blitzschnell die Pistole und richtete diese in einer flüssigen Bewegung auf Theresa. »Dann solltest du jetzt wenigstens den Anstand haben, unserer Tochter zu erklären, wie die Geschichte damals wirklich abgelaufen ist.«

Theresa biss sich so fest auf die Innenseite ihrer Wange, dass sie den metallischen Geschmack von Blut wahrnahm. Sie würde ihre Frustration und ihren Zorn nicht länger unterdrücken können. Wenn Mayer die Wahrheit hören wollte, *ihre* Wahrheit, dann würde sie ihm diesen Wunsch jetzt erfüllen. Statt zu schreien, kanalisierte Theresa ihre Gefühle jedoch nun ihrerseits in ein mattes, herablassendes Lachen. »Es gibt kein *Unser*, Franz. Und es gibt auch kein *Wir*. Nichts davon hat es je gegeben, außer vielleicht in deinen erbärmlichen Wahnvorstellungen. Du gehst mutterseelenallein durchs Leben und wirst auch genauso sterben.« Sie nickte in Lenas Richtung, jedoch ohne den Blickkontakt zu ihrem Gegenüber zu unterbrechen, dem sie direkt in seine wild blitzenden Augen sah. »Sieh uns doch mal an, Franz. Mich und deine angebliche Tochter. Wir beide dachten, du wärst schon seit zwei Jahrzehnten tot. Und haben wir auch nur einen einzigen Moment lang um dich getrauert? Denkst du ernsthaft, wir hätten auch nur einmal an dich gedacht oder von dir gesprochen? Nein.« Theresa hob ihre Pistole ein Stück höher, sodass diese nun genau auf Mayers Kopf gerichtet war. »Wir sind kein altes Liebespaar, du und ich. Wir sind keine Freunde. Aber weißt du was? Wir sind auch keine Feinde. Nein, Franz. Du bist mir einfach nur völlig egal, und ich hatte in der Sekunde mit dir abgeschlossen, als ich dieses elende Hotel in Berlin hinter mir ließ.«

Mayer grinste jetzt nicht mehr. Sein Gesicht sah aus wie eine faltige, bleiche Wachsmaske. Starr und ohne jede Gefühlsregung fixierte er sie. »Mag sein«, sagte er. »Doch das ist nicht der Punkt, nicht wahr?« Für einen Moment wartete er ihre Reaktion ab und fügte dann hinzu. »Der Punkt ist, dass ich dich in der Nacht zuvor in eben diesem Hotel bestiegen habe.« Theresa stockte aufgrund dieser vulgären Formulierung der Atem, und sie riss ihre Augen weit auf. Er besaß tatsächlich die Unverfrorenheit, ihr bei diesen Worten zuzuzwinkern. »Das war vielleicht ein Spaß, nicht wahr? Erinnerst du dich?«

In der Tat, die Erinnerung an diese schicksalhafte Nacht schwappte in dieser Sekunde wie eine tiefschwarze, erdrückende Flutwelle über Theresa herein. Gerade so, als hätte sie es erst gestern erlebt, nahm sie sämtliche Sinneseindrücke wahr, die sich gegen Willen in ihr Gedächtnis gebrannt hatten. Mayers fordernde Berührungen. Das Gefühl der Beklemmung, während seine groben Hände ihre zarten Handgelenke umfasst und nach unten gedrückt hatten. Sein heißer, feuchter Atem, der nach Wein und Erregung stank. Und Theresas eigene Verzweiflung, die darin gegipfelt hatte, dass sie sich verzweifelt vorstellte, sie könnte ihren Körper verlassen und einfach davonschweben, nur möglichst weit weg von dieser Hölle aus Ekel, Gewalt und Unterdrückung.

»Tja, und dann«, fuhr Mayer fort. »Ziemlich genau neun Monate später: das Wunder der Geburt.« Er drehte sich zu Lena um. »Vielleicht muss ich dich doch wieder mit zurück in mein Anwesen nehmen, mein Täubchen. Da wären wir ganz ungestört und könnten uns endlich richtig kennenlernen.«

Lenas Augen verengten sich zu schmalen Schlitzen. Jetzt erst fiel Theresa auf, dass ihre Tochter in den letzten Minuten kein Wort gesagt hatte. »Lieber würde ich tot umfallen«, zischte sie Mayer an und verschränkte die Arme vor ihrer Brust.

»Na, na, liebe Lena«, gab er zurück. »Sei lieber vorsichtig mit dem, was du dir da wünschst.«

Wie in Zeitlupe nahm Theresa wahr, dass Mayer seinen rechten Arm ausstreckte und den Lauf seiner Waffe in Lenas Richtung schwenkte. Das war endgültig zu viel. Sie spürte, wie ein regelrechter Rausch aus Adrenalin und blinder Wut die Kontrolle über ihren Körper übernahm und ihr Verstand in einer Art rotem Nebel versank. Sie stieß einen gellenden Schrei aus.

*»Fahr zur Hölle!«*

Noch während Mayer sich mit weit aufgerissenen Augen zu ihr umdrehte und Lena in panischer Angst ihre beide Ohren mit ihren Handflächen bedeckte, drückte Theresa wieder und wieder auf den Abzug der Pistole.

Nie hätte sie sich vorstellen können, so weit zu gehen, doch Mayers Anblick und die Erinnerungen, die er in ihr heraufbeschworen hatte, waren einfach zu viel. Dieser Mann hatte das Leben so vieler Menschen zerstört. Wie viele von ihnen waren seinen ewigen Lügen und Intrigen oder den Gewalttaten seiner Schergen zum Opfer gefallen? Und wie Theresa nun wusste, waren all diese Taten noch nicht einmal gesühnt worden, denn irgendwie war Mayer sogar seinem Henker durch die Finger geschlüpft. Theresa selbst hatte all die Jahre weiter gelitten, gequält von inneren Wunden, die niemals vollständig heilen würden. Und selbst das alles hätte sie irgendwie ertragen können, irgendwie wäre sie in der Lage gewesen, weiterzumachen und die Vergangenheit Vergangenheit sein zu lassen. Aber sie würde nicht zulassen, dass dieser Dämon aus ihrem früheren Leben, dieser Teufel in Menschengestalt, ihre Tochter bedrohte!

Als wäre sie von Sinnen, verkrampften sich die Muskeln in Theresas rechter Hand. Immer und immer wieder und drückten sie dabei den kleinen metallenen Hebel nach hinten. Doch nichts geschah.

Kein Knall, kein Rauch und kein Rückschlag. Nur ein leises, mechanisches Klicken durchschnitt die Stille. Theresa schloss die Augen und fühlte, wie sämtlicher Mut sie mit einem Mal verließ. Sie hatte in der Eile nicht daran gedacht, nachzusehen, ob die Waffe geladen war.

Schließlich war es Mayer, der als Erster seine Sprache wiederfand. »Sieh an, Theresa«, knurrte er. »Du hättest es also wirklich getan.« Mit einer theatralischen Geste, die wohl seine Enttäuschung illustrieren sollte, legte er sich die Hand aufs Herz. »Bedauerlich«, fügte er hinzu. »Wirklich bedauerlich.« Dann wandte er sich wieder an Lena. »Du verschwindest jetzt«, bestimmte er. »Deine Mutter und ich haben noch einiges zu bereden. Um der alten Zeiten willen, du verstehst?«

»Nein«, entgegnete Lena. »Auf keinen Fall. Ich werde meine Mutter hier nicht allein lassen. Und Sie werden …«

»Hau ab!«, fiel ihr Mayer ins Wort, und die gepresste, abgehackte Art, wie er diese Worte aussprach, gab Theresa einen kurzen Einblick in die unterdrückte Wut, die kurz davor war, sich Bahn zu brechen. »Bei Gott, Mädchen, ich habe deine Widerworte satt! Einmal bist du ungestraft davongekommen, aber beim zweiten Mal werde ich nicht wieder Gnade vor Recht walten lassen, so wahr ich hier stehe.«

Theresa Blick traf Lenas, und es entstand ein Moment wortloser Verständigung, wie die beiden ihn schon lange nicht mehr geteilt hatten. Beide wussten, dass Mayer gefährlich und unberechenbar war. Sie hatten es mit einem menschlichen Pulverfass zu tun, das jeden Moment explodieren und alles in seiner Nähe mit sich reißen konnte.

*Geh!* Theresa formte das Wort nur lautlos mit ihren Lippen, konnte aber sehen, dass ihre Tochter verstanden hatte. *Ich komme gleich nach*, fügte sie in Gedanken hinzu und konnte dabei nur hoffen, dass dies der Wahrheit entsprach. Lena nickte zuerst ihrer Mutter und dann Franz Mayer zu und stieg dann eilig die Treppe an der gegenüberliegenden Seite des Raumes hinauf, wo sie in der Dunkelheit verschwand. Die Tür hinter ihr schloss sich mit einem leisen Quietschen.

»Gut«, brummte Mayer zufrieden und steckte seine Pistole zurück in seinen Hosenbund. »Dann kommen wir jetzt mal zu uns beiden.«

# 38.

»Also«, brachte Theresa seufzend hervor und ließ die nutzlose Waffe in den Staub zu ihren Füßen fallen. »Sag, was du zu sagen hast, Franz. Ich will das alles endlich hinter mich bringen, du nicht auch?«

Er antwortete nicht sofort. Stattdessen sah er sich in aller Ruhe in dem vollgestopften Kellerraum um, der die beiden umgab. Das gelbliche Licht der Fackel ließ flüchtige Schatten über sein faltiges Gesicht tanzen. Als er sich wieder Theresa zuwandte, war seine Miene hart und sachlich.

»Ich bin enttäuscht von dir«, stellte er fest. »Wirklich enttäuscht. So hätte ich mir unser Wiedersehen nicht vorgestellt.« Als er bemerkte, dass Theresa einen verstohlenen Blick auf die Pistole am Boden warf, huschte die Andeutung eines Lächelns über seine schmalen Lippen. »Nein«, winkte er ab. »Nicht wegen dieses Dings. Dass du versuchen würdest, auf mich zu schießen, hätte ich mir denken können, und es war auch wirklich unverzeihlich, die arme Lena zu bedrohen. Tut mir leid.« Mit einer geübten Bewegung zupfte er seinen Hemdkragen zurecht und faltete dann die Hände vor seinem ausladenden Bauch. »Du hast wirklich überhaupt keinen Sinn für einen gelungenen Auftritt, Theresa. Stehst hier einfach so vor mir und bekommst kein Wort heraus. Dabei bin ich für dich doch gerade erst aus dem Reich der Toten zurückgekehrt, oder? Willst du mich denn überhaupt nicht fragen, wie ich das geschafft habe?«

»Ich habe das Gefühl, dass du es mir sowieso gleich erzählen wirst«, entgegnete sie. Zu ihrem eigenen Erstaunen stellte sie fest, dass sie in einen Zustand völliger Gleichgültigkeit übergetreten war. Zum einen war sie hier unten vollkommen allein und unbewaffnet, also komplett Mayers Gnade ausgeliefert, und dieser schien einen vorgefassten Plan zu haben, den sie kaum beeinflussen könnte. Zum anderen fehlten ihr schlicht die physischen und mentalen Kräfte, um noch länger gegen das Unvermeidliche anzukämpfen. Mochte er also sagen, was er sagen wollte, und tun, was er zu tun gedachte. Was immer es auch war, Theresa würde es still und in Würde ertragen und dabei aus der Gewissheit Kraft schöpfen, dass immerhin ihr Kind in Sicherheit war.

»Nun«, begann Mayer. »Wie du sicher in der Zeitung gelesen hast, wurde ich verhaftet, kurz nachdem unsere Wege sich getrennt hatten. Der Reichtum war mir in diesen Tagen etwas zu Kopf gestiegen, und daher war ich unvorsichtig mit meinen Gold- und Silbermünzen geworden. Zunächst dachte ich, dass die Polizei deshalb hinter mir her wäre. Aber nein, als ich erst einmal in der Zelle saß, eröffneten die Uniformierten mir den wahren Grund meiner Festnahme: Ich wurde verdächtigt, gleich mehrere Menschen auf dem Gewissen zu haben.« In gespielter Empörung rümpfte er die Nase und legte die rechte Hand aufs Herz. »Eine Ungeheuerlichkeit! Für solch delikate und unerfreuliche Aufträge hatte ich doch meinen treuen Handlanger. Vielleicht erinnerst du dich noch an ihn? Ein ziemlich großer, kräftiger Bursche mit einem Haufen Narben im Gesicht.«

Theresa biss die Zähne zusammen, während das Bild des Narbenmannes vor ihrem geistigen Auge erschien. Dieser kaltblütige Schläger hatte ihre Freundin, die Geigenbauerin Stella Verancini, getötet, und um ein Haar wäre auch Georg ihm zum Opfer gefallen. Mit aller Konzentration, die sie noch aufbringen konnte, ballte sie die Fäuste hinter ihrem Rücken und hielt tapfer Mayers Blick stand. Wieder einmal legte er es offensichtlich darauf an, sie zu verletzen und so eine emotionale Reaktion zu provozieren. Diese Genugtuung würde sie ihm jedoch nicht gönnen.

»Jedenfalls«, fuhr er fort, »ging es dann ziemlich schnell bergab mit meinem Glück. Über meinen bis zuletzt loyalen, nun aber toten Diener konnte die Polizei eine Verbindung zwischen mir und den Verbrechen herstellen, und nicht zuletzt aufgrund der falschen Münzen, durch die ich einige wichtige Leute gegen mich aufgebracht hatte, wollte man mich tot sehen. Kein Wunder, dass das Gericht es so eilig hatte, mich in allen Anklagepunkten schuldig zu sprechen.«

*Typisch*, dachte Theresa. Nur ein Egozentriker wie Mayer konnte sich in solch einer Konstellation noch selbst als Opfer sehen, obwohl er allein für die Auslöschung mehrerer Leben verantwortlich war.

»Wie dem auch sei – es brachte mich ins Gefängnis«, sagte Mayer und zuckte mit den Schultern. »Die Tinte unter meinem Todesurteil war bereits getrocknet, und draußen auf dem Hof schärften die fleißigen Burschen schon das Fallbeil.« Als würde er in diesem Moment von dem bedrohlichen Gedanken daran ergriffen, zog er ein seidenes Taschentuch aus der Brusttasche seines Jacketts und wischte sich damit über den Nacken. »Aber den letzten Trumpf hatte ich noch nicht ausgespielt ... nämlich die einzig verbliebene Goldmünze, die ich insgeheim bei mir trug.«

»Du konntest dich freikaufen?«, rief Theresa mit überschlagender Stimme. »Obwohl du zum Tode verurteilt warst?«

Natürlich! Warum hatte sie an diese naheliegende Lösung nicht gleich gedacht? Geld regierte nun mal die Welt, und Mayer war es schon immer gelungen, seine Probleme durch Manipulation und Bestechung zu lösen.

»Nun, so einfach wie es sich bei dir anhört, war es nicht«. Er klang immer noch leicht und unbeschwert, so als ginge es um nicht mehr als eine kleine List bei einem unbedeutenden Spiel. »Aber ich hatte einen Plan. Und im Austausch gegen die Münze und das Versprechen, nach meiner Flucht noch einige mehr zu übergeben, waren zwei der Wachen bereit, bei seiner Ausführung großzügig wegzusehen.« Geistesabwesend blickte Mayer mit zusammengekniffenen Augen zur Decke, als würde er sich jedes Detail aus der Vergangenheit noch einmal ins Gedächtnis rufen. »Am 27. Januar, in der Nacht vor meinem Hinrichtungstermin, wurde ein junger Bursche ins Gefängnis eingeliefert. Sein Name war Witek, und er war ein polnischer Einwanderer. Der Mann konnte einem wirklich leidtun. Er kam als Gastarbeiter nach Berlin, landete dann aber auf der Straße, wo er sich regelmäßig hemmungslos betrank und dann mit dem Gesetz in Konflikt geriet. Alles in allem war der gute Witek kein sehr angenehmer Zeitgenosse, aber er hatte dennoch zwei sehr wertvolle

Eigenschaften: Zum einen sah er mir auf den ersten Blick nicht unähnlich. Da waren die blonden Haare, die blauen Augen, seine Größe und auch seine Statur.« An dieser Stelle richtete Mayer den Blick wieder auf Theresa und senkte seine Stimme. »Und zweitens würde ihn weit und breit niemand vermissen.«

Theresa zuckte innerlich zusammen, wagte jedoch nicht, ihn zu unterbrechen. Wollte er tatsächlich das andeuten, was sie vermutete?

»Tja«, raunte er und zuckte erneut mit den Schultern. »Sagen wir es mal so: Witeks Leiden fand in den Morgenstunden des nächsten Tages ein gnädiges Ende. Die beiden Wachen flößten ihm noch eine halbe Flasche billigen Schnaps ein, bevor sie ihn halb bewusstlos und mit einem Knebel im Mund dem Scharfrichter vorführten. Und durch dieses kleine Wechselspiel fiel der falsche Franz Mayer dem Fallbeil zum Opfer, der falsche Witek spazierte in einem Stück zum Tor hinaus, und alle waren glücklich. Na ja, fast alle, nicht wahr?« Offenbar war Mayer tatsächlich der Ansicht, gerade einen gelungenen Scherz gemacht zu haben, denn er grinste zufrieden, während er fortfuhr. »Anschließend bin ich auf dem schnellsten Weg nach England gegangen und habe dort als *Siegfried Berger* gelebt. Und wahrscheinlich wäre es für immer und ewig dabei geblieben, hätte ich nicht an diesem einen, schicksalhaften Abend in London aus purem Zufall den Auftritt einer gewissen jungen Sängerin namens Helen Albers gesehen. Faszinierend, wie ähnlich sie dir sieht. Ich habe nicht eine Sekunde daran gezweifelt, wen ich vor mir hatte.«

Theresa biss sich auf die Unterlippe und trat vorsichtig einen Schritt zurück, wobei sie einen alten, hölzernen Kleiderständer streifte. Zwar hätte sie nicht gedacht, dass dies überhaupt noch möglich wäre, aber ihre Abneigung gegenüber Mayer war wegen der grausamen Geschichte von seiner Flucht nochmals gewachsen.

»Lena ist fort, Franz. Und ich denke nicht, dass du sie jemals wiedersehen wirst.« Sie breitete die Arme aus. »Wir könnten hier noch tagelang in deiner oder meiner Vergangenheit herumstochern, aber die Zeit lässt sich nun einmal nicht zurückdrehen.« Sie nahm all ihren Mut zusammen und räusperte sich möglichst unauffällig. »Außerdem denke ich, dass du mich schon längst erschossen hättest, wenn du wirklich deshalb hergekommen wärst. Ich frage dich also: Wo soll das alles hinführen?«

Mayer fixierte sie ein paar Sekunden lang mit seinen eiskalten Augen. Dann wandte er ihr langsam den Rücken zu und zog den Griff der Fackel aus einem Loch im Mauerwerk.

»Sag *du* es mir, Theresa«, flüsterte er und kam langsam auf sie zu, bis sie die unbarmherzige Hitze der lodernden Flamme auf ihrem Gesicht spürte. »Sag mir, wo es hinführen soll. Los, ich kann es ohnehin in deinen Augen sehen, also sag es endlich!«

»Ich wünschte, du würdest einfach aus meinem Leben verschwinden«, entgegnete Theresa, ohne zu zögern. Mayer hatte recht: Es fühlte sich befreiend an, es endlich laut auszusprechen. »Und ich wünschte, ich müsste dich niemals wiedersehen, Franz Mayer. Das ist alles, was ich will!«

»Na also!«, zischte Mayer. Die züngelnden Flammen ließen seine geweiteten, schwarzen Pupillen wie Schmelzöfen wirken. Seine Züge waren zu einem bizarren Lächeln verzerrt, das Theresa bis ins Mark ängstigte. »Da haben wir es doch! Bravo. Nun, du sollst deinen Willen bekommen, meine Liebe. Aber lass mich dir vorher noch eines sagen. Und zwar dasselbe, was ich zuvor schon zu unserer Tochter gesagt habe. Offensichtlich habt ihr beide diese Lektion des Lebens nicht verstanden.« Mayers Gesicht kam dem ihren so nah, dass sie seinen Atem auf ihrer Wange spüren konnte, als er in ihr Ohr flüsterte. »Manchmal sollte man sehr genau überlegen, was man sich wünscht, denn es könnte am Ende in Erfüllung gehen.«

»Was …«, setzte Theresa an, doch statt ihre Frage zu beenden, stieß sie einen angsterfüllten Schrei aus, als sie realisierte, was nun geschehen würde. Für einen Moment schien alles um sie herum wie in einem bösen Traum abzulaufen, während sie nur wie gelähmt zuschauen konnte.

Mit einer lässigen Geste und ohne den Blick von Theresa zu wenden, hatte Mayer die brennende Pechfackel über seine rechte Schulter geworfen. Sie landete in einer Ansammlung von ausrangierten Möbeln, Brettern und Stoffresten, die sofort Feuer fingen. Eine wild um sich greifende Hitzewelle fegte durch das Gewölbe und raubte Theresa den Atem. Innerhalb eines Wimpernschlags brannte bereits ein weiterer Stapel aus Gerümpel, und der Raum füllte sich mit schwarzem, beißendem Rauch. Von panischem Entsetzen gepackt duckte sich Theresa und bemühte sich gleichzeitig, ihren Mund und ihre Nase mit dem Stoff ihres Morgenmantels zu verdecken. Gerade als sie sich der Tür hinter ihr zuwenden wollte, die zu dem Durchgang nach oben führte, spürte sie, wie sich Mayers erbarmungsloser Griff um ihren Unterarm schloss.

»Habe ich nicht gesagt, dass ich dir alles nehmen werde?«, keuchte er. »Du und ich, wir sind durch das Schicksal auf ewig miteinander verbunden. Wenn wir also nicht zusammen leben können, dann werden wir zusammen sterben. Hier und jetzt.«

»Lass mich los!«, schrie Theresa und versuchte mit aller Kraft, sich zu befreien, doch es war vergeblich. Mayer war wie von Sinnen und verstärkte den Druck, der ihren Arm wie ein Schraubstock fixierte, nur noch mehr.

»Weißt du, was Jakob Hansens letztes Wort war?«, fragte Mayer. Er musste seine Stimme erheben, weil der gesamte Raum mittlerweile von lautem Krachen und Knistern des Feuers erfüllt war.

»Bitte«, flehte Theresa. »Lass mich gehen, Franz. Um Himmels willen!«

»Ich will dir sagen, was es war«, fuhr Mayer fort und ignorierte Theresas heftiges Aufbegehren. »Als er dort auf der Straße lag und zu mir hochsah, wiederholte er immer wieder dieselbe simple Frage: *Warum?* Er konnte einfach nicht begreifen, was ihm da gerade widerfahren war. Wahrscheinlich hat er nicht einmal erkannt, dass ich ihn absichtlich überfahren hatte, geschweige denn, den wahren Grund dafür erfasst.« Er kicherte atemlos, und sein glasiger Blick wirkte entrückt. »Aber *du*, Theresa, du weißt es. Und du wirst mit der Gewissheit in den Tod gehen, dass ich …« Mayer hielt abrupt inne, und seine Miene versteinerte. Erst jetzt bemerkte er offenbar, dass Theresa die Waffe aus seinem Hosenbund gezogen hatte und das Ende des Laufs knapp unterhalb seiner Rippen in seine Seite presste.

»Lass mich los!«, zischte sie. »Ich bitte dich. Zwing mich nicht, das zu tun, was ich sonst tun muss.«

»Wir sind verbunden«, wiederholte Mayer laut. »Das Schicksal will es so. Und deshalb werde ich dich niemals freigeben, Theresa. Niemals!« Er beugte sich über sie, strich ihr zärtlich über den Hals und nährte seinen Mund dem ihren. In dem Moment, in dem sich ihre Lippen berührten, drückte Theresa ab. Dieses Mal spürte sie die Gewalt des Rückschlags, und der donnernde Lärm des Schusses hallte von den Wänden wider. Mit ungläubiger Miene sackte Mayer zu Boden. Einen Moment sah es so aus, als wolle er noch etwas sagen, aber dann erschlaffte sein massiger Körper, und alles Leben wich aus seinen halb geöffneten Augen.

Das Feuer griff mittlerweile auf die Mauern über und hatte den letzten Rest Sauerstoff in der Luft verbrannt. Theresa wusste, dass sie keine Sekunde länger zögern durfte, ließ die Waffe fallen und riss die Tür hinter sich mit letzter Kraft auf. Sie konnte gerade noch erkennen, dass sich auch der dahinterliegende Flur bereits immer mehr mit Rauch füllte. Ein heftiger Hustenkrampf schüttelte sie, und sie spürte, wie ein tiefschwarzer Mantel sich über ihren Geist legte und ihre Beine nachgaben. Dann verlor sie das Bewusstsein.

# 39.

Völlig erschöpft und verängstigt wankte Lena hinaus ins Freie. Ihr Herz raste, und es fiel ihr schwer, einen klaren Gedanken zu fassen. Irgendwie musste Mayer es geschafft haben, sich aus der misslichen Lage zu befreien, in die Lena ihn auf der Treppe über dem Rosengarten gebracht hatte. Und jetzt war ihre Mutter dort unten im Keller des Musikhauses diesem Scheusal ausgeliefert. Aber warum hatte Mayer sie weggeschickt und darauf bestanden, allein mit seiner früheren Verlobten zu sein? Was hatte er vor? Lena wollte sich nicht ausmalen, wozu der Mann fähig war, insbesondere weil er einzig ihrer Mutter die Schuld für sein völlig aus den Fugen geratenes Leben zu geben schien. Sie sank im Gras auf die Knie und stützte sich mit den Händen ab. Der Weg von Mayers Versteck in seinem Herrenhaus hierher hatte ihre letzten Energiereserven aufgezehrt und nichts als steife, schmerzende Knochen und vor Überanstrengung brennende Muskeln hinterlassen. Sie atmete schnell und flach, und vor ihren Augen tanzten bunte Flecken. Würde sie gleich ohnmächtig werden und einfach ins Gras kippen?

*Es geht nicht*, flüsterte eine leise Stimme in ihrem Inneren. *Du kannst jetzt nicht aufgeben! Du weißt, dass deine Mutter es nicht überleben wird, wenn du das tust.*

Mit schmerzender Kehle schluckte Lena den schalen Geschmack in ihrem Mund hinunter. Sie hatte immer noch keinen Tropfen Wasser getrunken. Vermutlich lag es auch daran, dass ihr Kreislauf verrücktspielte. Aber die Stimme hatte recht: Mayer war bewaffnet, skrupellos und, soweit Lena es beurteilen konnte, litt er unter einer Art geistiger Verwirrung, die ihn glauben ließ, er müsse sich an ihrer Mutter rächen.

Völlig außer Atem und mit zitternden Gliedern rappelte sie sich hoch. Es hatte keinen Sinn, zurückzugehen, denn allein und unbewaffnet würde sie nichts gegen Mayer ausrichten können. Ihr Vater schien auch nicht zu Hause zu sein, da ihre Mutter sonst ganz sicher nicht allein in das dunkle Kellergewölbe gekommen wäre. Es würde also auch nichts bringen, in den oberen Stockwerken des Musikhauses nach ihm zu suchen. Stattdessen entschied sie sich kurzerhand dafür, den Weg entlang der Alster zu nehmen und in Richtung Süden zu laufen, um Hilfe zu holen.

*Hilfe*, dachte Lena, während sie einen Schritt nach dem anderen tat, von denen jeder einzelne stechende Schmerzen durch ihre Fersen hinauf bis in ihre Oberschenkel jagte. *Verstärkung. Aber von wem?*

Sie wusste keine Antworten auf diese Fragen, und durch ihre tränenden Augen konnte sie kaum den Weg vor sich erkennen. Mühsam schleppte sie sich Meter für Meter voran. Sie hätte nicht sagen können, ob es nur Minuten oder Sekunden waren, die so vergingen, aber es kam ihr wie Stunden vor, aber sie würde ihre Mutter auf keinen Fall im Stich lassen. So durfte es einfach nicht zu Ende gehen.

»Lena?«

Die Stimme klang fern und irgendwie surreal. Lena wischte sich mit dem verschwitzten Handrücken über die Augen.

»Lena. Oh Gott, du bist es!«

Die Stimme war jetzt deutlich näher.

»Papa?«, krächzte sie. Selbst dieses eine Wort auszusprechen, war unglaublich anstrengend. Mittlerweile fühlte es sich so an, als würde ihre ausgetrocknete Kehle von innen anschwellen.

»Ja, Lena. Ich bin hier. Wie geht es dir? Bist du verletzt?«

»Mama …«, keuchte sie, ohne auf die Fragen ihres Vaters einzugehen. »Sie … ist noch da drin. Mit *ihm* …«

Entsetzt über den Zustand seiner Tochter trat Georg einen beherzten Schritt auf sie zu und schloss sie in die Arme. Vor Erschöpfung und Erleichterung war sämtliche Spannung aus ihrem Körper gewichen, sodass sie sich nur noch schwankend auf den Beinen hielt. Ihr Kleid war schmutzig und zerrissen, ihr Haar ungekämmt, und ihr Gesicht glühte vor fieberhafter Anspannung. Georg spürte, wie ihm die Tränen in die Augen stiegen. Was hatte sie in den letzten Tagen wohl alles über sich ergehen lassen müssen?

»Jesses«, seufzte Peter Albers, der nun zu den beiden aufgeschlossen hatte, und dem offenbar derselbe Gedanke durch den Kopf geschossen war. »Setz dich am besten erst mal hin, Mädchen«, sagte er. »Du zitterst ja wie Espenlaub.«

Georg senkte Lenas schlaffen Körper behutsam ab, sodass sie auf der Wiese zu sitzen kam, halb aufgerichtet und mit dem Rücken gegen einen niedrigen, moosbewachsenen Erdhügel gelehnt. Er hockte sich neben sie.

»So ist es gut, mein Schatz«, flüsterte er. »Du bist jetzt in Sicherheit. Ich passe auf dich auf. Versprochen.« Sanft strich er seiner Tochter über die Wange und nahm ihre Hand.

»Georg.« Peters raue Stimme riss ihn aus seinen Gedanken. »Hat sie gesagt, dass deine Frau noch im Haus ist?«

»Ja«, antwortete Georg, ohne seinen besorgten Blick von seiner Tochter abzuwenden. *Sie ist noch da drin*, hatte Lena gesagt. *Mit ihm*. Was sollte das heißen? War es am Ende etwa möglich, dass …

»Es brennt!«, brüllte Peter. »Da vorne ist Rauch! Er kommt aus der kaputten Tür.«

»Was?« Georg sprang auf und blickte in Richtung des Musikhauses. Sein Herz raste und ließ seinen Blutdruck ansteigen, während ihm der Schreck in die Glieder fuhr. »Theresa!«, keuchte er. »Wenn sie noch da drin ist, dann müssen wir ihr helfen. Sofort!«

»Bleib du bei deiner Tochter«, schlug sein Bruder vor. »Ich laufe los und hole die Feuerwehr. Weißt du zufällig, ob hier in der Gegend jemand ein Telefon hat?«

»Nein.« Georg lief nervös auf und ab und fuhr sich mit einer Hand durch die Haare. »Das dauert zu lange. Bis die Feuerwehr hier ist, ist Theresa vielleicht schon …«, er schluckte, »… bis dahin ist es vielleicht schon zu spät, Peter.«

Die Brüder beobachteten für einen Moment stumm, wie die

Rauchschwaden, die aus dem Untergeschoss des Musikhauses drangen, immer dichter wurden und sich ihre Farbe von Dunkelgrau zu Schwarz veränderte.

»*Du* bleibst bei Lena, Peter«, bestimmte Georg und nahm all seinen Mut zusammen. »Ich muss da rein und meine Frau retten. Sofort.«

»Nein!« Mit einem raschen Schritt trat Peter ihm in den Weg, sodass die beiden fast zusammenstießen. »Das ist Wahnsinn! Weißt du nicht mehr, was ich dir heute erzählt habe?« Er packte mit einer seiner großen, schwieligen Hände Georgs Schulter und deutete mit der anderen auf den undurchdringlichen Qualm, der über die Wiese in ihre Richtung schwebte. »Da ist kein Durchkommen mehr. Selbst, wenn das Feuer dich nicht erreicht, erstickst du nach ein paar Minuten.«

»Ich *muss* Theresa retten!«, schrie Georg und schlug grob Peters Hand zur Seite. »Versteh das doch, Mann. Mir ist es völlig gleich, wie groß die Chance ist, dass ich es tatsächlich schaffe. Ich bin schuld daran, dass sie in dieser Lage ist. Ich habe sie allein gelassen, als sie mich am meisten gebraucht hat. Und jetzt muss ich wenigstens ihr Leben retten, koste es, was es wolle.«

»Wenn du da rein gehst, wirst du sterben.« Peters Ton war ruhig, auch wenn Georg sehen konnte, dass jeder Muskel seines Gesichts angespannt war. »Und dann bleibt deine Lena zurück und hat überhaupt niemanden mehr. Willst du das? Willst du den Helden spielen und deine Tochter gleich beider Eltern berauben?«

»Hättest du es denn nicht versucht?«, brüllte Georg und packte nun wiederum Peter bei den Schultern. Panik und Verzweiflung ließen ihn sämtliche Selbstbeherrschung verlieren. »Wenn du damals zu Hause gewesen wärst und gesehen hättest, wie deine Frau in dieses Haus lief, wärst du ihr dann nicht gefolgt und hättest alles dafür getan, ihr Leben zu retten?«

»Doch«, entgegnete Peter schwach und schüttelte den Kopf. »Das hätte ich, aber …«

»Dann lass mich durch, verdammt noch mal!« Georg schob ihn zur Seite. »Pass auf meine Tochter auf, und wenn du irgendjemanden hier vorbeikommen siehst, hol Hilfe.«

Mittlerweile stieg eine hohe tiefschwarze Rauchsäule an der Südseite des Hauses empor.

»Georg«, setzte Peter nochmals an, obwohl dieser sich bereits von ihm abgewandt hatte. »Bitte tu das nicht! Ich verstehe, warum du denkst, es sei das Richtige, aber es ist einfach nur dumm. Um Himmels willen, wenn du auch nur …«

Weiter kam er nicht, denn plötzlich übertönte eine gewaltige Explosion seine Worte. Mit einem ohrenbetäubenden Knall zersprang der letzte Rest der Kellertür, deren Bretter wild durch die Luft gewirbelt wurden, und eine meterlange Stichflamme schoss durch den leeren Türrahmen wie durch den Schlund eines wütenden Drachens. Das gesamte Haus schien für einen Moment unter der Wucht der Detonation zu erbeben.

»Nein!«, entfuhr es Georg, der wie gelähmt auf das brennende Gebäude starrte. Eine alles erstickende Leere ergriff Besitz von seinem Herzen, sodass er kaum atmen konnte. »Nein!« Durch den Nebel der Verzweiflung, der all seine Gedanken verstummen ließ, spürte er, wie seine Beine unter ihm nachgaben und er auf die Knie sank, unfähig, zu begreifen, was gerade geschehen war.

»Gott steh uns bei!« Behutsam und mit gesenktem Kopf trat Peter an die Seite seiner Bruders. »Es ist zu spät, Georg. Da unten lebt niemand mehr.«

# 40.

*Hamburg-Uhlenhorst, Donnerstag, 15. Mai 1930*

Theresa röchelte, als sie für einen Moment das Bewusstsein wiedererlangte. Benommen registrierte sie, dass sie lang ausgestreckt auf dem schmutzigen Steinboden des Kellerraums lag, dessen massives Gemäuer sich mittlerweile in einen glühenden Ofen verwandelt hatte. Die unerträgliche Hitze drang ihr in jede Pore, und der beißende Rauch fraß sich auf schmerzhafte Weise in ihre Lungen. Ringsherum war nichts anderes zu hören als das ohrenbetäubende Knistern und Knacken der Flammen, die alles um sie herum verschlangen.

*Das ist also das Ende.*

Der Gedanke kam Theresa auf überraschend nüchterne und neutrale Weise, und sie verspürte trotzdem keine Furcht. Sie konnte weder ihre Gliedmaßen fühlen noch sich bewegen. Was nun passieren würde, lag schlicht nicht mehr in ihrer Hand. Sie atmete noch einmal aus, schloss die Augen und hoffte, jeden Moment wieder in die barmherzige Umarmung der Ohnmacht zu fallen, damit sie das unvermeidliche Ende nicht erleben müsste.

Noch ein Atemzug, noch einmal das durchdringende Stechen im Inneren ihres Brustkorbs. Vor ihrem inneren Auge zogen die Höhen und Tiefen ihres Lebens noch einmal an ihr vorüber. Zuerst ein kleines Mädchen, das barfuß und mit einem unbekümmerten Lachen über eine Wiese lief. Dann war sie älter, ernsthafter und staunte über den Zauber des Erwachsenwerdens. Doch je weiter die Geschichte ihres Lebens fortschritt, desto mehr Trauer und Verlust hatte sie ertragen müssen. Zuerst waren ihre Eltern gestorben und dann auch noch ihr erster Verlobter sowie ihr Bruder. Jeder von ihnen hatte ein Loch in ihrem Herzen hinterlassen, das sich niemals wieder vollständig geschlossen hatte. Doch wo Schatten war, gab es auch Licht. Sie hatte Georg kennengelernt, und zusammen mit Lena waren sie zu einer glücklichen kleinen Familie zusammengewachsen. *Lena.* Die Gewissheit, dass es ihr immerhin gelungen war, ihre Tochter aus den Klauen von Franz Mayer zu befreien, gab Theresa ein Stück weit Frieden. Sie hatte ihre Aufgabe als Mutter erfüllt und würde nun das letzte Stück des Weges allein gehen. Mittlerweile atmete sie nur noch flach, sodass auch der Schmerz in ihrer Lunge abebbte. Halb betäubt, aber dennoch erleichtert, spürte sie, wie sich ihr Herzschlag verlangsamte und ihr Blutdruck abfiel. Nun würde es nicht mehr lange dauern, bis sie der schwarze Vorhang der Besinnungslosigkeit ein letztes Mal einhüllte.

Gerade als sie sich innerlich dazu bereit machte, für immer loszulassen, nahm Theresa plötzlich wahr, dass zwei starke Hände ihre bloßen Unterarme packten und sie mit sich zogen. Passierte das gerade wirklich, oder bildete es sich ihr ohnehin nur halb wacher Verstand bloß ein? Fühlte es sich vielleicht so an, wenn man starb und die Seele in eine andere Welt hinübergetragen wurde? Nein, Theresas Körper bewegte sich definitiv. Die kräftigen Finger eines Unbekannten umklammerten ihre Handgelenke, und ihr Oberkörper schleifte über den rauen, unebenen Boden.

*Georg?*

Theresa wollte seinen Namen aussprechen, aber brachte nicht mehr als ein schwaches rasselndes Keuchen zustande.

*Georg. Es ist zu spät. Lass mich gehen und rette dich selbst.*

»Ruhig«, flüsterte eine Stimme, deren Klang nur als weit entferntes Echo an Theresas Ohren drang. »Wir haben es gleich geschafft.«

Völlig geschwächt und halb von Sinnen nahm Theresa kaum mehr etwas von ihrer Umwelt wahr. Ihre einzige und gleichzeitig alles beherrschende Empfindung war, dass sich ihr erschlaffter Körper ohne ihr Zutun bewegte. Jedoch hatte sie keine Ahnung, ob sie auf den Tod oder auf das Leben zuhielt. Sie atmete aus und eine Träne lief ihr über die Wange. Das eine war ihr in diesem Moment ebenso recht wie das andere.

# 41.

Ohne jegliches Gefühl für Raum und Zeit hockte Georg auf der Wiese vor der lichterloh brennenden Ruine, die einst das stolze Musikhaus an der Alster gewesen war. Er hatte sein tränenüberströmtes Gesicht in seinen verschwitzten Handflächen vergraben, und sein zusammengekrümmter Körper zuckte unter seinem bebenden Schluchzen. Sämtlicher Lebenswille hatte ihn auf einen Schlag verlassen, sodass er nicht die Kraft hatte, sich vor Peter oder Lena zusammenzunehmen. Wie in aller Welt konnte das Schicksal nur so grausam sein? Innerhalb von wenigen Minuten hatte er zwar seine Tochter zurückbekommen, aber dafür seine Ehefrau, die Liebe seines Lebens, verloren. Nun würden sein Unverständnis, seine Ablehnung und seine dumme Eifersucht für immer das Letzte bleiben, was er ihr entgegengebracht hatte. Er hatte Theresa gehen lassen müssen, ohne jemals die Chance gehabt zu haben, sich mit ihr zu versöhnen. Dabei kam ihm der gesamte Streit nun völlig bedeutungslos und überflüssig vor. Lena war immer sein Ein und Alles gewesen, seine geliebte Tochter, und sie würde es auch für alle Zeit bleiben.

Widerwillig zwang er sich, aufzusehen und einen Blick auf das Inferno zu werfen, dass sich vor ihm auftürmte und den ansonsten klaren blauen Himmel über Uhlenhorst mit schwarzen Rauchschwaden überzog. Immer noch schlugen die Flammen meterhoch bis zum Dachstuhl des alten Hauses hinauf und ließen die Balken und Mauern ächzen und krachen. Georg schätzte, dass die Explosion im Untergeschoss durch eine Verpuffung von Kohlenstaub entstanden sein musste, als das Feuer den großen alten Ofen erreicht hatte. Er konnte die Druckwelle immer noch in den Knochen spüren. Hoffentlich hatte Theresa auf diese Weise zumindest einen schnellen Tod gefunden und nicht leiden müssen. Der Gedanke daran, dass sie wirklich fort sein sollte, schmerzte ihn so heftig, dass er noch nicht einmal darüber nachdachte, dass gerade seine berufliche Existenz und sein ganzes Lebenswerk in Flammen aufgingen.

Wortlos richtet er sich auf, schlurfte zu seiner Tochter hinüber, die immer noch kraftlos und mit geschlossenen Augen an dem kleinen Hügel lehnte, und ließ sich wieder an ihrer Seite nieder. Zärtlich strich er ihr eine Haarsträhne aus dem Gesicht und fühlte an ihrem Hals ihren regelmäßigen kräftigen Herzschlag.

*Meine liebe Lena*, dachte er bei sich und spürte, wie der klaffende Riss in seinem Herz noch größer wurde, *jetzt gibt es nur noch dich und mich. Möge deine Mutter ihre letzte Ruhe finden, wo auch immer ihre Seele jetzt sein mag.*

Zu Georgs Überraschung schlug Lena in diesem Moment die Augen auf und blickte sich hektisch um. »Harry«, sagte sie. »Harry ist da!«

»Nein, mein Schatz.« Müde und resigniert schüttelte Georg den Kopf und legte eine Hand auf Lenas Schulter. »Ich bin es doch, dein Vater. Du bist zusammengebrochen, und deshalb haben wir dich hierhin gesetzt. Erinnerst du dich nicht mehr daran?«

»Harry«, wiederholte Lena stur. Sie versuchte, sich aufzusetzen, schaffte es jedoch nicht ganz. Ein aufgeregtes Glitzern lag in ihrem Blick. »Sieh doch nur, Papa, da kommt er!«

Als Georg sich umdrehte, traute er seinen Augen nicht: Tatsächlich kam Harry die Treppe herunter, die von der Eingangstür des Musikhauses hinab durch den Vorgarten führte. Er bewegte sich zügig, achtete dabei jedoch auf jeden seiner Schritte, da er etwas auf den Armen trug, das auf den ersten Blick wie ein großes Stoffbündel aussah. Außer, dass es bei näherem Hinsehen kein Bündel war, sondern der erschlaffte Körper einer Frau. Georgs Herz setzte einen Schlag aus, während er ungläubig nach Luft schnappte.

*Theresa.*

Aus dem Augenwinkel sah Georg, wie Lena sich mit letzter Kraft aufraffte und ihrem Freund mit lauten Freudenschreien entgegenlief. Ohne noch länger zu überlegen, tat er es ihr gleich. Und so schloss Georg einen Moment später Frau und Tochter wieder in die Arme und vergoss Tränen des Glücks. Aus irgendeinem Grund hatte das

Schicksal ihnen allen eine zweite Chance gewährt. Auch wenn Theresa einige Brandwunden davongetragen hatte, über und über mit
Ruß bedeckt war und beängstigend stark hustete, so hatte sie das
Unglück dennoch überlebt. Für Georg war das in diesem Moment
alles, was zählte. Das Licht war in seine kleine Welt zurückgekehrt
und mit ihm waren Hoffnung und Zuversicht wiederauferstanden.

»Theresa«, wiederholte er immer wieder, wobei er ihre Hand
drückte. »Theresa, Gott sei Dank!«, flüsterte er ihr zärtlich ins Ohr.
»Es ist vorbei, hörst du? Ein für alle Mal vorbei.«

# 42.

»Hab ich es dir nicht gesagt?«, rief Harry, als sie das beeindruckende, hoch aufragende Gebäude des Planetariums mit seiner Fassade aus rötlichem Klinker verließen, das einige Jahre zuvor noch als Wasserturm gedient hatte. »Diese riesige Kuppel, der Projektor und Tausende von Sternen. Wahnsinn! Als würde man wirklich hinauf in den Weltraum schauen.«

»Ja, da hast du gesagt«, bestätigte Lena und musste unwillkürlich lächeln. Nicht nur, was die Musik anging, sondern auch in allen anderen Lebensbereichen hatte Harry sich eine Art kindlichen Enthusiasmus bewahrt, der wirklich beneidenswert war. Und er hatte recht: Nun, da sie es endlich geschafft hatten, dem mittlerweile schon berühmten Planetarium einen Besuch abzustatten, war Lena ebenfalls sehr beeindruckt von dem, was den Besuchern dort geboten wurde.

Hier draußen jedoch, in der grünen Idylle des Stadtparks, richtete sie ihre volle Aufmerksamkeit wieder auf Harry selbst. Trotz seines ungebrochenen Optimismus und seiner gewohnt lockeren Art, spürte Lena, dass er an den tragischen Ereignissen der letzten Monate gereift war. Zu seinem unbeschwerten Wesen war eine neue Ernsthaftigkeit hinzugetreten. Eine tief verwurzelte Sicherheit, die ihn mit beiden Beinen im Leben stehen ließ.

»Hast du deine Mutter heute schon gesprochen?«, fragte er. Die beiden spazierten über eine Allee im Schatten der Bäume in Richtung Südosten, tiefer in das Herz des Stadtparks hinein.

Lena nickte. »Mein Vater macht gerade wieder einen Spaziergang mit ihr, so wie der Arzt es verordnet hat. Die Sonne und die Wärme tun ihr gut.«

Sie schloss einen Moment die Augen, während Harry und sie

schweigend weitergingen. Auch nach mehr als zwei Monaten fiel es ihr schwer, darüber zu sprechen, was ihr und ihrer Mutter zugestoßen war. Dabei hatte sie selbst noch Glück gehabt, denn sie war Mayer mit nicht mehr als einem leichten Schock, Sonnenbrand und Dehydration entkommen. Zumindest ihre körperlichen Symptome waren nach wenigen Tagen bereits vollständig kuriert gewesen. Ihre Mutter dagegen hatte mehrere Wochen im Krankenhaus zubringen müssen und war dem Tod nur knapp entronnen. Der Gedanke an ihre bleiche, ausgezehrte Gestalt auf dem weißen Laken des Klinikbetts ließ Lena noch immer innerlich erschaudern.

Zusätzlich war ihr Vater nahezu an der belastenden Situation verzweifelt. Lena sah ihn immer noch vor sich, wie er Tag und Nacht an dem Bett seiner Frau gesessen hatte und ihre Hand hielt, bis eine Schwester oder ein Arzt ihn dann und wann für ein paar Stunden regelrecht verscheuchten, damit er ein wenig Schlaf finden oder sich kurz die Beine vertreten konnte. Und da war noch eine Sache. Eine Art Spannung, die Lena zwar spürte, jedoch nicht genauer einordnen konnte. Während sie sich in Mayers Gewalt befunden hatte, war irgendetwas zwischen ihren Eltern vorgefallen.

»Lass uns den Nachmittag am See verbringen«, schlug sie vor, als sie in einigen Hundert Metern Entfernung das Schimmern der spiegelglatten Wasseroberfläche wahrnahm. »Wir suchen uns irgendwo ein schattiges Plätzchen und genießen das schöne Wetter. Was sagst du dazu?«

»Geht leider nicht«, entgegnete Harry. »Ich muss in knapp drei Stunden meine Schicht antreten, Lena. Das weißt du doch.«

Sie zuckte innerlich zusammen. Natürlich. Wie unsensibel von ihr, Harry mit Entspannung und Müßiggang zu locken, obwohl sie doch wusste, dass ihm an diesem Tag noch harte Arbeit bevorstand. Stolz und dankbar sah sie ihn an. Seit das Musikhaus bis auf die Grundmauern abgebrannt war, musste die Familie Albers ihren Lebensunterhalt auf andere Weise bestreiten, was sich aufgrund der anhaltenden Wirtschaftskrise nicht gerade einfach gestaltete. Zwar gab es noch einige Ersparnisse, die eigentlich für die Renovierung des alten Hauses gedacht gewesen waren, aber auch diese schrumpften schnell, da sie dazu herhalten mussten, Unterkunft und Verpflegung für vier erwachsene Personen sicherzustellen. Glücklicherweise war es Lenas Vater es gelungen, sich eine Handvoll gut situierter Schüler zu bewahren, die er nun als Lehrer in deren Elternhäusern an ihren jeweiligen Instrumenten unterrichtete.

Harry war freiwillig in Hamburg geblieben, um der Familie dabei zu helfen, sich über Wasser zu halten. Hierfür hatte er sogar eine Stelle in einem der Lagerhäuser am Hafen angenommen, die Lenas Onkel Peter ihm über einen Bekannten vermittelt hatte. Viermal die Woche trat Harry seitdem an, um im Kaispeicher A auf dem Großen Grasbrook Berge von Säcken mit Kaffeebohnen auf die staubigen Speicherböden zu schleppen. Jedes Mal, wenn er zurück in die kleine Wohnung kam, die sich die vier übergangsweise teilten, war er völlig erschöpft und kaum noch in der Lage, sein spärliches Abendessen zu sich zu nehmen, bevor er ins Bett fiel. Und dennoch raffte er sich wieder und wieder auf und verdiente damit mehr als die Hälfte des Unterhalts der Familie, während er zusätzlich seine musikalische Karriere, von der Lena wusste, dass sie ihm mehr als andere bedeutete, schleifen ließ.

»Dann am Samstag?«, fragte sie hoffnungsvoll und gleichzeitig in der Absicht, Harrys Gedanken von der anstehenden Schufterei abzulenken.

»Das klingt traumhaft.« Er zwinkerte ihr zu und lächelte. »Dann lade ich dich zu einem Eis ein, und wir lassen es uns so richtig gut gehen.«

Lena berührte sanft Harrys Schulter. »Darauf freue ich mich jetzt schon.« Sie blieb stehen und ließ kurz den Blick über das leuchtende sommerliche Grüne des Parks schweifen, das in den hellblauen wolkenlosen Himmel überging.

»Alles in Ordnung?«, fragte Harry, der nun ebenfalls stehen geblieben war. »Willst du vielleicht doch lieber nach Hause?«

»Nein«, entgegnete Lena. »Es ist nichts. Ich wollte mir nur alles um uns herum in Ruhe ansehen. Der Park, der See und die ganze Stadt sind einfach wunderschön. Ich fühle mich sehr wohl hier. Und trotzdem …« Sie blickte zu Boden und strich eine kleine Falte aus ihrem blau-weiß gestreiften Sommerkleid, das sie extra für diesen

Ausflug ausgesucht hatte. »Trotzdem habe ich das Gefühl, dass wir beide bald nach London zurückkehren sollten. Du nicht auch?«

»Schon«, gab Harry zu, kratzte sich gedankenverloren an seinem etwas stoppeligen Kinn und legte die Stirn in Falten. »Aber was würde dann aus deinen Eltern? Ihre Situation ist immer noch ganz schön angespannt, und sie sind auf unsere Hilfe angewiesen.«

»Ja, das stimmt natürlich. Ich habe ja auch nicht gesagt, dass ich *sofort* abreisen will. Aber ich möchte dieses Ziel nicht aus den Augen verlieren.« Lena schob eine kastanienbraune Strähne hinters Ohr, die sich aus ihrer sorgfältig hochgesteckten Frisur gelöst hatte. »Außerdem müssen wir beide auch an uns selbst denken. Diese beengte Wohnsituation tut auf Dauer niemandem gut. Ganz im Gegenteil.«

»Ja, schon. Aber in London hast du doch auch eine Mitbewohnerin, auf die du Rücksicht nehmen musst. Ist das im Prinzip nicht dasselbe?«

Lena seufzte leise. Wollte Harry einfach nicht verstehen, was sie ihm zu sagen versuchte? Hatte er denn überhaupt keine Notiz davon genommen, dass mittlerweile sie es war, die ständig seine Nähe suchte? Oder davon, dass sie sich stets aufwendig herausputzte, wenn die beiden zusammen ausgingen? Im Grunde war er ein intelligenter und feinfühliger Mann, aber für diese Art von Signalen schien ihm schlicht die nötige Erfahrung zu fehlen.

»Ich will, dass wir endlich wieder zusammen Musik machen, Harry. Das fehlt mir schrecklich. An jedem Tag, an dem ich nicht singe, kommt es mir vor, als würde irgendetwas in mir abstumpfen. Wie eine Pflanze, die einmal in voller Blüte stand, aber nun Stück für Stück zusammenschrumpft, bis sie irgendwann einfach verschwunden ist.« Jetzt, wo sie dieses Bedürfnis so bildlich beschrieben hatte, spürte Lena es plötzlich sogar noch deutlicher als vorher. Aber die Leidenschaft für ihre Musik war nicht das Einzige, was sich in ihrem Herzen regte. Sie sah Harry an, der lediglich stumm nickte, die Hände in die Hosentaschen steckte und von einem Fuß auf den anderen trat.

»Habe ich mich eigentlich je so richtig bei dir für alles bedankt, was du für mich getan hast, Harry? Für das, was du für meine Familie auf dich genommen hast?«

»Ja, so ungefähr tausend Mal«, entgegnete er mit einem Augenzwinkern. Und da war es wieder, dieses zurückhaltende, aber dennoch so herzliche Lächeln, dem sie einfach nicht widerstehen konnte. »Und ich sage dir jedes Mal dasselbe, Lena: gern geschehen. Wirklich.« Nun war es Harry, der seinen Blick über die sommerliche Landschaft schweifen ließ, die beide umgab. »Natürlich möchte ich auch zurück nach England. Mir fehlen unsere Freunde, mir fehlt London, und ich sehne mich danach, endlich wieder Schlagzeug spielen zu können.« Er schüttelte seine Handgelenke aus, wie um sich selbst zu versichern, dass er die geschmeidigen Bewegungen noch nicht verlernt hatte. »Aber bis es so weit ist, sollten wir unsere Zeit hier in Hamburg genießen, meinst du nicht?«

»Tust du das denn?«, wollte Lena wissen und trat einen kleinen Schritt näher. »Die Zeit genießen?«

»Ja, natürlich. Du denn nicht?« Harrys Augenbrauen hoben sich leicht, während er Lena überrascht ansah.

»Doch«, entgegnete sie und überlegte gleichzeitig angestrengt, wie sie ihm begreiflich machen sollte, was sie wirklich meinte. »Aber ich habe manchmal das Gefühl, dass noch etwas fehlt. Etwas, das schon seit einiger Zeit unausgesprochen bleibt.«

Harry entgegnete nichts, aber Lena bemerkte, dass seine Haltung sich ein wenig versteifte, und seine Wangen leicht rot anliefen. Er öffnete den Mund ein kleines Stück und fuhr mit der Zungenspitze über das Innere seiner Lippen, als wolle er etwas sagen, ließ es aber dann doch bleiben und sah Lena nur aus großen Augen an.

*Verflixt noch mal*, dachte sie. *Liegt es vielleicht daran, dass er Engländer ist? Höfliche Zurückhaltung in allen Ehren, aber er lässt mich ja regelrecht auflaufen. Dabei bin ich mir zu hundert Prozent sicher, dass sein Herz längst erkannt hat, was ich von ihm will.* Lena warf einen schnellen Blick über ihre Schulter. Die beiden waren fast allein in diesem Abschnitt des Parks. Nur in Richtung des Sees waren einige Spaziergänger unterwegs. Kurzentschlossen trat sie noch näher an Harry heran und nahm seine Hände. Sie konnte fühlen, dass seine Handballen von der harten Arbeit im Kaispeicher hart und rau geworden waren. Als sie nun zu ihm aufsah, bemerkte sie ein nervöses Glitzern in seinen Augen.

*Tu es doch endlich*, rief ihre innere Stimme, während sie einander schweigend in die Augen sahen. *Du weißt, dass er es sogar schon viel länger will als du. Und jetzt ist die Gelegenheit endlich gekommen. Also mach schon!*

Fast so, als wäre diese stille Aufforderung irgendwie an sein Ohr gedrungen, ließ Harry vorsichtig eine von Lenas Händen los und strich dafür zärtlich über ihre Wange. Sie konnte sehen, wie sein Adamsapfel hektisch auf und ab hüpfte.

»Ich wollte immer nur in deiner Nähe sein«, flüsterte er. »Weißt du das, Lena? Ob ich in Hamburg bin oder in London, ist mir vollkommen egal. Selbst wenn du dir in den Kopf gesetzt hättest, zum Südpol zu marschieren … Ich hätte mir gleich am nächsten Tag einen Schlitten und ein paar Hunde zugelegt und wäre dir gefolgt.«

»Ich weiß«, sagte Lena lächelnd und schloss die Augen. »Nichts anderes hätte ich mir gewünscht.« Und dann spürte sie endlich, wie sein sanfter, lang ersehnter Kuss ihre Lippen verschloss.

»Es wird langsam wirklich Zeit für mich«, seufzte Harry, streckte die Arme in die Höhe und gähnte herzhaft. Keiner von ihnen hatte eine Uhr bei sich, doch Lena schätzte, dass sie weit über eine Stunde lang eng umschlungen im Schatten der großen Eiche gesessen hatten.

»Schade«, antwortete sie, strich ein paar Grashalme vom Saum ihres Kleids und stand auf. »Dann sehen wir uns heute Abend, wenn du zurückkommst.«

»Das will ich meinen, Mitbewohnerin«, flachste Harry und schenkte ihr wieder ein Lächeln. Dann wurde seine Miene jedoch ernst. »Sagen wir deinen Eltern dann schon, dass … also, dass wir …«

»Nein«, entgegnete Lena und schüttelte langsam den Kopf, während sie versuchte, ihre etwas zerzauste Frisur mithilfe von zwei Haarspangen zu richten. »Vorerst nicht. Ich denke, das würde die Dinge unnötig kompliziert machen.« Mit einer nun ganz selbstverständlichen Geste ergriff sie Harrys Hand, und die beiden machten sich auf den Weg zur Südseite des Parks, von wo aus ihr Weg sie hinunter zur Außenalster führen würde. »Außerdem brenne ich darauf, endlich zu erfahren, was sie auf dem Ohlsdorfer Friedhof herausgefunden haben.« Lena sah zu ihm hinunter. »Kaum zu fassen, dass du auf Anhieb wusstest, was Mayer in seinem seltsamen Brief mit AD20 meinte.«

»Ach«, winkte Harry ab. »Ich habe ja vor nicht allzu langer Zeit den Friedhofsplan studiert, um das Grab meines Ururgroßonkels ausfindig zu machen. Bevor wir aus London abgereist sind, hat mein Vater mir erzählt, dass er hier in Hamburg begraben sein soll. Und bei meinem Besuch auf dem Friedhof ist mir dieses Raster aus Zahlen und Buchstaben eben in Erinnerung geblieben.«

»Unser Harry«, witzelte Lena, »bescheiden wir eh und je.« Sie drückte sanft seine Hand, während sie nun zügiger Richtung Süden gingen, um den Weg am Rondeelkanal zu nehmen, der dann über die Fernsichtbrücke führte. Obwohl es hier etwas schattiger war als auf den weitläufigen Freiflächen des Stadtparks, konnte Lena immer noch die Wärme der Sommersonne spüren, die ihr in diesen Tagen immer wieder neue Kraft spendete. Endlich fühlte es sich so an, als sei in ihrem Leben alles genau da, wo es sein sollte.

# 43.

*Ohlsdorf, Dienstag, 29. Juli 1930*

Langsam schritten Theresa und Georg die lange Reihe von Gräbern ab, die von Westen nach Osten verlief. Es war ein sonniger Nachmittag, und ringsherum reckten sich vielfarbige Blüten dem Licht entgegen. Außer dem Singsang der einheimischen Vogelschar und dem leisen Tappen der Schritte des Paars auf dem schmalen steinernen Weg war weit und breit kein Geräusch zu hören.

»Wie ruhig es hier ist«, flüsterte Theresa. Ihr Hals fühlte sich immer noch rau und beansprucht an, sodass es sie anstrengte, lauter zu sprechen. »Das gefällt mir. Ganz anders als die ohrenbetäubende Hektik, der wir in der Stadt den ganzen Tag ausgesetzt sind.«

»Ja«, erwiderte Georg. »Es tut gut, den ganzen Trubel mal für einen Moment hinter sich zu lassen.«

Theresa griff nach seiner Hand und sah ihm ins Gesicht. Er sah müde aus. Sehr müde. Man hätte meinen können, er wäre in den letzten Monaten um Jahre gealtert. Die Falten um seine Augen und Mundwinkel herum hatten sich merklich vertieft, und seine Haare waren nun fast vollständig ergraut.

*Armer Georg*, dachte Theresa. *Der Verlust des Musikhauses schmerzt ihn noch mehr als mich. Ich wünschte, ich könnte die Zeit zurückdrehen und es für ihn retten.*

Aber das ging nun einmal nicht. Dort, am östlichen Ufer der Außenalster, wo noch bis vor ungefähr zwei Monaten das Musikhaus Albers gestanden hatte, erhob sich nun nur noch eine traurige verkohlte Ruine. Und selbst diese würde bald abgerissen werden, da sie in höchstem Maße einsturzgefährdet war.

»Mayer hat sein Ziel am Ende doch noch erreicht«, stellte Georg fest, als hätte er Theresas Gedanken erraten. »Er hat unsere Familie an ihrem verwundbarsten Punkt getroffen und uns damit gleichzeitig unserer Existenz und unseres Zuhauses beraubt.« Er atmete tief ein und wischte sich dann ein paar Schweißperlen von der Stirn. »Das tut weh, Theresa. Es tut verdammt weh.«

»Das sehe ich anders«, widersprach sie. »Er hat kein einziges seiner Ziele erreicht. Er wollte uns Lena wegnehmen, und sie kam zurück. Er wollte uns beide trennen, doch wir stehen weiter zueinander.« Sie schloss die Augen und versuchte mit aller Kraft, die Erinnerungen beiseitezuschieben, die sich in ihr Bewusstsein drängten: das Gefühl von Todesangst, der Gestank des Rauchs und das Brüllen der Flammen, die nach ihrem Körper griffen. »Und schließlich hat er versucht, mich mit in den Tod zu reißen, und auch das ist ihm nicht gelungen.«

»Das stimmt«, musste Georg eingestehen. »Unglaublich, dass sein Hass und seine Rachegelüste so groß waren, dass er bereit war, dafür zu sterben. Wie kann ein Mensch nur so werden, Theresa?«

»Ich glaube, er hatte einfach mit seinem Leben abgeschlossen«, erwiderte sie. »Nach Jahrzehnten der Einsamkeit, ständig auf der Flucht vor dem Gesetz und fern der Heimat. So konnte und wollte er vermutlich nicht mehr weitermachen.«

»Nun, immerhin das ist ihm gelungen. Auch wenn er mit Sicherheit einen schrecklichen Tod gestorben ist.«

Theresa nickte und schwieg. Sie hatte Georg zwar wahrheitsgemäß erzählt, dass es ihr in letzter Sekunde gelungen war, sich von Mayer loszureißen, dabei aber die Tatsache ausgelassen, dass sie ihn zuvor hatte erschießen müssen. Dieses grausame Detail wollte sie lieber für immer für sich behalten.

»Meinst du, wir sind schon in der Nähe von dem Bereich AD20?«, fragte sie.

»Auf jeden Fall«, gab Georg zurück. »So wie ich den Plan verstanden habe, müssten wir eigentlich sogar schon mittendrin sein.« Er ließ Theresas Hand für einen Moment los und strich ihr sanft über die rechte Schulter. »Ich schätze aber, dass wir uns besser nicht zu viele Hoffnungen machen sollten. Nach allem, was geschehen ist, denke ich immer noch, dass Mayer durch seinen kryptischen Hinweis lediglich eine Ablenkung schaffen wollte, um uns von unserem eigenen Haus fernzuhalten. Vielleicht hat das Kürzel überhaupt keine tiefere Bedeutung. Harrys Idee mit dem Friedhof ist zwar einleuchtend, beruht aber letztlich auf reiner Spekulation.«

»Sicher«, murmelte Theresa. »Da hast du recht.« Doch sie wusste, dass Mayer nicht einfach so irgendwelche Zahlen und Buchstaben zu Papier gebracht hatte. Irgendetwas steckte hinter seiner Botschaft. Vermutlich etwas aus ihrer gemeinsamen Vergangenheit, an die er sich bis zuletzt so unerbittlich geklammert hatte.

Ein leuchtend gelber Zitronenfalter flatterte dicht an ihrem Kopf vorbei und zog in der Luft ein paar kleine Bögen, bevor er sich auf den zartlila Blüten eines Sommerflieders niederließ. Der Busch bog sich sanft über ein paar etwas ältere, aber unscheinbare Grabsteine. Theresa war für ein paar Sekunden wie gebannt von diesem wunderschönen Naturschauspiel, sodass sie erst, als der zierliche Falter seine Reise fortsetzte, bemerkte, was direkt neben der herabhängende Blüte geschrieben stand, und dann augenblicklich erstarrte.

*Jakob Theodor Hansen*
*1884 – 1909*

»Heiliger Strohsack«, entfuhr es Georg, der Theresas schockierten Blick bemerkt und dann selbst die Inschrift gelesen haben musste. »Denkst du, der Name ist vielleicht nur ein Zufall, oder …«

»Nein«, flüsterte Theresa und versuchte gleichzeitig, ihre Gedanken zu ordnen. »Auf keinen Fall. Das ist Jakobs Grab, ganz sicher. Und Mayer muss genau gewusst haben, wo es ist.«

Wie in Trance trat sie einen Schritt vor, beugte sich hinab zu dem niedrigen, mit Moos bewachsenen Stein und strich mit den Fingern über die eingravierten Buchstaben und Zahlen, als müsse sie sich vergewissern, dass diese real waren und nicht bloß ein Produkt ihrer Fantasie. Sie spürte, wie eine Träne ihre Wange hinablief. Nach all dieser Zeit und lange nachdem sie die Hoffnung aufgegeben hatte, dass dieser Augenblick jemals kommen würde, stand sie nun plötzlich am Grab ihrer ersten großen Liebe. Und zu allem Überfluss war Jakob in den vielen Jahren nie weit von ihr entfernt gewesen. Sein Vater und seine Brüder, die allesamt mittlerweile verstorben waren, mussten sich nach seinem tödlichen Unfall doch noch ein Herz gefasst und seine sterblichen Überreste von Berlin nach Hause geholt haben.

»Tut mir leid«, seufzte Theresa, als sie spürte, wie Georg ihr tröstend über den Rücken strich. »Das muss sehr seltsam für dich sein.«

»Nein«, sagte er, ohne zu zögern. »Eigentlich nicht.« Georg erhob sich und sah sich über die umliegenden Gräber hinweg um. »Allerdings verstehe ich es nicht.«

»Was verstehst du nicht?«

»Warum Mayer das getan hat. Schließlich haben wir den Hinweis auf das Grab aus seinem Brief. Aber weshalb wollte er dir verraten, wo Jakob beerdigt wurde? Was hat er sich davon versprochen?«

»Nun ja«, sagte Theresa und stand ebenfalls auf, ohne jedoch den Blick von dem halb überwucherten ungepflegten Grabstein zu nehmen. »Du hast es ja selbst gesagt: Es war ein willkommenes Ablenkungsmanöver für ihn. Er wollte Chaos und Verwirrung stiften, damit wir nicht merken, dass er es auf die Zerstörung des Musikhauses abgesehen hatte.« Kurz flackerte die Erinnerung an die beängstigenden Augenblicke ihres Lebens wieder in Theresa auf, und sie sah Mayers wahnsinnigen Blick vor sich, während er sie festhielt, weil er wollte, dass sie mit ihm in den Flammen starb. »Mayer war ein kranker Mann, Georg. Ich weiß nicht, was genau in seinem Hirn vor sich ging, und ich will es ehrlich gesagt auch gar nicht wissen. Aber mit Sicherheit hatte es auch etwas mit Macht zu tun. Macht über andere zu haben und ihnen diese zu demonstrieren, das war ihm immer schon wichtig. Mit seinem Hinweis konnte er mir zeigen, dass er all die Jahre über eine Information verfügte, die er mir vorenthalten und deren Fehlen mir Kummer bereitet hat. Und außerdem …« Sie hielt kurz inne, bevor sie fortfuhr. »Außerdem dachte er wahrscheinlich, dass die Entdeckung von Jakobs Grab dich und mich als Paar entzweien könnte. Immerhin war ich mit ihm verlobt und stand kurz davor, ihn zu heiraten, bevor Mayer ihn getötet hat.«

»Und«, hakte Georg nach. »Tut es das?«

»Tut es was?«

»Uns entzweien. Bitte sei ganz ehrlich, Theresa. Hast du dir in den letzten beiden Jahrzehnten nicht manchmal ausgemalt, wie es gewesen wäre, wenn dein Jakob wohlbehalten aus Berlin zurückgekehrt wäre und ihr wie geplant geheiratet hättet? Sicher hättest du mit ihm ein großartiges Musikhaus eröffnet, einen ganzen Stall voll Kinder bekommen und wärst überglücklich gewesen.«

»Georg …«

»Nein, ich meine es wirklich ernst. Und dann dieser Streit, bei dem ich mich so ekelhaft benommen habe. Du hast dich mir nach all den Jahren in einer schweren Krise anvertraut, und ich habe dich weggestoßen. Da muss dir doch der Gedanke gekommen sein, welches andere Leben dir durch Jakobs Tod damals entgangen ist.«

»Georg«, sagte Theresa nochmals, aber ihre Stimme klang dieses Mal deutlich bestimmter. »Jetzt hör mir mal genau zu.« Sie trat einen Schritt auf ihn zu und berührte zärtlich seine raue Wange und sah ihm tief in die Augen. »Niemand hätte es jemals geschafft, uns tatsächlich zu trennen. Nicht Franz Mayer und auch niemand anderes. Niemals. Das ist ja wohl klar.« Sie warf einen kurzen Blick über die Schulter in Richtung des Grabes. »Und was Jakob angeht: Ja, wir waren verlobt, und ich habe ihn sehr geliebt. So sehr, dass ich das Gefühl hatte, meine ganze Welt würde auseinanderbrechen, als ich von seinem Tod erfahren habe. Aber als wir beide dann zueinandergefunden haben, da habe ich es geschafft, die Traurigkeit und die Verzweiflung hinter mir zu lassen und zum ersten Mal wieder nach vorne zu schauen.« Sie legte ihren Kopf an Georgs Brust, und er schloss sie in die Arme. »Ich denke manchmal noch an Jakob. Dann erinnere ich mich zurück an meine Jugend und an die schöne Zeit mit ihm. Aber meine Liebe, die gilt ganz allein dir, kapiert?«

»Kapiert«, flüsterte Georg und Theresa konnte, ohne aufzusehen, spüren, dass er dabei lächelte. »Ich gehe jetzt nach Hause. Kommst du mit, oder brauchst du noch ein paar Minuten?«

Theresa überlegte einen Moment. »Ich komme mit«, sagte sie schließlich und nahm Georgs Hand. »Ich muss das erst mal in Ruhe verarbeiten. Aber es tut sehr gut, nun endlich zu wissen, dass Jakob es zum Schluss doch noch nach Hause geschafft hat.« Sie drehte sich noch ein letztes Mal um. »Gleich morgen werde ich mich darum kümmern, dass sein Grab gesäubert wird und ein paar frische schöne Blumen bekommt.«

»Die kannst du aus unserem Garten nehmen.« Georg küsste sie auf den Kopf und zwinkerte ihr zu. »Der ist uns immerhin noch geblieben. Ich habe vor Kurzem sogar ein paar Veilchen aus der Asche sprießen sehen.«

»Stimmt«, sagte Theresa und sah nachdenklich hinauf in den Himmel. »Irgendwie ist also doch jedes Ende auch ein Neuanfang, oder?«

# 44.

Bald würde die Sonne hinter den Dächern der hohen, schmalen Mietskasernen versinken. Es war kurz vor neun Uhr an diesem Samstagabend, als Theresa, Georg, Lena und Harry in der kleinen Wohnung beim Abendessen saßen. Auch zu dieser späten Stunde herrschten noch Aufregung und allerlei geschäftiges Treiben in dem großen Mietshaus, in dem die vier seit nun knapp drei Monaten wohnten. Man konnte hören, wie schwere Waschschüsseln über die steile Treppe nach oben getragen wurden und wie eine Mutter ein paar Kinder ausschimpfte, die offenbar einfach nicht in ihren Betten bleiben wollten. Obwohl das Fenster der spärlich eingerichteten Küche offen stand, lag immer noch ein Hauch des muffigen Geruchs in der Luft, der Tag und Nacht aus dem alten Mauerwerk des Hauses strömte.

»Übrigens, Harry«, sagte Georg und hob die ziemlich trockene Brotscheibe zum Mund, die er gerade mit etwas Schmalz bestrichen hatte. »Ich habe heute Morgen noch mal mit meinem Bruder gesprochen. Er sagt, dass er Ihnen bis nächsten Monat vielleicht eine bessere Stelle verschaffen kann. Eventuell wird sogar in der Verwaltung etwas frei. Was meinen Sie dazu? Sie wären die elende Schlepperei los und würden sogar mehr verdienen.«

Harry warf Lena über den Tisch hinweg einen Blick zu. »Danke, Herr Albers, aber ich denke, das wird nicht nötig sein.«

»Nicht nötig?«, wiederholte Georg, ließ seine Stulle sinken und sah den jungen Mann ungläubig an. »Aber das scheint mir doch ein sehr gutes Angebot zu sein. Tut Ihnen denn nicht alles weh, wenn Sie den ganzen Tag die schweren Säcke hin und her wuchten müssen? Ein Mann mit Grips, so einer wie Sie, kann doch auch sein

Geld verdienen, ohne sich schon in jungen Jahren die Knochen zu ruinieren.«

»Schon«, antwortete Harry und trank einen Schluck Tee, wobei er es vermied, Lenas Vater direkt anzusehen. »Aber ich denke, den Posten sollte vielleicht doch lieber jemand anderes bekommen.«

»Aber wieso denn bloß?«, ereiferte sich Georg. »Ich dachte, Peter tut Ihnen damit einen großen Gefallen! Sie müssen sich ja nicht jetzt gleich entscheiden, und die Sache ist ohnehin noch nicht in trockenen Tüchern, aber trotzdem …«

»Papa«, schaltete Lena sich ein. »Ich bin mir sicher, Harry hat seine Gründe. Lass es doch gut sein für heute Abend, einverstanden?«

»Einverstanden«, entgegnete Georg und zuckte kopfschüttelnd mit den Schultern. »Ich habe es ja nur gut gemeint.« Er biss von seinem Brot ab, trank ein wenig Wasser aus seinem Becher und stand langsam auf. »Ich gehe gleich zu Bett, Kinder. Mir tun nämlich jeden Abend die Knochen weh. Man wird wirklich nicht jünger, das kann ich euch sagen.«

Harry sah noch einmal zu Lena hinüber, und diese nickte ihm aufmunternd zu.

»Also«, sagte er gedehnt und räusperte sich. »Es gibt da etwas, was ich gern mit Ihnen besprechen würde, Herr Albers. Und mit Ihnen auch, Frau Albers.« Er wandte sich kurz Lenas Mutter zu, die neben ihm saß und ihn nun aufmerksam ansah. »Ich werde nach London zurückgehen, und zwar noch diesen Monat. Mein Onkel war so freundlich, mir dort eine kleine Wohnung zu besorgen, in der ich übergangsweise bleiben kann.«

»Das kann ich gut verstehen«, ergriff Theresa das Wort. »Und du, Lena? Was ist mit dir?«

»Ich gehe mit«, antwortete diese sofort, und beobachtete gespannt die Mienen ihrer Mutter und ihres Vaters. Hoffentlich würde er ihr nicht wieder so eine Szene machen wie vor drei Monaten. »Harry und ich wollen uns weiterhin der Musik widmen. Das ist es, was uns glücklich macht und womit wir auch in Zukunft unseren Lebensunterhalt verdienen wollen.«

Ihre Eltern tauschten vielsagende Blicke. »Ich verstehe das

auch«, sagte Lenas Vater, und sie spürte, wie sich die Anspannung in ihrem Bauch löste. »Theresa und ich, wir sind damals auch unserem Traum gefolgt, gemeinsam ein Musikhaus zu eröffnen. Wenn man weiß, dass es das Richtige für einen ist, dann sollte man unbedingt dranbleiben.« Er ließ sich wieder auf den Stuhl sinken. »Allerdings«, fügte er leiser hinzu, »ist die momentane Situation wirklich schwierig …« Lena konnte an seinem Gesichtsausdruck und seiner gebeugten Körperhaltung sehen, dass es ihm schwerfiel, seine Bedenken auszusprechen. »Ihr wisst, dass Theresa immer noch in Behandlung ist, und ich habe nur einen Teil meiner Schüler halten können. Selbst die Miete für diese kleine Wohnung aufzubringen, wäre schon eine große Herausforderung für uns. Daher …« Sichtlich verlegen schob er mit dem Zeigefinger seiner rechten Hand ein paar Brotkrümel auf seinem Teller hin und her. »Könntet ihr mit eurer Abreise nicht noch ein oder zwei Monate warten? Würde das gehen?«

»Nein«, erwiderte Lena entschlossen. »Wir haben schon alles genau geplant und vorbereitet. Diesen Monat gehen wir zurück.« Sie legte über den abgewetzten Holztisch hinweg sanft ihre Hand auf die ihres Vaters. »Es kann einfach nicht mehr so weitergehen, Papa. Bitte versteh das doch.«

»Das tue ich«, entgegnete er und nickte. »Und deine Mutter und ich werden euch dabei, so gut es geht, unterstützen. Und was alles andere angeht«, er seufzte leise und kratzte sich an der Schläfe, »werden wir auch irgendeine Lösung finden. Wir kommen schon über die Runden, Kind. Verlass dich drauf.«

»Vielleicht müssen wir das gar nicht«, sagte Lenas Mutter. Alle Anwesenden sahen sie erstaunt an.

»Wie meinst du das, Mama?«, fragte Lena.

Zu ihrer Überraschung zog ihre Mutter eine etwas zerknitterte Tageszeitung hervor und legte sie vor sich auf den Tisch. »Ich meine, wir sollten alle zusammen nach England gehen.« Lenas Vater öffnete den Mund und wollte wohl etwas einwenden, doch seine Frau fuhr entschlossen fort. »Ich kenne mich zwar nicht perfekt in der heutigen Politik aus, aber ich erkenne die Zeichen der Zeit. Und es sieht düster aus in Deutschland. So düster wie damals, bevor der Große Krieg ausbrach und die halbe Welt ins Verderben stürzte.«

»Na ja«, wandte ihr Mann ein. »So wie damals ist es ja nun noch lange nicht.«

»Stimmt«, entgegnete Lenas Mutter. »Aber willst du wirklich hier sitzen und warten, bis es so weit ist? Bisher scheint es hierzulande noch recht ruhig zu sein, aber unter der Oberfläche brodelt es schon ganz gewaltig. Die Wirtschaftskrise hat das Land fest im Griff, und die Bürger haben von Tag zu Tag größere Angst um ihre Existenz.«

»Man hört auf der Straße fast nichts anderes mehr«, bestätigte Harry. »Und dann kommt auch noch der heftige Streit über den Young-Plan hinzu.«

»Was ist das?«, fragte Lena und schämte sich dabei ein bisschen, da sowohl Harry als auch ihre Eltern offenbar einen deutlich besseren Überblick über das aktuelle Weltgeschehen hatten als sie selbst.

»Bei dem Plan geht es um Reparationen«, erklärte ihr Vater. »Also um Ausgleichszahlungen, die wir Deutschen für unsere Schuld am Krieg zahlen sollen. Über hundert Milliarden Reichsmark sollen dabei fließen, und zwar über einen Zeitraum von fast sechzig Jahren. Damit werden sich also noch die nächsten drei Generationen in diesem Land auseinandersetzen müssen.«

»Diese Frage spaltet das gesamte Reich«, stellte seine Frau fest. »Viele sind gegen den Plan und wehren sich mit allen Mitteln gegen seine Umsetzung. Mittlerweile sind wir ja schon so weit, dass nur noch per Notverordnung regiert wird, weil die Herren Volksvertreter sich auf absolut nichts mehr einigen können.« Sie stand auf und ging im Raum hin und her. »In knapp sechs Wochen findet die nächste Reichstagswahl statt, und ich befürchte, dass die NSDAP dabei deutlich zulegen wird. Diese Leute reden ganz offen von Kampf und von Umsturz. Das nimmt ganz sicher kein gutes Ende.«

»Wir wissen nicht, wie die Wahl ausgehen oder was danach im Reich passieren wird«, wandte Lenas Vater ein, aber sie konnte an den tiefen Falten auf seiner Stirn sehen, dass auch er sich große Sorgen über die Zukunft machte.

»Nein«, gab ihre Mutter zu. »Aber was hält uns denn noch hier,

Georg? Diese schimmelige Bude?« Sie vollführte mit ihrer rechten Hand eine ausladende Geste. »Oder etwa die verkohlten Ruinen unseres Musikhauses? Ich kann auf beides getrost verzichten!«

Ein paar Sekunden herrschte eine bedrückende Stille, dann sagte Lenas Vater: »In Ordnung, Theresa. Wenn du dieses Abenteuer wagen willst, dann bin ich dabei.«

Lena war erstaunt, dass er so leicht zu überzeugen gewesen war. Andererseits hatten auch ihm die letzten Monate nochmals deutlich aufgezeigt, was im Leben wirklich zählte. Obwohl es nur Minuten gewesen waren, in denen er geglaubt hatte, Theresa verloren zu haben, so hatten diese dennoch einen bleibenden Eindruck hinterlassen. Lena war sich sicher, dass er zu seiner Frau stehen würde, koste es, was es wolle.

»Herr Albers«, meldete sich Harry zu Wort. »Vielleicht könnten wir beide dazu noch kurz etwas besprechen. Schließlich geht es hier ja um mein Heimatland, und da hätte ich schon die ein oder andere Idee.«

Lenas Vater nickte und fragte: »Aber das hat sicher auch noch bis morgen Zeit, oder?«

»Nein, ehrlich gesagt nicht. Es wäre mir lieber, wenn wir das jetzt gleich bereden könnten.« Harry war etwas rot geworden. »Bitte, Herr Albers. Ich brauche nur zehn Minuten Ihrer Zeit.«

»Lena«, sagte ihre Mutter und erhob sich vom Tisch. »Komm, Schatz, lass uns noch eine kleine Runde spazieren gehen. Dann haben die Männer hier ihre Ruhe.«

Lena nickte und stand ebenfalls auf, wobei sie schon einmal die vier leeren Teller von der Tafel aufnahm und in die Spüle stellte. »Einverstanden. Bis gleich, ihr beiden.«

»Also, Harry«, sagte Georg, lehnte sich in seinem Stuhl zurück und verschränkte die Arme. »Was brennt Ihnen denn auf der Seele?« Er beobachtete sein Gegenüber. Harrys Wangen waren leicht rot angelaufen, und er trommelte nervös mit den Fingern auf den Küchentisch. »Wollen Sie mir vielleicht schon mal ein paar Vokabeln beibringen? Das wäre gut, denn außer *Hello* und *Goodbye* werde ich in London erst einmal nichts zur Konversation beitragen können, fürchte ich.«

»Nein«, erwiderte Harry und zog einen Mundwinkel zu einem halben Lächeln nach oben. »Darum geht es nicht. Aber ich bin sicher, Sie werden sich schnell zurechtfinden. Und das mit der Sprache bekommen wir gemeinsam auch in den Griff.«

»Gut, gut«, murmelte Georg. Er nickte zwar, sprach dann aber bewusst nicht weiter, um Harry aus der Reserve zu locken. Er hatte eine ziemlich genaue Vorstellung davon, was der junge Mann von ihm wollte, aber die richtige Frage müsste dieser schon selbst stellen.

»Es hat im Grunde … eher mit der … Wohnsituation zu tun«, setzte Harry an. Er sprach stockend und suchte dabei offenbar nach den richtigen Worten.

»Die Wohnsituation?«, wiederholte Georg. »Nun ja, wenn ich mich hier so umsehe, dann kann die nächste Bleibe ja fast nur eine Verbesserung sein, oder?« Er drehte sich halb auf seinem Stuhl um und tippte mit dem Zeigefinger gegen die Wand. Sofort fiel ein Stück staubiger Putz zu Boden. »Vielleicht könnten wir uns ja auch mit einem Vorort von London anfreunden, wo man etwas mehr für sein Geld bekommt.«

Tatsächlich konnte Georg es gar nicht erwarten, endlich aus Hammerbrook herauszukommen. Die beengten Verhältnisse in diesem heillos überfüllten Mietshaus waren unerträglich. Theresa, Lena, Harry und er selbst hatten gerade mal zwei Zimmer zum Leben, Essen und Schlafen. Das Bad befand sich am Ende des Flurs und wurde von nicht weniger als vier Familien genutzt, die zum Teil aus sechs oder mehr Personen bestanden. Dabei war Georg bewusst, dass die meisten von ihnen sogar noch viel weniger zum Leben hatten als die Familie Albers. In einigen Wohnungen ließen die Fenster lediglich den Blick auf die grauen, verdreckten Wände des nächsten, ebenso trostlosen Gebäudes zu, das eng angebaut war und kaum Sonnenlicht hereinließen. Hier dagegen konnte man zumindest ein wenig lüften und sah auf die darunterliegende Straße hinaus. Dennoch, wenn Georg an die wunderschöne alte Villa dachte, die das

Musikhaus an der Alster beherbergt hatte, dann war die jetzige Bleibe doch ein gewaltiger Abstieg. Diesem Viertel, das dessen Einwohner nicht ohne Grund schon seit geraumer Zeit *Jammerbrook* nannten, hätte Georg sogar das abgelegene, zugige Bauernhaus seines Vaters in Bergedorf vorgezogen. Immerhin hätte seine Familie dort etwas Ruhe und Privatsphäre gehabt.

»Sicher«, sagte Harry unterdessen. »Da gibt es bestimmt den einen oder anderen Ort, der sich eignen würde. Vorausgesetzt, der Weg ins Zentrum ist nicht allzu weit.« Er nahm die Hände vor seine Brust und rieb immer wieder unruhig über seine Knöchel.

*Mein Gott, Junge*, dachte Georg, *jetzt spuck's schon aus!* Er nahm seinen Becher auf, doch da dieser leer war, stellte er ihn wieder vor sich auf dem Tisch. Der Bursche tat sich wirklich ganz schön schwer damit, zum Thema zu kommen. Offenbar brauchte er doch einen kleinen Schubs, damit er endlich loslegte.

»Na gut, Harry«, sagte Georg und streckte sich ausgiebig, während er sein Gesicht zu einem schwachen Gähnen verzog. »Schön, dass wir schon mal darüber geredet haben. Aber es ist spät, und ich möchte jetzt wirklich zu Bett gehen, also …«

»Moment!«, rief Harry und sprang halb von seinem Stuhl auf. »Bitte, Herr Albers, noch einen Moment.«

Georg erwiderte nichts, lehnte sich ein Stück nach vorne und zog seine ergrauten Augenbrauen hoch. »Ja?«

»Ich …« Harry atmete so tief ein, dass sich seine Brust deutlich hob, und legte die Hände flach auf den Tisch. »Ich möchte Lena heiraten, Herr Albers. Ich möchte, dass sie meine Frau wird und dass wir dann in eine eigene Wohnung ziehen.«

*Ich wusste es*, dachte Georg und unterdrückte ein Lächeln. »Aha«, erwiderte er. »Und will Lena das auch?«

»Ich habe sie noch nicht gefragt, Herr Albers. Zuerst wollte ich mit Ihnen darüber reden.«

*Braver Junge.* Georg nickte nur knapp. Er glaubte Harry und empfand sein Verhalten als sehr anständig.

»Ich weiß, dass Frau Albers und Sie mich noch nicht allzu lange kennen«, fuhr Harry hastig fort, wobei er Georgs Schweigen wohl als Unentschlossenheit auslegte. »Aber ich kann Ihnen versichern, dass ich aus einem soliden Elternhaus komme und ausschließlich aufrichtige Absichten habe. Wenn wir erst einmal in England sind, würde ich Ihnen und Ihrer Frau natürlich auch gern meine Eltern vorstellen, und dann ...«

»Ja«, unterbrach ihn Georg. »Harry, die Antwort lautet ja.«

»Wie bitte?«

»Ja, ich bin einverstanden und gebe euch beiden meinen Segen.« Georg stand auf, ging um den Tisch herum und streckte Harry seine Hand entgegen. Dieser erhob sich ebenfalls, und als er einschlug, sah Georg, wie sich die hochgezogenen Schultern des jungen Mannes entspannten.

»Danke«, sagte Harry und sah Georg zum ersten Mal an diesem Abend in die Augen. »Vielen Dank, Herr Albers.«

»Nein, Harry«, entgegnete Georg und ging langsam zurück zu seinem Platz, wo er sich niederließ. »*Wir* haben zu danken. Meine Frau, Lena und ich verdanken es Ihnen, dass unsere Familie überhaupt noch existiert.« Er schluckte, als die Schrecken der vergangenen Ereignisse plötzlich wieder in sein Bewusstsein rückten. Es war ihm wichtig, sich bei seinem zukünftigen Schwiegersohn zu bedanken, aber er wollte vor ihm auch keine Schwäche zeigen. »Wenn Sie nicht da gewesen wären, um Theresa aus den Flammen zu retten ...« Georg brach ab und räusperte sich. »Außerdem hätten Sie schon längst nach London zurückgehen können und sind trotzdem geblieben, um uns allen zu helfen.« Er zögerte, bevor er die nächsten Worte aussprach, aber es half alles nichts. Auch wenn sein Stolz etwas leiden würde, so verdiente Harry es trotzdem, die Wahrheit aus dem Mund seines zukünftigen Schwiegervaters zu hören. »Wir stehen in Ihrer Schuld«, schloss Georg mit fester Stimme. »Ganz besonders ich. Und daher danke ich Ihnen nochmals von ganzem Herzen.«

Harry nickte und lächelte, wusste aber offenbar nicht, was er auf diese herzlichen Worte erwidern sollte.

»Lassen Sie uns anstoßen. Das muss doch gefeiert werden«, schlug Georg vor und sah sich nach allen Richtungen um. »Einer meiner Schüler hat mir letzte Woche eine Flasche Rotwein geschenkt.«

Knapp zwei Minuten später, nachdem Georg sowohl die Flasche als auch zwei saubere Gläser aufgetrieben und Erstere entkorkt hatte, schenkte er sowohl Harry als auch sich selbst ein wenig von dem dunkelrot schimmernden Wein ein. »Auf die Gesundheit!« Er nahm einen kleinen Schluck und ließ sich das fruchtige, leicht erdige Aroma auf der Zunge zergehen. »Sagen Sie, Harry, darf ich Ihnen noch eine Frage stellen?«

»Ja, natürlich.«

»Wie heißen Sie eigentlich mit Nachnamen? Wenn Sie bald meine Tochter heiraten wollen, sollte ich den vermutlich kennen.«

»Stimmt«, lächelte Harry. »Ich heiße Harrison.«

Georg setzte sein Glas ab und sah Harry mit großen Augen an. »Sie heißen Harry Harrison?«

»Ach so, nein.« Er schüttelte heftig den Kopf, wobei sein Lächeln noch breiter wurde. »Harry ist mein Spitzname. So haben mich schon früher in der Schule alle genannt. Eigentlich heiße ich Benjamin Jacob Ephraim Harrison.«

»Oh«, entfuhr es Georg. Das klang doch mehr nach Aristokratie als nach einem einfachen Musiker. Er hätte gern noch mehr über Harrys Familie erfahren, aber das würde sich sicher bald ohnehin ergeben. »Verstehe. Nun, meine Tochter heißt ja eigentlich auch Helena, aber irgendwie hat ihr Lena schon immer besser gefallen, und irgendwann haben meine Frau und ich sie dann ebenfalls so genannt.« Er trank noch einen Schluck Wein. »Lena Harrison. Ja, das hat einen guten Klang, finde ich.«

»Finde ich auch«, bestätigte Harry und erhob sein Glas in Georgs Richtung. »Und ich hoffe doch sehr, dass Lena das auch so sieht.«

# 45.

Obwohl sie nun schon seit mehr als sechs Wochen zurück in London war, kam Lena sich immer noch vor wie eine Touristin in einer
fremden Welt. Alles schien plötzlich so anders zu sein: Nie zuvor
hatte sie bemerkt, wie häufig es selbst an milden Tagen plötzliche
Regenschauer gab, die den Himmel mit ihrem tristen Grau überzogen oder wie oft die Gassen von dem dichten, nach Kohlenstaub
und Schwefel riechenden Nebel verstopft wurden, den die Einheimischen *pea soup fog*, Erbensuppennebel, nannten. Selbst die schönen
historischen Gebäude und Denkmäler hatten in ihren Augen ein wenig von ihrem ursprünglichen Glanz verloren und wirkten nun seltsam matt und farblos. Sicherlich hatte es hier in dieser altehrwürdigen Stadt in den wenigen Monaten ihrer Abwesenheit kaum tief
greifende Veränderungen gegeben, sodass Lena davon ausgehen
musste, dass sie selbst es war, die als eine andere zurückkehrte. Hatte sie früher das laute, hektische Treiben rund um die belebten Bars
und Cafés in der Fleet Street noch unbeschwert genießen können, so
kam es ihr jetzt anstrengend und irgendwie nervenaufreibend vor.
Manchmal vermisste sie sogar ein wenig die Ruhe und die sanften
Wogen der Außenalster, die sie in Hamburg so gern beobachtet hatte. Sicher, ihre Heimatstadt war groß, und auch dort gab es einiges
zu sehen und zu erleben. Aber London schien regelrecht zu pulsie-
ren und die unterschiedlichsten Charaktere aus aller Welt anzuzie-
hen, die sich allesamt darum rissen, hier ihr Glück zu versuchen.
Manchmal kam es Lena so vor, als müssten die weitverzweigten
Straßen und Gassen bald aus allen Nähten platzen vor lauter Menschen.

»*Good morning*, Miss Albers.« Sie erkannte die tiefe, leicht rauchige Stimme sofort und drehte sich zu dem älteren Mann um, der sie im Vorbeigehen angesprochen hatte.

»*Good morning*, Mr Stevenson«, erwiderte sie und verfiel automatisch in die Landessprache, in der sie sich immer noch sehr wohl fühlte, obwohl sie zu Hause mindestens genauso oft Deutsch mit ihren Eltern sprach. »Wie laufen die Geschäfte?«

»Ach, mal so und mal so«, antwortete der Wirt, dessen Pub Three Crosses Inn nur eine Seitenstraße entfernt lag. Lena lächelte, denn sie wusste, dass Mr Stevenson sich wieder einmal übertrieben bescheiden gab. Sein Lokal war weithin für sein ausgezeichnetes Bier und seine deftige traditionelle Küche bekannt, sodass man oft keinen Platz darin ergattern konnte. Sicher würden sich auch heute wieder Scharen von Gästen auf den Weg zu ihm machen.

»Geht es Ihrer Frau wieder besser?«, erkundigte sich Lena und machte gleichzeitig einem dicklichen Mann Platz, der sich an ihr vorbeidrängte. »Ich hoffe, der Husten hat sich mittlerweile gelegt?«

»Ja, ja«, winkte Stevenson ab. »Solche wie meine Dorothy und ich, die haut so schnell nichts um. Wir sind hart im Nehmen, das können Sie ruhig glauben.« Er steckte die Hände in die Taschen seiner weiten dunkelblauen Hose und sah Lena über die ovalen Gläser seine Brille hinweg an. »Und wie steht's bei Ihren Eltern, Miss Albers? Gefällt es denen so langsam bei uns hier drüben, oder haben sie Heimweh?«

»Mal so und mal so«, erwiderte Lena und erntete dafür ein lautes, kehliges Lachen seitens des stets zu Scherzen aufgelegten Gastronomen. »Ich glaube, die beiden gewöhnen sich noch an alles. Schließlich haben sie so gut wie ihr ganzes Leben in Hamburg verbracht.«

»Verständlich.« Oliver Stevenson nickte. »Ich könnte mir nicht vorstellen, alles hinter mir zu lassen und in einem fremden Land noch mal neu anzufangen. Das erfordert viel Mut. Ja, da braucht es schon einen starken Charakter.« Er sah kurz auf seine Taschenuhr, die an einer goldenen Kette befestigt war, deren anderes Ende sich irgendwo unter seinem braunen Jackett befand. »Bitte seien Sie mir nicht böse, Miss Albers, aber ich muss los. Hab noch 'ne ganze Menge Einkäufe zu erledigen. Bitte grüßen Sie mir Ihre Eltern, ja?«

»Gern«, sagte Lena, wobei Mr Stevenson jedoch schon eilig nach Osten in Richtung Ludgate Circus davonlief.

Während sie weiter die laute, viel befahrene Straße entlangging, hallten die Worte des Londoner Urgesteins noch in Lenas Gedanken nach. Ja, es erforderte wirklich viel Mut, die Heimat hinter sich zu lassen und in die Fremde zu ziehen. Allerdings war ihren Eltern auch kaum etwas anderes übrig geblieben, nachdem sich in Hamburg ihre gesamte geschäftliche Existenz buchstäblich in Rauch aufgelöst hatte. Sie seufzte leise. Sowohl ihr Vater als auch ihre Mutter taten sich schwer mit den vielen Umstellungen, die der Ortswechsel für die Familie mit sich gebracht hatte. Es war nicht nur die Sprachbarriere, die ihnen den Zugang zu ihrer neuen Wahlheimat nicht leicht machte, sondern auch der Verlust einiger wichtiger Gewohnheiten und Rituale. So hatte Lenas Mutter ihren geliebten Garten eingebüßt und konnte nun aus dem Fenster der bescheidenen Erdgeschosswohnung im East End noch nicht mal einen einzigen grünen Grashalm sehen. Ihr Vater dagegen tigerte oft stundenlang unruhig über den ohnehin schon verschlissenen Teppich des Wohnzimmers, weil ihm seine geliebten Spaziergänge an der Alster genommen worden waren und er diese nicht gegen einen Spießrutenlauf zwischen heranrasenden Pferdekutschen und stinkenden, knatternden Automobilen eintauschen wollte. Viel Ablenkung wurde ihnen nicht geboten, da bisher keiner von beiden eine neue Erwerbsquelle gefunden hatte. Neben den monatlichen Zuschüssen, die aus Lenas und Harrys Gagen für deren Auftritte stammten und die ihr Vater nur widerwillig und stets mit zusammengepressten Lippen und tiefen Sorgenfalten auf der Stirn annahm, blieben lediglich ein paar Pfund pro Woche, die er an einer Handvoll Klavierschüler verdiente, die bereit waren, sich mit seinem mehr als holprigen Englisch auseinanderzusetzen. Lenas Mutter war auch jetzt noch bemüht, die Folgen der erlittenen Verbrennungen und der schweren Rauchvergiftung auszukurieren, die sie um ein Haar das Leben gekostet hätte. Lena hatte zwar ihrer Karriere wieder aufgenommen, wohnte jedoch notgedrungen mit den Eltern unter einem Dach, um diese möglichst zu unterstützen und gleichzeitig Geld zu sparen.

Harry hatte sich in einer Einzimmerwohnung ungefähr eine halbe Meile südlich eingerichtet.

*Harry.*

Bei dem Gedanken an ihn zog sich Lena das Herz zusammen. Spätestens seit ihrem Besuch im Planetarium und dem anschließenden Kuss bahnte sich zwischen den beiden zwar eine romantische Beziehung an, die aber unter den gegebenen Umständen kaum gedeihen konnte. Beide arbeiteten viel und waren oft in und um die Stadt herum unterwegs, sodass nur sehr wenig Zeit für gemeinsame private Unternehmungen blieb.

Lena zog den kleinen Zettel aus der Manteltasche, weswegen sie sich überhaupt auf den Weg durch die halbe Stadt gemacht hatte. Sie warf noch einmal einen Blick auf die Adresse. Diese lag in der Shore Road, nicht weit vom südöstlichen Ende des Victoria Parks im Bezirk Hackney entfernt. Lena hatte, nachdem sie das Papier in ihrem Briefkasten entdeckt hatte, sofort Harrys Handschrift erkannt. Da außer der Adresse nur noch die Uhrzeit *11 am* notiert war, also elf Uhr vormittags, ging Lena davon aus, dass Harry sich dort mit ihr treffen wollte. Sie fragte sich, was sich hinter der Anschrift verbarg und warum Harry so ein Geheimnis daraus machte. Da der Weg dorthin jedoch noch weit und die verbleibende Zeit knapp waren, winkte sie kurz entschlossen ein Taxi heran und bat den Fahrer, sie an dem besagten Ort abzusetzen.

Als Lena eine Viertelstunde später vor dem schmalen braun verklinkerten Haus ausstieg, begrüßte sie Harry auch schon, der offenbar vor der Tür auf sie gewartet hatte.

»Guten Morgen«, sagte er auf Deutsch und grinste breit. »Wunderbar, dass du es einrichten konntest.«

»Natürlich«, antwortete sie mit der gespielten Andeutung einer Verbeugung. »Stets zu Diensten, mein Lieber.« Sie ließ ihren Blick über das kleine, aber hübsche Häuschen schweifen, das etwas zurückgesetzt von der Straße stand und augenscheinlich über zwei vollständig ausgebaute Stockwerke verfügte. »Versuchst du dich neuerdings als Immobilienmakler?«

»So ähnlich.« Harrys Grinsen wurde noch breiter, und seine Augen leuchteten. Mit einem Mal klimperte ein Schlüsselbund in seiner linken Hand. »Von hier aus sieht es ja schon ganz nett aus, aber willst du es dir vielleicht mal von innen ansehen?«

Lena beschlich langsam eine leise Ahnung, was Harry im Schilde führte, doch sie nickte nur stumm und folgte ihm die drei breiten Stufen zur Eingangstür hinauf, die er flugs aufschloss.

»Oh!«, sagte Lena, als sie die kleine Diele durchquert hatten und in das erstaunlich große Wohnzimmer im Untergeschoss traten. »Das ist wirklich schön, Harry!«

Von innen wirkten die Räumlichkeiten wesentlich größer als von außen. Und nicht nur das. Während die graue Fassade mit ihrem leichten Moosbewuchs und den schwarzen Verfärbungen von ständigem Rauch und Smog eher den Eindruck eines vernachlässigten Gebäudes vermittelt hatte, schien die Inneneinrichtung neu zu sein. Es gab ein bequemes Sofa, einen glänzenden, niedrigen Holztisch sowie eine Stehlampe aus Messing, deren Licht sich auf der zartbeigen Tapete verteilte.

»Gar nicht so schlecht, oder?« Harry war schon in die ebenfalls neu eingerichtete Küche vorgegangen. Lena folgt ihm. »Mit etwas Kapital und handwerklichem Geschick kann man aus diesen alten Häusern wirklich etwas machen.« Seine Miene zeugte sowohl von Zufriedenheit als auch von Stolz, als er seine Hand über die polierte Arbeitsplatte neben dem Herd gleiten ließ.

»Mag sein«, entgegnete Lena und trat zu ihm, und er strich ihr zärtlich über die Wange. »Also bist du kein Immobilienmakler, sondern Handwerker geworden? Und nun verdienst du dein Geld damit, alte Häuser zu verschönern?«

»Nicht ganz«, antwortete Harry und legte seinen Arm um Lenas Schultern. »In dieser Hinsicht hat mir die Arbeit in Hamburg gereicht, um zu merken, dass ich zum Musik machen bestimmt bin und nicht zum Schuften und Schleppen. Manchmal träume ich nachts noch von den nie endenden Bergen an tonnenschweren staubigen Säcken voller Kaffeebohnen. Im Traum trage ich sie eine Rampe hinauf, die überhaupt kein Ende nimmt.« Er schüttelte leicht den Kopf. »Ich sage dir, Lena, eine Zeit lang dachte ich, ich würde nie wieder eine Tasse Kaffee anfassen.« Beide lachten, doch Harrys

Gesicht nahm nach ein paar Sekunden wieder einen ruhigen, ernsten Ausdruck an. Gedankenverloren tippte er mit dem Finger an die mit Emaille überzogene Front des Herdes, bevor er weitersprach. »Nein, wenn ich so etwas anpacke, dann arbeite ich nur für mich selbst und für niemand anderen.« Er schob Lena ein kleines Stück von sich und sah ihr in die Augen. »Außer für dich vielleicht.«

»Heißt das, du wohnst hier?« Lena sah sich um und entdeckte noch zwei weitere Türen, die von dem gemütlichen Wohnzimmer abgingen und vermutlich ins Bad sowie ins Schlafzimmer führten. Plötzlich überkam sie ein Anflug von schlechtem Gewissen, denn ihre Eltern hatten keine Ahnung, dass sie hier war, ganz allein mit Harry.

»Nein«, erwiderte er. »Aber ich habe das Haus gekauft! Und ich bin sehr froh darüber, dass ich es getan habe. Meine jetzige Wohnung ist zwar schon um einiges besser auszuhalten als diese Absteige in Hammerbrook, aber so richtig wohl habe ich mich auch da nie gefühlt.«

Lena war sprachlos. Harry hatte tatsächlich ein Haus gekauft! Und zwar ein sehr schönes. Langsam trat sie ans Fenster, zog die Vorhänge beiseite und blickte auf eine kleine, gepflegte Wiese mit angeschlossenem Garten, der offensichtlich zu dem Grundstück gehörte.

»Meine Eltern haben mir etwas Geld geliehen«, gestand Harry und wandte seinen Blick ab. »Aber ich werde es ihnen bis auf den letzten Penny zurückzahlen.«

»Aber Harry …« Lena fand immer noch kaum Worte angesichts dieser unerwarteten Neuigkeiten. »Warum hast du denn vorher nie etwas gesagt? Ich hatte ja keine Ahnung davon, dass du ein Haus kaufen wolltest.«

»Ganz einfach«, entgegnete er. »Weil ich noch nicht fertig bin. Das Wichtigste fehlt noch.«

»Du sprichst neuerdings in Rätseln«, seufzte Lena und ging langsam zurück ins Wohnzimmer, wo sie sich nochmals umsah. Alles um sie herum wirkte so, als sei das Haus bereit zum Einzug. Sämtliche Zimmer waren gründlich und mit Liebe zum Detail renoviert worden. »Ich sehe beim besten Willen nicht, was hier noch fehlen sollte.«

»Ach nein?« Harry war ihr aus der Küche gefolgt. »Dann solltest du vielleicht mal in den Spiegel schauen.«

»Was ...«, wollte Lena fragen, doch sie erstarrte, als Harry ein quadratisches Kästchen aus seiner Hosentasche zog und es aufklappte. Darin lag ein wunderschöner silberner Ring, der mit einem kleinen, leuchtend funkelnden Stein besetzt war.

»Lena Albers«, sagte Harry und ging auf die Knie. »Du bist es, die fehlt! Und du warst es auch schon immer. Ab der Sekunde, als sich unsere Blicke zum ersten Mal trafen, war ich bis über beide Ohren in dich verliebt. Ich weiß, wir kennen uns noch nicht so lange, aber ich möchte trotzdem behaupten, dass wir schon einige Höhen und Tiefen zusammen erlebt haben.« Die beiden lächelten sich an, und Lena spürte, wie sich ein Kribbeln von ihrer Magengrube über ihren gesamten Oberkörper ausbreitete. »Egal, wo wir waren, ob in Hamburg oder in London, ich habe mir jede einzelne Sekunde gewünscht, bei dir zu sein. Und hier könnte dieser Traum endlich wahr werden.« Harry holte tief Luft. »Willst du mich heiraten?«

»Ja!«, antwortete Lena. »Ja, Harry. Das will ich.« Er stand auf, steckte ihr sanft den Ring an ihren zitternden Ringfinger, und die beiden fielen sich in die Arme. Auch Lena hatte sich sehr gewünscht, endlich eine richtige Beziehung zu führen und mit Harry zusammenzuleben. Immer wenn sie daran gedacht hatte, waren ihr jedoch Gründe eingefallen, warum dies einfach nicht zu machen wäre. Einer davon meldete sich auf jetzt wieder und drohte, die überschwängliche Freude zu dämpfen.

»Harry«, flüstere Lena, während sie sich immer noch in den Armen lagen. »Was wird mit meinen Eltern? Ich weiß nicht, ob sie allein klarkommen, wenn ich jetzt einfach so ausziehe.«

»Aber *ich* weiß es«, Harry strich ihr beruhigend über den Rücken. »Ich habe mit deinem Vater gesprochen, und er hat mir versichert, dass die beiden sich allein zurechtfinden und auch ihre Wohnung halten können. Er sagte etwas davon, dass es finanziell gesehen eine positive Überraschung gegeben habe.«

»Was immer das nun wieder bedeuten mag«, murmelte Lena, grinste dabei jedoch erleichtert.

»Das wissen im Moment wahrscheinlich nur deine Eltern selbst«, sagte Harry. »Aber im Ernst: Dein Vater war sich seiner Sache sehr sicher. Er hat mir sogar geholfen, hier drin einiges aufzuräumen und ein paar alte Möbel loszuwerden.«

»So«, sagte Lena. »Dann wussten außer mir also schon alle Bescheid, was?«

»Ja, das ist wohl so.« Harry machte ein betont schuldbewusstes Gesicht, aber seine Augen funkelten immer noch voller Freude. »Bist du mir deshalb böse, mein Schatz?«

»Nein«, entgegnete Lena und trat einen Schritt zurück, um sich noch einmal in ihrem neuen Heim umzusehen. Fest drückte sie Harrys Hand. Eine Mischung aus Erleichterung und Vorfreude durchströmte ihren ganzen Körper, und sie atmete tief ein, während sie den Moment auskostete. »Nein, das bin ich nicht, Harry. Ganz im Gegenteil. Ich glaube, jetzt gerade bin ich zum ersten Mal seit Langem wieder rundum glücklich.«

# 46.

»*Cheers*«, rief Lenas Vater ungefähr zum fünften oder sechsten Mal an diesem Abend und hielt sein frisch gefülltes Glas Wein in die Höhe. »Auf das Brautpaar!«

Sie musste unwillkürlich lächeln. So gelöst und ungezwungen hatte sie ihn schon seit langer Zeit nicht mehr erlebt. Die Sorgen und Nöte des auslaufenden Jahres schienen endgültig von ihm abgefallen zu sein. Auch ihre Mutter wirkte zufrieden und hatte endlich wieder zu ihrem früheren stabilen Gesundheitszustand zurückgefunden. Ihre Augen leuchteten, und ihre Wangen waren von einem lebhaften Rosa, als sie nach der Hand ihres Mannes griff und gleichzeitig ihrer Tochter zuprostete.

Außer Lenas Eltern und dem Brautpaar waren nur noch Harrys Eltern anwesend, die ebenfalls gut gelaunt den Wein und das Essen genossen. Jacob Harrison war ein groß gewachsener, beleibter Mann mit weißen Haaren und einem imposanten Backenbart. Ihr Vater und er hatten sich gleich gut verstanden, da Mr Harrison ebenso wie sein Sohn fast akzentfrei Deutsch sprach. Dies verdankte er, wie er ausführlich berichtete, seinem Schwiegervater, Harrys Großvater, der die ersten zwanzig Jahre seines Lebens in der Nähe von Hannover gelebt hatte. Die Art wie Mr Harrison redete, stets mit Begeisterung in seiner Stimme und einem verschmitzten Lächeln auf den Lippen, hatte er definitiv an seinen Sohn weitergegeben. Von seiner Mutter, Marsha Harrison, hatte Harry dagegen die grünen Augen und die Sommersprossen geerbt. Die eher zurückhaltende Mrs Harrison blieb bei den Tischgesprächen meist schweigsam und warf dafür immer wieder Blicke zu ihrem Sohn hinüber, die von nichts als Freude und Stolz zeugten.

So schön, wie alles rund um sie herum dekoriert war, konnte

Lena fast nicht glauben, dass sie sich im geräumigen Hinterzimmer des Musikhauses Johnson befanden. Der Inhaber, für den ihr Vater seit einigen Wochen arbeitete, hatte es erlaubt, dass das Hochzeitsessen hier ausgerichtet wurde. Zunächst war Lena diese Idee etwas seltsam vorgekommen, aber da ihr Vater für die Kosten der Feier aufkam und felsenfest darauf bestanden hatte, er könne ein privates und feierliches Ambiente herbeizaubern, hatte sie schließlich eingewilligt.

Und nun, wo der entscheidende Tag endlich gekommen war, musste Lena sich eingestehen, dass sein Werk rundum geglückt war. Die Fenster des Raumes waren mit feinen Spitzengardinen geschmückt, die mit einem breiten grünen Band mit Schleifen gerafft waren, und in der Mitte stand ein langer Tisch mit einem strahlend weißen Tischtuch. Darauf waren neben Besteck und Tellern verschiedene Gestecke aus weißen Moosrosen und Schleierkraut drapiert, die zusammen mit den silbernen Kerzenhaltern den Eindruck einer festlichen Tafel vermittelten. Auch bei der Auswahl des Essens und der Getränke hatte Lenas Vater ein glückliches Händchen bewiesen. Wein und Bier hatte er von dem Wirt Oliver Stevenson besorgt und dessen Frau Dorothy als Köchin verdingt.

Das Menü bestand aus einer kräftigen Hühnersuppe mit Einlage und einem Hamburger Kalbsbraten mit Schmorgemüse und Butterkartoffeln. Das Rezept dafür hatte Lenas Mutter der englischen Köchin verraten. Diese hatte zum Abschluss ein paar luftige Scones gebacken, zu denen Kaffee, Tee oder ein Digestif serviert wurden.

Lena ließ den Blick über die Anwesenden schweifen. Alle wirkten zufrieden und gesättigt.

»Na, mein Schatz? Hattest du es dir so vorgestellt?«, flüsterte ihr Harry ins Ohr und strich sanft über ihren Oberarm. Der ungewohnte Anblick ihres sonst eher leger gekleideten Bräutigams, der nun in einem feinen hellbraunen Dreiteiler mit roter Krawatte steckte, gefiel Lena außerordentlich gut. Sie konnte immer noch das aufgeregte Kribbeln in ihren Gliedern fühlen, das über sie gekommen war, als sie ein paar Stunden zuvor gemeinsam mit Harry vor den Altar der kleinen Kapelle getreten war. Nur der engste Familienkreis hatte der Trauung beigewohnt.

»Ja«, sagte sie und zwinkerte ihm zu. »So oder jedenfalls so ähnlich. Die seltsamen Ideen meines Vaters führen manchmal eben doch zum Ziel.«

»Allerdings. Ich war auch ziemlich erstaunt, als er vorgeschlagen hat, die Feier hierher zu verlegen, statt einfach in ein Restaurant zu gehen. Erstens, weil er und Mr Johnson sich ja auch erst seit relativ kurzer Zeit kennen, und zweitens, weil ich dachte, es würde ihn vielleicht zu sehr schmerzen.« Harry sah kurz zu seinem Schwiegervater hinüber und senkte seine Stimme noch weiter. »Ich hätte geglaubt, dass dieser Ort ihn zu sehr an sein geliebtes Musikhaus an der Alster denken lassen würde. Unter anderen Umständen säßen wir jetzt gerade vielleicht dort, unter dem Dach deiner Eltern.«

Lena und zuckte leicht mit den Schultern. »Unter anderen Umständen vielleicht ...«

Sie schenkte Harry ein mildes Lächeln, zupfte ihr schlichtes weißes Brautkleid zurecht und richtete den kleinen gedrahteten Blütenkranz, der den Spitzenschleier auf ihrem Haar hielt. Dies war weder die richtige Zeit noch der richtige Ort für ein so gewichtiges Thema, sodass sie sich darauf beschränkte, diesem vorerst auszuweichen und stattdessen Gelassenheit auszustrahlen. Harry hatte natürlich recht. Lena konnte sich noch gut daran erinnern, wie verwundert sie selbst gewesen war, als ihr Vater vor ein paar Wochen plötzlich verkündet hatte, in Zukunft als Angestellter in einem Londoner Musikhaus arbeiten zu wollen. Wobei die Bezeichnung *Angestellter* ihm womöglich nicht gerecht wurde, denn der Inhaber, der alte Mr Johnson, hatte den fleißigen Deutschen aufgrund seiner langjährigen Erfahrung gleich von Anfang an mit verantwortungsvollen Aufgaben betraut. So prüfte Georg Albers die Bücher, beriet den Chef bei der Auswahl potenzieller neuer Lieferanten und übernahm Reparaturen und Einstellarbeiten an exklusiven Klavieren. Und das Musikhaus Johnson, das eigentlich den Namen *Johnson's Pianos* trug, florierte. Das recht übersichtliche, aber gut sortierte Ladengeschäft bestand bereits in dritter Generation und profitierte unter anderem von einer exzellenten Lage direkt am Haymarket. Diese Straße, die im Londoner West End von Piccadilly aus nach Süden Richtung Pall Mall verlief und, wie der Name verriet, einige Jahrhunderte zuvor hauptsächlich als Heumarkt gedient hatte, war vor allem für ihre Theater, aber eben auch für ihre Einkaufsmöglichkeiten bekannt.

Viele gut betuchte Stammkunden schätzten die professionelle Atmosphäre und den ausgezeichneten Service in dem lokalen Traditionsunternehmen. Allerdings sah es mit der Fortsetzung eben dieser Tradition recht finster aus, denn der kinderlose Mr Johnson, der sein gesamtes Leben als Junggeselle zugebracht hatte, ging mit großen Schritten auf seinen siebzigsten Geburtstag zu. Die ungewisse Zukunft seines Arbeitgebers bereitete Lenas Vater jedoch momentan wenig Sorgen, sodass sie davon ausging, dass er einfach glücklich darüber war, eine neue Aufgabe im Leben gefunden zu haben, in der er seine Leidenschaft für Musik wieder ausleben konnte.

»Jedenfalls ich bin froh, dass alles so ist, wie es ist«, stellte sie fest und legte ihren Kopf auf Harrys Schulter. »Und ich möchte jetzt am liebsten genau hier sein, bei dir.«

Er lächelte sie an und strich noch einmal liebevoll über ihren Arm. Doch gerade, als er etwas erwidern wollte, erhob sich Lenas Vater von seinem Stuhl und blickte erwartungsvoll in die Runde, sodass sämtliche Gespräche verstummten.

»Wenn ich kurz um eure Aufmerksamkeit bitten dürfte«, sagte er. Seine Wangen waren vom Wein schon deutlich gerötet. »Ich möchte dem Brautpaar nochmals alles erdenklich Gute wünschen. Hoffentlich habt ihr ein langes erfülltes Leben vor euch, das ihr zusammen verbringen könnt.« Er wandte sich seiner Tochter zu. »Lena, meine Liebe. Man sagt, das Band zwischen einem Vater und seiner Tochter sei etwas ganz Besonderes, und dem kann ich nur aus vollem Herzen zustimmen. Die Zeit, in der du geboren wurdest, war wahrlich keine einfache Zeit für deine Mutter und mich. Aber du hast einen Sonnenstrahl in unser Leben gebracht, der uns seitdem Tag für Tag begleitet, uns Freude schenkt und uns die Kraft gibt, immer weiter voranzuschreiten, auch wenn es einmal schwierig wird. Dafür danke ich dir.« Er sah sich für einen Moment in dem festlich geschmückten Raum um. »Und eine andere Sache, aus der ich immer wieder Kraft schöpfe, ist der Glaube an das Schicksal. Die Gewissheit, dass am Ende doch alles im Leben etwas Gutes hat, auch wenn es zunächst nicht so scheint. Denn nun, wo unsere Familie

endlich wieder versammelt ist, kann ich mir einfach nicht mehr vorstellen, wie ich es auch nur einen Moment lang – tatsächlich über
ein Jahr – aushalten konnte, so weit von dir entfernt zu sein, Lena.«
Er erhob sein Glas und räusperte sich umständlich und blickte in die
Runde. An dem schwachen Glitzern in seinen Augen konnte Lena
sehen, dass es ihm schwerfiel, in diesem emotionalen Moment seine
Fassung zu wahren. »Ich bin unendlich dankbar dafür, dass wir alle
hier in London zusammen sein können. Und es gibt nichts in der
Welt, dass ich dafür eintauschen würde.«

Lena sah ihren Vater an und wischte sich mit ihrer Serviette unauffällig eine Träne aus dem Augenwinkel. Sie wusste, dass er seine
Worte genau so meinte, wie er sie sagte. Der Zusammenhalt der Familie gab ihnen die Kraft, nach vorne zu schauen und die Trümmer
und die Asche ihres alten Lebens in Hamburg hinter sich zu lassen.

»Harry«, fuhr ihr Vater fort und wandte sich seinem Schwiegersohn zu. »Auch dir möchte ich heute Abend noch ein paar Worte
mit auf den Weg geben.«

Gleich nach der Trauungszeremonie hatte er seinen Schwiegersohn fest umarmt und herzlich in der Familie willkommen gehei-
ßen. Im Sinne dieses vertrauteren Verhältnisses duzten die beiden
Männer sich nun auch. Georg gestikulierte wieder mit seinem Glas,
trank jedoch nicht daraus. »Wenn ich daran zurückdenke, wie wir
beide uns vor ein paar Monaten kennengelernt haben, dann kann
ich nur sagen: Am Anfang konnte ich dich wirklich kein bisschen
ausstehen!«

Lena und ihre Mutter tauschten einen erstaunten Blick, doch sowohl Harry als auch dessen Eltern fanden diesen Kommentar wohl
amüsant, denn sie lachten gleichzeitig laut auf.

»Aber wie wir nun alle wissen, hatte das natürlich nichts mit dir
persönlich zu tun«, fügte ihr Vater hinzu und hob den Zeigefinger
seiner freien Hand, während er mit der anderen sein Weinglas abstellte. »Es hat mich sehr gestört, dass Lena ständig so weit weg war,
und als ihr beide dann gemeinsam zu Besuch kamt, sprach sie plötzlich davon, gar nicht mehr nach Hamburg zurückziehen zu wollen.
Als Vater jagt einem so was eine Heidenangst ein, das kann ich dir
sagen!« Georg nickte kurz in Lenas Richtung. »Na ja, und irgendwie

dachte ich wohl, dahinter würde dein Einfluss stecken, Harry. Dabei hätte ich wissen müssen, dass meine Tochter einen ebenso starken Willen hat wie ihre Mutter und man ihr deshalb rein gar nichts einreden kann, was sie selbst nicht will.«

Nun musste auch Lenas Mutter lächeln und zwinkerte ihr verschwörerisch zu. Der Vater sprach derweil weiter in vertraulichem Ton zu Harry.

»Mittlerweile weiß ich es jedenfalls besser. Und deshalb danke ich dir nochmals von ganzem Herzen. Denn ohne dich würden wir nicht alle zusammen hier an diesem Tisch sitzen. Im entscheidenden Moment warst du da und bist meiner Frau zu Hilfe geeilt. Du hast sie aus dem brennenden Musikhaus herausgeholt, sie vor den Flammen gerettet. Wenn dein Mut und dein beherztes Handeln nicht gewesen wären dann …« Lenas Vater verstummte kurz und musste sich räuspern. Die Erinnerungen an diesen schicksalhaften Tag setzten ihm scheinbar immer noch zu. »Was du für uns getan hast, werde ich dir niemals im Leben vergessen, Harry. Niemals.«

Nun war es Harry, dessen Wangen rot wurden und das, obwohl er noch kaum mehr als ein halbes Glas Weißwein getrunken hatte. Für einen Moment glaubte Lena, er würde etwas erwidern, aber die beiden Männer tauschten bloß vielsagende Blicke, und ihr Vater prostete dem Brautpaar ein letztes Mal zu, bevor er zum Ende seiner Ansprache kam.

»Wie ihr wisst, war ich derjenige, der so eindringlich darum gebeten hat, die Feier in diesem wunderschönen Musikhaus abzuhalten, das seit kurzer Zeit meine neue Wirkungsstätte ist.« Er hielt kurz inne und schaute sich erneut im Raum um. Lena konnte regelrecht sehen, wie sehr er sich darüber freute, endlich wieder von Musik und von seinen geliebten Klavieren umgeben zu sein. »Und deshalb möchte ich euch heute Abend auch noch kurz den Mann vorstellen, der dies alles möglich gemacht hat, und zwar nicht zuletzt dadurch, dass er uns in seinem wunderschönen Haus willkommen heißt.«

Zur Überraschung aller verließ er den Raum und schloss die Tür hinter sich. Nach ungefähr zwei Minuten öffnete diese sich wieder, doch statt Lenas Vater erschien Mr Johnson, der langsam und auf seinen Spazierstock gestützt eintrat.

»*Good evening*«, sagte der alte Mann seinen Gästen in typischem Cockney Akzent. »Ich hoffe, es gefällt Ihnen allen hier in meinem bescheidenen Zuhause. Wie Sie wissen, verstehen Mr Albers und ich uns schon seit unserer ersten Begegnung ausgezeichnet, und so habe ich mich gern bereit erklärt, ihm bei einer kleinen Überraschung behilflich zu sein.«

Lena war sich nicht sicher, ob ihre Mutter alles verstehen konnte, da Mr Johnson neben seinem Akzent auch recht schnell sprach, aber bei dem Wort *surprise* für Überraschung setzte sie sich merklich in ihrem Stuhl auf und spähte an dem älteren Herrn vorbei zur Tür. Und schon erschien Lenas Vater. Unter den erstaunten Blicken aller schob er ein schwarz glänzendes Klavier, an dessen Unterseite vier kleine Rollen befestigt waren, über den quietschenden Dielenboden.

»Ich denke, es wird Zeit für etwas Musik«, sagte er und sah fragend in die Runde. »Ohne Musik ist es keine richtige Feier, hab ich recht, Lena?«

»Ja, Papa«, sagte sie. »Das stimmt. Für einen Moment dachte ich, du wolltest Harry und mir ein Klavier zur Hochzeit schenken.«

»Ach so«, antwortete Georg und strich langsam über den makellosen Lack, mit dem der Korpus des Instruments veredelt worden war. »Ja, das auch.«

»Wie bitte? Du hast uns wirklich ein Klavier gekauft? Aber …«

»Dein Vater hat noch etwas mehr gekauft als das.« Ebenso wie Lena sahen sämtliche Anwesenden nun zu Lenas Mutter, die sich überraschend zu Wort meldete. »Eigentlich wollten wir vorher mit dir …«, ihr Blick huschte entschuldigend zu Harry, »… mit euch beiden darüber sprechen, aber ihr wart mitten in den Hochzeitsvorbereitungen, und die wollten wir auf keinen Fall stören.« Sie stand auf und stellte sich neben ihren Mann, der liebevoll ihre Hand nahm. Das lebendige Funkeln in ihren Augen verriet Lena, wie gut auch ihrer Mutter die Entwicklungen der letzten Wochen getan hatten. Neben ihrer Gesundheit hatte sie nun offensichtlich auch ihre Lebensfreude wiedergefunden. Sie sah wieder zehn Jahre jünger aus, und ihre feinen Gesichtszüge, die von zwei Strähnen haselnussbraunen Haars eingerahmt wurden, strahlten vor Zuversicht und Stolz.

»*Come on now. Tell them*«, raunte Mr Johnson und klopfte Lenas Vater kumpelhaft auf die Schulter. Komm schon, sag es Ihnen. Aber dieser nickte nur seiner Frau zu, welche die Ungeduld der beiden Männer mit einem gespielt strengen Kopfschütteln tadelte.

»Ich muss Mr Johnson recht geben«, sagte Lena. »Ihr beiden macht es ganz schön spannend. Dabei hatten wir heute eigentlich schon genug Aufregung. Für meinen Geschmack zumindest.«

»Das stimmt«, sagte ihre Mutter und räusperte sich dezent. »Kommen wir also zum eigentlichen Punkt: Wie ihr nur zu gut wisst, hat unsere Familie seit dem Brand schwere Zeiten durchleben müssen. Als wir in Hammerbrook wohnten, fühlten Georg und ich uns wie gelähmt. Unser Geschäft, unser gemeinsames Lebenswerk, war von einem auf den anderen Tag zerstört, und wir waren dazu verdammt, Tag für Tag in diesem grauen, stinkenden Klotz von Mietshaus auszuharren, ohne Arbeit und ohne irgendeine Perspektive für die Zukunft. Dann kamen wir nach London, und es ging bergauf, aber auch unsere jetzige Wohnung ist einfach kein richtiges Zuhause. Für Georg und mich gab es immer nur eines, was wir wirklich tun wollten und als vor ungefähr zwei Wochen der Scheck ins Haus flatterte, da wussten wir, dass wir diese Chance ohne zu zögern ergreifen würden.«

»Moment«, sagte Lena und sah verwirrt zwischen ihren Eltern hin und her. »Was für ein Scheck?«

»Unser Musikhaus in Hamburg war versichert, Schatz«, erklärte ihr Vater. »Daran haben wir tatsächlich in der ersten Aufregung gar nicht gedacht. Außerdem stand zu diesem Zeitpunkt erst einmal die Genesung deiner Mutter im Vordergrund. « Er warf seiner Frau einen liebevollen Seitenblick zu. »Jedenfalls hat diese Versicherung schließlich zum Glück auch Brandschäden abgedeckt. Allerdings gab es in den Verträgen ein paar ziemlich undurchsichtige und verwirrende Klauseln zum Thema Brandstiftung, und die Klärung hat gedauert …« Er strich sich eine graue Locke aus der Stirn und seufzte. »Ich will euch die juristischen Details lieber ersparen, und ehrlich gesagt habe ich selbst bestenfalls die Hälfte davon verstanden, aber dass der Täter bereits vor zwanzig Jahren offiziell für tot erklärt worden war, hat die Sache mit Sicherheit nicht gerade einfacher gemacht. Theresa und ich sind davon ausgegangen, dass es mehrere Jahre dauern würde, bis wir Geld sehen, wenn überhaupt. Aber du kennst ja deine Mutter, Lena. Sie lässt nichts einfach so auf sich beruhen.« Georg legte seinen Arm um die Schultern seiner Frau und lächelte anerkennend. »Sie hat einen Anwalt engagiert, den sie noch von früher kannte. Der Bursche hat sich einen unverschämt hohen Anteil der Versicherungssumme als Honorar versprechen lassen, aber dafür wusste er auch genau, was zu tun war. Nach einigem Hin und Her ist die Versicherung schließlich eingeknickt und hat gezahlt.«

Lena starrte ihren Vater ungläubig an. Dies war das erste Mal, dass sie von ihren Eltern etwas über eine Feuerversicherung hörte.

»Moment!« Harry hob die rechte Hand, sodass sein silberner Ehering kurz im Schein der Kerzen aufleuchtete. Dabei sah er so entgeistert aus, wie Lena sich fühlte. »Georg, willst du damit etwas sagen, dass …«

»Ganz genau«, ließ sich Lenas Mutter vernehmen. »Vor euch stehen die neuen Eigentümer dieses wunderschönen Hauses und gleichzeitig die Inhaber von *Johnson's Pianos*.«

Einen Augenblick lang war es völlig still, während sämtliche Gäste sich mit offenen Mündern und hochgezogenen Augenbrauen ansahen. Doch bevor irgendjemand einen Kommentar zu dieser unerwarteten Enthüllung abgeben konnte, ertönte ein kräftiger Knall. Der alte Mr Johnson hatte eine Flasche Champagner geköpft, die offenbar hinter dem Klavier versteckt gewesen war.

»*Cheers!*«, rief er ausgelassen, während fast die Hälfte des edlen Tropfens sich als Schaum auf den Boden ergoss, was aber niemanden weiter störte.

Nun war tatsächlich Stimmung angesagt: Lenas Vater setzte sich ans Klavier und spielte alles, was ihm gerade so in den Sinn kam, von Klassikern bis zur Moderne und auch ein paar englische und irische Lieder, die er in seiner neuen Heimat aufgeschnappt hatte. Harry und Lena genossen bei einem langsamen Walzer ihren ersten

Tanz als Ehepaar, und anschließend wurde noch mit zahlreichen Gläsern auf das Paar angestoßen.

Ein paar Stunden später saß Lena allein auf der obersten Treppenstufe vor dem neu erworbenen Musikhaus ihrer Eltern und genoss die frische, eiskalte Abendluft, die so wunderbar ihr gerötetes Gesicht abkühlte. Das Klavier im Inneren des Hauses war verstummt, aber dennoch drang von irgendwoher leise Musik an ihr Ohr. Kein Wunder, denn eigentlich schien diese Stadt nie so recht zu schlafen. Irgendwo entlang der endlosen Häuserreihen in den breiten, viel befahrenen Straßen von London war immer etwas los. Lena schloss für einen Moment die Augen und atmete tief ein. Unglaublich, nur war es wirklich passiert! Sie war verheiratet. Nun würden Harry und sie in ihr schönes, neu eingerichtetes Haus im Stadtteil Hackney ziehen und dort leben. Und jetzt, wo sie wusste, dass auch ihre Eltern gut versorgt waren, konnte Lena sich endlich mit ganzem Herzen darüber freuen.

»Na, du bist ja noch ganz schön spät auf den Beinen«, bemerkte eine vertraute Stimme hinter ihr. Ihre Mutter trat neben Lena, warf einen prüfenden Blick auf die abgewetzten, verrußten Stufen der Eingangstreppe und ließ sich schulterzuckend nieder. »Wartet denn Harry nicht schon sehnsüchtig auf dich?«

»Doch«, sagte Lena. »Aber der kann ruhig noch fünf Minuten länger warten.«

»Brav«, entgegnete Theresa und knuffte ihre Tochter zärtlich in die Seite. »Man muss den Männern gleich von Anfang an zeigen, wie es läuft, sonst kapieren sie es später nicht mehr.« Sie lächelte, faltete die Hände in ihrem Schoß und sah Lena mit deutlich ernsterer Miene an. »Du siehst ein wenig blass aus, mein Schatz. Ist alles in Ordnung mit dir? Du hast den ganzen Abend lang kaum etwas gegessen und nur Wasser getrunken.«

»Ja, ich weiß«, erwiderte Lena. »Aber mir geht es gut. Wirklich. Ich schätze, die ganze Anspannung und die Nervosität der letzten Tage haben einfach ihren Tribut gefordert. Da ist mir kurz etwas übel geworden.«

»Nervosität«, wiederholte ihre Mutter langsam und sah Lena mit einem prüfenden Blick an. »Ja, ich schätze, so was hatte ich bei meiner Hochzeit auch. Mir ging es damals nämlich ganz ähnlich, musst du wissen.«

Eine Zeit lang schwiegen die beiden Frauen und lauschten in die Nacht hinein. Schließlich zog Lenas Mutter sich langsam ihren schweren Wollschal von den Schultern und wickelte ihn ihr um den Hals. »Bist du glücklich, Kind?«

»Ja«, entgegnete Lena, ohne zu zögern. »Sehr sogar. Alles, was ich mir für mein Leben gewünscht habe, ist wahr geworden.«

»Das ist schön.« Ihre Mutter nickte. »Dein Vater und ich freuen uns sehr für dich. Und natürlich auch für Harry. Ihr kommt uns doch regelmäßig besuchen, oder?«

»Wohnt ihr denn jetzt hier? Was ist mit Mr Johnson?«

»Ja, wir werden hier wohnen. Das Obergeschoss ist zum Glück deutlich geräumiger, als es von außen aussieht. Und was Mr Johnson angeht«, sie zuckte mit den Schultern, »ihm reicht eine kleine Kammer im hinteren Teil des Hauses. Ich glaube, er ist einfach nur froh, dass er nun Gesellschaft hat und dass sein Lebenswerk weitergeführt wird.«

»Das klingt gut. Endlich habt auch ihr beiden wieder ein richtiges Zuhause.«

»Stimmt«, sagte ihre Mutter und tätschelte gedankenverloren Lenas Knie, bevor sie hinzufügte: »Jetzt bricht für uns alle eine andere Zeit an, mein Schatz. Wir schlagen ein ganz neues Kapitel in unseren Leben auf.« Sie zog ihren Mantel noch enger um ihre Schultern und ließ ein leises Bibbern hören. »So, nun muss ich aber wirklich ins Bett. Sieh zu, dass du bald zu deinem Harry kommst.«

Lächelnd sah Lena ihrer Mutter nach, als diese zurück ins Haus ging. Dann wandte sie sich wieder der Straße vor ihr zu. Irgendwo, ein gutes Stück weiter südlich, erklangen immer noch Musik und ein Gewirr aus ausgelassenen, angetrunkenen Stimmen. Für den Moment war Lenas Übelkeit vergangen, aber diese würde sich am nächsten Morgen sicherlich wie üblich zurückmelden.

»Ein ganz neues Kapitel«, wiederholte sie leise, während sie über die Worte ihrer Mutter nachdachte, und legte behutsam eine Hand auf ihren Bauch. »Ja, das kann man wohl sagen.«

# Danksagung

Ich danke erneut meiner Familie, insbesondere meiner Frau Stefanie, die mich zum Schreiben gebracht hat und mir immer noch mit Rat und Tat zur Seite steht.

Für die herzliche Unterstützung und für viele tolle Ideen und Anregungen danke ich auch bei diesem zweiten Band insbesondere den Lektorinnen Laura von Altrock, Dr. Ulrike Brandt-Schwarze sowie Programmleiter Stephan Trinius.

Besonderer Dank gilt außerdem allen Leserinnen und Lesern, die hiermit den zweiten Teil der Geschichte um das Musikhaus an der Alster in Händen halten, was hoffentlich daran liegt, dass ihnen der erste Teil gefallen hat. Ich verspreche, dass es sich lohnen wird, auch den Abenteuern der nächsten und übernächsten Generation der Familie zu folgen, denn es gibt noch so einige Geheimnisse, die erforscht werden wollen.

Katja Dörr
Sulzbach/Saar, Februar 2023